이광환 야구 이야기

이광환 야구 이야기

한국야구의 교육자 이광환 평전

정범준 지음

기파랑

서문

오래 전부터 나는 미지의 한 인물에 대한 평전(評傳)을 쓰는 작업이란 그가 산 삶의 궤적 속으로 여행을 떠나는 일과 매우 유사하다고 생각했다. 평전은 결국 기행문의 형식을 따를 수밖에 없다는 것이 나의 오랜 믿음이다. 다만 평전이 기행문과 다른 점은 그 출발지를 비교적 자유롭게 선택할 수 있다는 것 정도다. 아무래도 기행문은 여행을 떠난 시간과 공간 순으로 서술할 수밖에 없기 마련이다.

현재까지 나는 '야구선수 최동원 평전'과 '소설가 이병주 평전'을 낸 바 있다. 전자는 최동원(崔東原)에 대한 동료 야구인 이만수(李萬洙)의 기억을 소개하는 것으로, 후자는 이병주(李炳注)의 고향 경남 하동을 찾는 것으로 글을 시작했다. 전후자 모두 '여행의 출발지'를 결정하는 데 그다지 큰 어려움은 없었던 것으로 기억한다.

하지만 『이광환 야구 이야기』를 쓸 때는 달랐다. 여행의 출발을 어디에서부터 해야 할지 고민이 많았다. 몇 가지 결정적인 순간이 있긴 했다. 평범한 은행원으로 살아가던 그가 서울 중앙고 감독을 맡으면서 다시 야구 유니폼을 입게 됐을 때, 혹은 한국프로야구 원년 OB 베어스 타격코치로 활동을 시작했을 때가 그것이다. 또는 그가 OB 베어스 코치직을 내던지고 해외로 야구 유학을 떠나는 순간이나, 프로야구 감독으로서는 처음이자 마지막인 한국시리즈 우승을 이끈 순간 등도 그런 예였다. 이런 결정적인 순간부터 서술함으로써 책의 시작을 강렬하게 이끌어야 한다는 유혹 때문에 이런저런 시도를 해봤지만 만족스러운 결과를 얻지 못했다. 꽤 오래 그 이유를 찾다가 한 가지 결론에 이를 수 있었다.

나는 '성격이 운명이다'라는 말을 신봉한다. 성격이 선택을 결정하고 그런 선택이 모여 한 인간의 운명을 형성한다고 믿는다. 그런데 이광환의 생애에는 자신의 운명을 가르는 결정적인 선택이 너무나 많았다.

대구상고 재학 중 그는 감독을 몰아내고 그 자리를 꿰찬 체육교사에게 반기를 들었다. 한일은행 선수 시절에는 선배의 폭행을 참지 못해 한창 나이에 야구 유니폼을 유감없이 벗었다. 그러다가 모교인 중앙고 야구부가 해체위기에 처하자 촉망받던 은행원 자리를 걷어차고 야구부 감독직을 수락했다. 이 모든 것이 선택이었고 결국 그의 운명으로 귀결되었다.

그는 왜 OB 베어스 코치직에서 사퇴하고 일본과 미국으로 야구 유학을 떠났을까. 주위의 견제와 질시를 온몸으로 받으면서도 무슨 생각으로 자신의 '책임야구'를 한국야구에 접목시키려고 했던 것일까. 그가 한국 최초의 야구박물관을 세우고 티볼, 여자야구, 서울대 야구부를 피붙이처럼 키우고 아끼며 사랑한 것은 어떤 이유였을까. 이러한 물음 역시 선택과 운명에 관련된 것이다.

이광환의 생애에 이렇듯 결정적인 순간이 많다 보니 그의 평전을 서술하며 어디서부터 출발해야 할지 판단이 어려웠던 것 같다. 고심 끝에 나는 그가 OB 베어스 코치직에서 물러나 해외로 야구 유학을 떠나는 순간부터 평전을 시작하기로 '선택'했다. 이유는 다음과 같은 두 장면으로부터 무언가를 깨달았기 때문이다. 편의상 장면 번호를 매겼는데 '이광환 평전'의 출발로 시도했던 프롤로그의 두 가지 버전이라고 봐도 좋을 것이다.

장면1-1994년 10월 23일 인천야구장

LG 트윈스가 한국시리즈 우승을 확정짓자 그라운드의 야수들은 물론, 덕아웃의 선수, 코치들이 마운드로 달려 나온다. 어느새 마운드 주변은 서로 얼싸안는 선수와 코치들로 가득 찬다. 유독 한 사람만 느긋하게 걸어와 선수들과 포옹한다. 검은색 선글라스를 낀 그는 선수와 코치들에게 "수고했다-"고 한마디 던지는데 그의 어조는 승장(勝將)의 그것처럼 단호하고 의기양양한 것이 아니다. 굳이 비유하자면 고3 담임이 수능을 치른 제자들에게 건네는 격려처럼 자상하고 살뜰하다. 그가 이광환이다.

서울대 야구부 감독의 퇴임식이 열리고 있다. 2010년부터 꼭 10년 동안 서울대 야구부 감독을 지낸 그는 취재차 방문한 기자에게 "이렇게나 오래 다닌 학교도, 오래 맡아본 감독직도 없었다. 부원 모두를 잊지 못할 것"이라며 이렇게 말한다.

"제가 둘째 아들을 사고로 잃었습니다. 그래도 안 슬펐던 게, 여기서 수많은 아들딸을 다시 얻었어요."

알고 보니 그는 오래 전부터 사인 요청을 받으면 '서울대학교 야구부 감독 이광환'이라고 쓰고 있었다.

야구인에게는 잘 알려져 있지만 이광환은 미국 메이저리그의 선진 시스템을 한국야구에 도입하고 이를 한국야구 환경에 맞게 정착시키려고 노력했다. 그의 노력으로 오늘날 한국프로야구의 시스템이 갖춰졌다고 해도 과언이 아니다. 이것이 그가 한국야구에 기여한 가장 큰 업적이라는 점에 이의를 제기할 야구인은 없을 것이다.

따라서 한국야구의 개혁가, 선구자 같은 표현도 가능하겠지만 나는 위의 두 장면을 서술하면서 그에게 '한국야구의 교육자'라는 수식어가 가장 적절하겠다는 확신을 얻었다. 서울대 야구부 감독을 맡으면서 선수들보다 먼저 나와 운동장의 돌을 줍는 헌신적인 태도에 그에게 '페스탈로치'라는 별명이 생겼다는 사실을 알게 되면서 그 확신은 더욱 굳어졌다. 그는 "서울대 야구부 선수들에게 야구 기술을 가르칠 생각은 아예 안 했다. 대신 야구 정신은 확실히 가르쳤다"고 자부하고 있다.

나는 이광환이라는 한 야구인을 통해 시간여행을 다녀오려고 한다. 더 정확하게 말한다면 탐방이나 순례에 가깝다. 탐방은 '명승지나 유적지'를, 순례는 '종교적인 성지'를 찾아다니는 활동이다. 탐방이나 순례라는 표현을 쓴 것은 어느덧 한국야구도 자신의 명승지나 유적지, 또는 성지를 가질 만큼 성장하고 발전했다는 사실과, 그 성장과 발전에 이광환이라는 야구인이 적지 않은 기여를 했다는 것을 의미한다.

이를 확인하기 위해선 그의 삶의 궤적 속으로 들어가야 한다. 물론 그의 삶이 '명승지'나 '유적지', '성지'로만 채워져 있는 것은 아니다. 그런 곳은 그야말로 극히 일부에 불과하며, 온전히 그의 힘으로만 이를 만든 것도 아니다. 요컨대 이 책은 이광환이라는 한 야구인을 통해 한국야구를 되짚어가는 탐방기 또는 순례기다. 나는 탐방자나 순례자, 혹은 해설사로서 내가 보고 온 풍경을 최대한 충실히 전하면서 개인적인 약간의 감상도 덧붙이고자 한다.

그 출발을 이광환이 야구 유학을 떠나는 순간으로 잡은 것은 그가 이때의 경험을 바탕으로 한국야구에 선진야구 시스템을 접목시키고, 나아가 '한국야구의 교육자'로 성장했다고 확신하기 때문이다.

내 삶의 은인들에게 감사의 말을 전하며 서문을 맺는다. 이 책을 쓰는 동안 여러 가지 어려움이 많았지만 그들이 나를 믿어주고 있다는, 나만의 믿음이 있었기에 책의 완성이 가능했다. 기파랑 안병훈 대표님, 윤석홍 교수님 덕분에 '정범준'이라는 이름으로 또 한 권의 책을 낼 수 있게 됐다. 개인적으로 5년 만에 단행본을 출간하는 것이어서 두 분에 대한 감사의 마음은 이루 표현할 길이 없다.

새로운 인연을 맺은 이광환 감독님은 알면 알수록, 뵈면 뵐수록 존경스러운 분이었다. 그를 안다고 말할 수 있게 된 것은 아무나 가지지 못할 특권이다. 자꾸 늦어지는 탈고에도 아무 말씀 없이 기다려주신 감독님께 송구스럽고 감사하다. 끝으로 나를 정범준이게 한 33년 지기 친구들과, 내 아내와 부모님, 그리고 동생과 함께 책을 끝낸 기쁨을 나누고 싶다.

2020년 봄
근심을 잊은 마을, 망우동에서
정범준

1. 한국야구의 '서유견문'

2. 반골인의 야구인생

1

한국야구의
'서유견문'

西遊見聞

'신사유람', 아니 '조사시찰'에 나서다

1985년 11월 22일 이광환(李廣煥)은 미국으로 야구 유학을 떠나기 위해 OB 수석코치직을 사임했다. 애초 그는 미국에서 스포츠생리학을 공부할 계획이었다. 선수 부상 예방과 수명 연장에 특히 관심이 많았다. 마침 예일대에 유학 중이던 친구가 있었다. 그의 도움을 받아 예일대 근처에서 생활하며 인체생리학과 스포츠과학과 관련된 과목을 청강하기로 했다.

그는 면밀하게 '유학계획서'를 작성했다. 작성일자는 1985년 11월 25일이었다. 이 계획서에 나오는 '유학의 목적'(연구주제)은 다음과 같다.

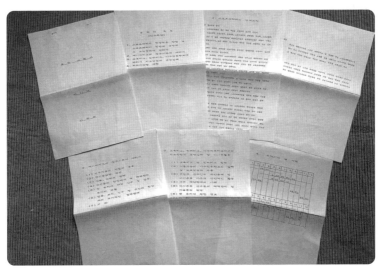

선진야구 습득을 위해 미국 유학을 계획하고 이광환은 '유학계획서'(1985년 11월 25일)를 면밀하게 작성했다.

이광환은 미국 유학기간을 2년으로 잡고 '유학기간별 계획'까지
구체적으로 '유학계획서'에 담았는데 이 무렵 그에게 미국 유학
대신 일본 프로야구 세이브 라이온스 연수를 권유한 사람이 있
었다. OB 베어스 단장 박용민(朴容玫)이었다.

박용민은 여러모로 흥미로운 인물이다. 1935년생인 그는 부
산대 문리대 영문학과를 졸업하고 1962년 1월 합동통신에 입사
해 줄곧 언론인으로만 살아왔던 '야구문외한'이었다. 하필 합동
통신에 들어간 이유는 당시 합동통신 사장이 박두병(朴斗秉)이었
는데 이와 무관치 않은 것으로 보인다. 박두병은 두산그룹 창업
자인 박승직(朴承稷)의 장남으로 박용민의 5촌 당숙이었다.

합동통신은 1980년 신군부의 언론통폐합으로 동양통신 등
과 함께 연합통신이 되었고, 박용민은 1981년 12월 OB 구단 단
장으로 취임하기 직전까지 합동통신 체육부장, 주일특파원, 사회
부장, 연합통신 편집부국장을 지냈다. OB 구단 단장이 된 후에
는 기자 출신답게 사안을 신속히 파악하고 발 빠르게 움직인다
는 평을 들었다.

이광환은 박용민의 권유를 받아들였다. 미국에서 청강으로 공부하는 것보다는 일본 연수가 훨씬 현실적이고 실용적이었다. 이광환은 주변 사람들에게 당시의 심경을 이렇게 밝혔다.

"4년간 프로야구 코치 생활을 하면서 야구가 가면 갈수록 어렵다는 것을 느꼈다. 경기에서 이기고 지는 걸로 야구가 끝나는 게 아니라는 생각이 들어 나이를 한 살이라도 더 먹기 전에 야구를 배우려고 한다."

이광환이 일본으로 떠나는 날, 박용민이 김포공항으로 배웅을 나왔다. 해외여행 자유화 조치(1989.1)가 시행되기 전이어서 공항 배웅이 잦았던 시절이긴 하지만 이광환에 대한 그의 애정이 그만큼 깊었다는 뜻도 된다. 박용민은 이광환에게 봉투 하나를 내밀었다. 봉투에는 돈 대신 이렇게 적힌 쪽지 하나가 들어있었다.

'무자수행(武者修行)'

우리나라에서는 거의 쓰이지 않는 일본식 사자성어인데 '무사가 곳곳을 다니면서 수행함'이라는 뜻이다. 일본에서 '수행'을 많이 하고 오라는 격려였다. '무자수행'을 바라는 박용민의 마음은 충분히 이해되지만 나는 이때 이광환이 '신사유람(紳士遊覽)', 아니 '조사시찰(朝士視察)'을 떠난 것이라고 생각한다.

　과거에는 '신사유람단'으로 불렀던 것을 한국사 용어수정안에 따라 지금은 '조사시찰단'으로 부른다고 한다. 두 단어는 이광환의 일본 유학 궤적과 매우 절묘하게 맞아떨어진다. '신사유람'은 말 그대로 신사(紳士)가 유람(遊覽)하는 행위를 말한다. '조사시찰'은 조선[朝] 선비[士]의 시찰(視察)이라는 뜻이다. 외래 문물 수용에 대한 조선 백성의 거부감이 심했기 때문에 '조사시찰단'이라는 명칭 대신 '신사유람단'이라는 표현을 썼다고 한다.

　이광환의 일본 유학도 이와 비슷하다. 그는 '조선 선비'에 비유할 수 있는 '한국 야구인'이었고, 그의 도일(渡日) 목적 또한 단순

일본 프로야구의 전설 장훈과 함께(1982년 7월). OB 코치 자격으로 일본 연수를 갔을 때다.

한 '유람'이 아닌 일본 야구에 대한 '시찰'이었다. 그럼에도 그가 일본과 미국 유학을 마치고 돌아왔을 때 그에 대한 질시와 견제가 상당했다. 조선 말기 '신사유람단'의 처지와 유사하다.

박용민은 이광환에게 따로 60만 엔의 생활비까지 지원해 주었다. 당시 환율로 300만 원이 넘는 거액이라고 할 수 있었다. 일본 연수가 처음은 아니었다. 4년 전인 1982년 7월 이광환은 OB 코치 자격으로 야구 선배이자 동료 코치 김성근(金星根)과 함께 요미우리 자이언츠 구단에 합류해 도쿄, 오사카 등지를 순회한 적이 있다. 일본 프로야구의 경기 운영과 지도방식을 참고하기 위해서였다.

이 역시 박용민의 '작품'이었다. 그는 "시즌(후기 리그) 중도에 코칭 스텝을 팀에서 이탈시키는 것은 팬들을 기만하는 짓이 아니냐고 비난도 많이 했다"면서 "그러나 그들은 놀러갔다 온 게 아니다. 거인(巨人) 구단에서 많은 것을 배워와 우리 팀의 체질을 개선했다. 훈련방법에서부터 하다못해 식사시간까지 바꿔놓았다"고 했다.[1] 이때 이광환은 도쿄 기노쿠니야(紀伊國屋) 서점에 들러 일본어로 된 야구 서적과 스포츠과학 서적을 '한 보따리'나 구입했다고 한다.

책과 관련된 이야기인데 이광환은 2014년 9월 28일부터 10월 2일까지 '이광환의 내 인생의 책'이라는 에세이를 〈경향신문〉

---

1   1982년 10월 14일자 〈경향신문〉

에 5회 연재한 적이 있다. 2회분에서 그는 존 손과 피터 팔머가 공저한 『The hidden game of baseball』를 소개했다. 그는 "(일본·미국) 야구 연수를 하러 가기 전에 이 책을 우연히 봤다. 영어로 돼 있어서 읽는 데 꽤 고생했지만 상당한 충격을 안겨줬다"고 썼다. 이어지는 그의 글이다.

이 책은 제목에도 나와 있듯 야구라는 경기 속에 감춰져 있던 부분을 드러내고 있다. 데이터와 정보의 중요성을 설명한 책이다. 지금은 야구기록이라는 것이 '세이버 매트릭스'라는 이름으로 널리 알려졌지만 그때까지만 해도 초창기였다. 컴퓨터가 엄청나게 발달했던 시대도 아니었고, 게다가 한국에서는, 특히 야구 현장에서는 거의 적용되지 않았던 때다. 단지 승패, 방어율 등이 아니라 해당 선수들의 투타 기록에서 세밀한 분석들이 이뤄졌다.

책 내용도 내용이지만, 이 책을 보고 깨달았던 것은 정보는 그 존재만으로 의미를 갖지 못한다는 점이다. 정보가 소화되고 해석될 수 있어야 한다. 그러기 위해서는 정보의 흐름을 알고 있어야 한다는 진리가 벼락처럼 내려왔다. (...)많은 이들에게 얘기해주고 싶은 것은 컴퓨터에 들어있는 정보는 그저 숫자일 뿐이라는 점이다. 가능하다면 손으로 적으면서 데이터를 쌓아야 그게 머릿속에서 흐름을 갖게 되고 쓸모가 있게 된다. 열심히도 중요하지만, 꾸준히가 더욱 중요하다.(2014년 9월 29일자 경향신문 인터넷판, '이광환의 내 인생의 책')

박용민이 야인이 된 이광환에게 세이부 연수를 권유한 것은 그를 차기 OB 감독으로 키우려는 복안도 있었던 것으로 보인다. 도쿄 특파원을 지낸 박용민은 능숙한 일본어로 세이부 라이온스 관리 부장 네모토 리쿠오와 이미 친분을 맺은 상태였다. 여기서 관리 부장은 한국과 미국 프로구단의 단장에 해당한다.

원칙적으로 단장(general manager)은 경기장 밖의 구단 운영을 종합적으로 관장한다. 감독(field manager)은 필드에서 뛰는 선수들에 대한 전권을 갖는다. 단장과 감독은 동등한 입장에서 선수단 전력 강화를 위한 신인 스카우트, 트레이드 등을 협의하고 흥행을 위한 홍보 활동에도 서로 협조한다. 어디까지나 원칙적으로는 그렇다는 뜻이다.

양대 리그로 운영되는 일본 프로야구는 센트럴리그와 퍼시픽 리그로 나뉜다. 센트럴리그는 요미우리 자이언츠, 한신 타이거스가 단연 인기 팀인데 각각 일본의 관동(도쿄)과 관서(오사카)를 대표하는 전통과 명문의 구단이다. 이에 비해 퍼시픽리그는 센트럴리그보다 인기는 덜 하지만 실력에서는 앞선다는 평가를 받고 있다. 세이부 라이온스는 성적과 인기 면에서 퍼시픽리그를 대표하는 구단으로 연고지는 도쿄 북쪽에 인접한 사이타마 현이다. 홈구장은 현의 서쪽인 도코로자와 시(市)에 있다.

이광환은 1986년 2월 22일 일본 고치 세이부 라이온스의 스프링캠프에 합류했고, 3월 4일부터 오사카 시범경기에 참여하기 시작했다. 세이브 라이온스의 홈구장 경기를 참관한 것은 3월 26일부터다. 그는 도코로자와 '고테사시'라는 곳에 숙소를 잡고 일본 생활을 시작했다. 숙소는 네모토 리쿠오의 자택 바로 옆이었다. 네모토는 1926년생이다. 부친이 일제강점기 때 대구에서 잠시 생활한 적이 있다. 그래서인지 네모토는 대구가 고향인 이광환에게 친근감을 보였다. 그는 자신이 모은 야구 관련 자료를 "나는 이제 필요 없다"며 이광환에게 건네주었다.

이광환은 일본어 독해와 의사소통이 가능했다. 생활은 순조로웠다. 낮에는 유니폼을 입고 2군 훈련을 지도하거나 2군 리그 경기에 참관했다. 저녁에는 평상복으로 세이부 라이온스의

세이부 라이온스 관리부장 네모토 리쿠오(왼쪽)는 이광환에게 자신이 모은 야구 관련 자료를 건네주는 등 많은 도움을 주었다. 1995년 한일슈퍼게임 중에 기념사진을 찍었다.

1군 경기를 지켜보았다. 경비 문제로 원정 경기는 따라갈 수 없었지만 투수의 등판일, 이닝 수, 투구 수, 피안타, 실점, 자책점, 승패 등을 자신만의 노트에 세밀히 기록했다. 『The hidden game of baseball』을 읽은 영향이었다. 그는 당시를 이렇게 회상한다.

"일본 12개 구단의 투수 기록을 매일 매일 다 적었다. 선발, 중간계투, 마무리가 누구고, 공을 몇 개 던졌고, 안타 몇 개 맞았고… 이걸 다 적으려면 한 시간이 훌쩍 넘는다. 그렇게 한 시즌을 적으니까 일본 구단의 마운드 운영이 머릿속에 다 들어왔다."

그가 보려고 한 것

이광환은 일본 프로야구를 통해 무엇을 본 것일까. 1986시즌 세이부 라이온스의 주축 멤버를 간략하게 살펴보기로 한다. 우선 5명의 선발진 가운데 와타나베 히사노부와 쿠도 기미야스는 리그 최고 수준의 원투펀치로 군림했고, 히가시오 오사무는 프로 입단 18년차의 노장이었지만 이 해 준수한 활약을 펼쳤다.

중간 계투진은 키무라 타케시 등으로 구성됐고 클로저(마무리 투수)는 타이완 출신의 야구영웅이자 '오리엔탈 특급'으로 불렸던 궈타이위엔이었다. 이 해 39경기에 등판해 5승 7패 16세이브, 방어율 2.91의 성적을 거둔 궈타이위엔은 선발로도 9경기 등판해 완투 5번, 완봉 1번을 기록했다. 이때까지 일본 프로야구에서도 클로저가 정착되지 않았다는 사실에 주목할 필요가 있다.

주요 야수로서는 이 해가 루키 시즌인 키요하라 가즈히로를 빼놓을 수 없다. 한국 야구팬에게도 꽤 이름이 알려진 키요하라는 만 19세의 나이에 주전 1루수 자리를 꿰차며 리그 신인왕을 차지하게 된다.

이렇듯 당시 세이부 라이온스에는 리그 최고 수준의 1·2선발과 마무리투수, 나이를 잊은 듯이 분전했던 노장 투수, 입단하자마자 주전을 꿰찬 괴물 신인이 조화를 이루고 있었다. 강한 팀컬

세이부 라이온스에 갓 입단한 키요하라 가즈히로와 구단 사무실에서(1986년).

러가 느껴지는 것은 분명한데 이런 팀을 실제로 어떻게 이끌어 가느냐는 것은 전혀 다른 문제가 된다. 팀 운영에는 구단주의 지향과 의지, 프런트의 간섭 없는 지원, 감독의 작전과 선수활용 등이 복합적으로 작용한다. 이것은 이광환이 일본에서 특히 눈여겨 보기로 작정한 부분이기도 했다. 『LG, 이광환&자율야구』(1994년, 지성사 발간)의 관련 서술이다.

> 이광환이 일본 미국으로 야구 유학을 떠날 때는 분명한 목표의식이 있었다. 던지고 치고받는 기술적인 문제를 배우는 것보다 한 시즌을 운영하는 '선수단경영술'을 파악하는 데에 주안점을 두었다. "선수 개개인이 어떻게 기술을 향상시키느냐 하는 것은 선수 자신이 보고 익히는 게 가장 좋다. 실제로 전지훈련과 교육리그 참가를 통해 많은 발전을 이뤘다. 그러나 나는 감독이 동계훈련에서부터 시즌 종료까지, 나아가 포스트시즌까지 어떤 방식으로 팀을 운영하느냐를 알아보려고 했다."

세이부 라이온스의 모(母)기업은 세이부 그룹이다. 그룹 회장이었던 쓰쓰미 요시아키는 1978년 10월 크라운라이터 라이온스를 인수한 뒤, '이기는 것만이 팬을 확보하는 유일한 길'이라는 신념으로 팀을 정비하기 시작했다. 이때까지 세이부 라이온스는 결코 강팀이라고 볼 수 없었다. 1963년이 마지막 리그 우승이자 재팬시리즈 우승이었다.

쓰쓰미 요시아키는 팀을 위해 막대한 자금을 쏟아 부을 계획이었다. 일본 경제의 황금기였고 세이부 그룹에게도 그럴 만한 충분한 여력이 있었다. 그는 크라운라이터 시절인 1978시즌부터 감독으로 재직한 네모토 리쿠오에게 계속 팀을 맡기면서 그에게 물었다. 이하는 2010년 7월 27일 〈일간스포츠〉 인터넷판 기사를 근거로 재구성한 그들의 대화 내용이다.

"세이부는 언제 우승할 수 있겠습니까?"

"5년의 시간이 필요합니다."

"(조금 역정을 내며)우승하는 게 그렇게 어렵습니까?"

"세이부 라이온스에는 투타를 이끌 대형 스타 선수가 없습니다. 유망주를 육성시킬 코치진의 경험도 부족합니다. 대형 스타 선수나 유망주를 책임지고 영입할 프런트에 전문 인력이 없습니다. 5년 동안 이런 점을 보완해 나가면서 투자를 아끼지 않는다면 세이부가 매년 우승을 노리는 강팀이 될 것으로 확신합니다."

네모토 리쿠오의 설명을 충분히 이해한 쓰쓰미 요시아키는 그에게 구단 운영의 전권을 가진 관리부장까지 맡기며 전폭적인 지원을 약속했다. 그 약속이 실제로 지켜지면서 네모토 리쿠오가 지적한 팀의 단점이 보완되기 시작했다.

　네모토 리쿠오는 1981시즌을 끝으로 감독에서 물러나며 관리부장직만을 맡게 된다. 그는 히로오카 다츠로를 감독으로 영입하면서 "현장에서 내 역할은 여기까지다. 지금부터는 새로운 감독의 몫이다"라고 밝히며 팀에 대한 지원에 전념했다. 이광환의 설명이다.

　　"감독을 맡아 팀 전력을 완전히 파악한 뒤 스타 감독을 영입하고 관리부장(단장)으로 물러나는 것이 네모토 리쿠오의 패턴이었다. 이전 히로시마 도요 카프에서도 감독을 지낸 뒤, 팀 전력 상승을 위해 자문 역할을 했고 나중에 다이에 호크스에 가서도 비슷한 방법으로 팀을 재건했다."

'관리야구의 명장'으로 평가받았던 히로오카 다츠로는 감독 부임 후 2년 연속(1982-83) 재팬시리즈 우승과 한 차례 리그 우승(1985)을 이끌고 물러났다. 어느덧 세이부 라이온스는 진정한 강팀으로 성장해 가고 있었던 것이다.

　이광환은 세이부 연수를 오기 전에 히로오카 다츠로가 쓴 책을 읽었다. 이때까지 히로오카는 『나의 해군식 야구』(1979), 『우리 야구 교육학-조직의 힘을 결집하는 법』(1982), 『의식 혁명의 추천』(1983), 『적극적 사상의 추천』(1984) 네 권을 쓴 것으로 일어판 위키

피디아에 나와 있다. 이후에도 여섯 권 정도를 더 낸 듯하다. 그가 와세다대학 교육학 전공자임을 감안하더라도 대단한 일이 아닐 수 없다.

이광환은 관리야구의 대명사인 히로오카의 책을 읽고 꽤 감명을 받았다. 그의 야구가 정답이라고 믿었다. 하지만 막상 일본에 가보니 그게 아니었다. 일본 기자들은 히로오카에 대해 '이기면 자기 탓, 지면 선수 탓을 하는 감독'으로 흉을 보고 있었다. 히로오카는 1회에도 희생번트를 지시하는 일이 잦아 세이부의 성적은 좋아도 팬은 줄고 있었다.

어쨌든 이광환은 세이부 라이온스와 히로오카 다츠로의 성

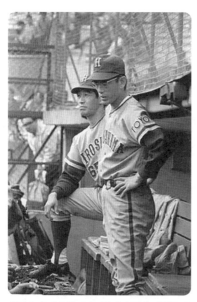

공 신화를 직접 팀 속에 들어가 들을 수 있었고, 쓰쓰미 요시아키와 네모토 리쿠오의 일화를 통해 구단주의 의지와 프런트의 지원이 강한 팀의 필수조건이라는 사실을 다시 한 번 체득했다. 남은 것은 감독의 경기 운영과 선수 관리를 파악하는 것이었는데 이 점에 있어서도 이광환은 운이 좋았다. 그때가 하필 감독 교체기였기 때문이다.

히로오카 다츠로(앞)는 '관리야구의 명장'으로 명성이 높았다. 이광환은 그의 저서를 읽고 깊은 인상을 받았다.

일본 최고 구단, 최고 감독과 함께

재임 4년 동안 리그 우승 3회, 재팬시리즈 제패 2회라는 좋은 성적을 냈음에도 히로오카 다츠로가 물러난 주된 이유는 그가 요산성 관절염을 앓고 있었기 때문이다. 1985시즌 후반에는 덕아웃을 비운 채 요양을 해야 했을 만큼 상태가 좋지 않았다. 어쩔 수 없이 구단은 신임 감독을 찾을 수밖에 없었는데 그가 모리 마사아키였다.

모리 마사아키는 히로오카 다츠로 감독 체제 하에서 세 시즌 (1982-84) 동안 수석코치로 재직했다. 히로오카 다츠로는 수비 중심의 야구를 강조하면서 선수들에 대한 엄격한 관리로 악명이 높았는데 모리 마사아키가 그 총대를 멨던 모양이다. 선수들에게 '모리 CIA', '모리 KGB'로 불리면서 미움을 받기도 했다. 이 때문인지 모리 마사아키는 감독 히로오카 다츠로와 갈등을 빚고 팀을 떠나 1985년 한 해는 라디오 분카방송 야구해설가, 호치신문 야구평론가로 활동한다. 우리나라에는 낯설지만 일본에서 야구평론가는 인기 있고 활성화된 직종이라고 한다.

다시 세이부 라이온스의 부름을 받은 모리 마사아키는 '당연한 것을 당연하게 하는 야구'[2]라는 슬로건을 내걸었다. 말은 어려워 보이지만 수비, 주루, 번트 등 야구의 기본을 중시하는 세밀

---

2   원문은 '当たり前のことを当たり前にやる野球'.

한 야구를 추구한 것이다. 히로오카가 지향했던 야구와 크게 달라진 것은 없었다. 다만 팀 분위기는 완전히 변했다. 모리 마사아키는 히로오카의 지나친 관리야구를 지양했고 선수들은 신바람과 활기를 찾고 있었다. 이를 목도한 이광환은 "선수들이 즐거워하지 않는 야구는 곤란하다"는 생각을 갖게 됐다. 그의 말이다.

> "감독 교체 전, 세이부 선수들은 마치 꼭두각시 같았다. 감독의 사인대로만 경기를 한 선수들이 경기에서 이긴 뒤에도 '감독이 한 일이지 내가 한 일인가'라는 냉소적인 분위기를 보였다. 겉으론 보기 좋게 보여도 직접 관리야구의 폐해를 체험하고 나니 충격이 컸다. 이때 이미 자율의 야구가 마음속에 자라고 있었던 것 같다."[3]

이광환이 세이부 라이온스에서 코치 연수를 받은 1986년은 모리 마사아키가 감독으로 부임한 뒤 맞은 첫 시즌이었다. 당시 49세였던 모리 마사아키는 감독으로 1994시즌까지 팀을 이끌면서 총 9시즌 동안 리그 우승 8회, 재팬시리즈 우승 6회라는 경이적인 기록을 세웠다. 이 기록만으로도 다른 설명은 그다지 필요할 것 같지 않다. 하나만 덧붙인다면 이광환의 연수 시점은 모리 마사아키의 전설이 시작되는 첫 장(章)에 해당한다고 말할 수 있다.

---

3   1993년 8월 14일자 한겨레 기사에 근거해 재구성했음.

이광환에게는 일본 최고의 팀에서, 일본 최고의 감독에게 프로
야구를 제대로 배울 수 있었던, 매우 운 좋은 기회였던 것이다.
이광환은 모리 마사아키에 대해 이렇게 말한다.

"감독에는 오버 매니저가 있고, 언더 매니저가 있다. 김동엽 감독이
나 김응용 감독, LA 다저스 라소다 전 감독이 오버 매니저다. 덕아웃
에서 가만히 있질 못하고 선수와 심판을 향해 끊임없이 소리를 지
르거나, 조용히 있다가도 한 번씩 흥분과 감정을 드러내는 타입이다.
그런데 미국이나 일본이나 대체로 언더 매니저형의 감독이 많은
편이었다. 야구 구경을 나온 사람처럼 그냥 두꺼비처럼 가만히 앉

모리 마사아키(가운데)는 세이부 라이온스의 전설을 써내려간 명감독이었다. 이광환은 일본 최
고의 팀과 감독으로부터 프로야구를 제대로 배울 수 있었던 기회를 얻었다.

아만 있는 감독이 꽤 보였다. 모리 감독도 그랬다. 경기 초반엔 가만히 있다가 후반에 마운드 시스템이 작동될 때는 바빠진다. 그때도 투수 코치에게 몇 마디 하는 정도다. 타자들한테는 별다른 말을 하지 않는다.

반면 한국 감독들은 타자를 자주 불렀다. '직구를 노려라', '커브만 쳐라'는 식인데 그러다가 감독이 조언한 대로 공이 안 오면 어쩔 건가. 이건 고등학교 야구다. 물론 타격코치가 '상대 투수의 커브는 어떤 질이고, 데이터로 봐서는 어떤 상황에서 많이 던진다'라는 조언은 해줄 수 있다. 하지만 기본적으로 결정은 선수가 하는 거다. 자기 스스로 밥숟가락으로 떠서 자기가 먹어야 한다.”

세이부 라이온스는 1986시즌 68승 13무 49패로 퍼시픽리그 우승을 차지하고 일본시리즈에 올랐다. 전반기에 쾌조의 스타트로 선두를 유지하던 킨데츠 버팔로스(현 오릭스 버팔로스)를 후반기에 따라잡았다. 9월에는 8차례 1위가 바뀌는 등 엎치락뒤치락 끝에 시즌 1경기를 남겨두고 리그 우승을 확정지었다. 킨데츠와 게임차는 2.5게임이었다. 숨 막히는 리그 경쟁 속에서 이광환이 무엇을 느꼈는지는 굳이 물어볼 필요가 없을 듯하다.

타선에선 타율 0.304, 홈런 31개를 기록한 키요하라 가즈히로, 홈런 41개를 터뜨린 아키야마 고지가 최고의 활약을 펼쳤고 마운드에선 승리·승율·탈삼진 부문에서 리그 1위에 오른 와타나베 히사노부, 11승을 거둔 쿠도 기미야스의 활약이 돋보이는 시즌이었다.

일본시리즈 우승은 더 극적이었다. 10월 18일 히로시마 도요 카프와의 1차전은 2대2로 비겼고, 이튿날 2차전은 1대2로 분패 했다. 세이부는 홈구장에서 반전을 노렸지만 21일과 22일 각각 4대7, 1대3으로 지며 시리즈 전적 1무 3패로 벼랑 끝에 몰렸다. 23일 2대1로 가까스로 이기긴 했다. 하지만 남은 세 경기는 도요 카프의 홈구장인 히로시마 시민구장에서 치러야 했다. 세이부는 25일부터 27일까지 열린 세 경기에서 모두 3점씩밖에 내지 못했지만 3대1, 3대1, 3대2로 승리했다. 이른바 '리버스 스윕 (Reverse Sweep)'이었다.

세이부 라이온스 연수 시절 숙소에서(1986년)

일본에서 미국으로

이광환은 일본시리즈가 끝난 직후인 1986년 11월 초 귀국했다. 그는 일본에서 무엇을 배우고 왔을까. 그의 말이다.

> "일본은 야구에 관한 한 목표의식을 갖고 있다. 언젠가 미국을 따라잡고 딛고 올라서겠다는 것. 그런 목표를 갖고 야구를 한다는 것은 가상한 일이었다. 그러나 방법상에는 문제가 있었다. 이른바 '스파르타식 훈련'이라고 해서 강도 높은 훈련, 많은 연습량을 강요하고 있었다. 선수들을 위한 훈련이 아니라 감독, 코치들을 위한 훈련이었다. 이만큼 훈련을 많이 시켰으니 흡족하다. 선수들도 혹독한 연습에 초주검이 되고도 뭔가 경기에 필요한 양분이 몸에 쌓였겠지 하는 생각으로 만족을 느끼는 것이었다."

이 무렵 그를 코치로 영입하기 위해 적극적으로 움직인 국내 구단이 있었다. 롯데 자이언츠였다. 롯데는 이광환이 일본에 있을 때 구단 전무 박종환(朴鍾煥)이 움직였다. 박종환은 〈스포츠서울〉 차장 이종남(李鍾南)에게 이광환의 의사를 타진해 달라고 부탁했고 이종남은 이광환에게 편지를 보냈다. 이광환으로부터 온 답장은 이러했다.

젊은 감독으로서 가장 그릇이 커 보이는 강(병철) 감독, 그리고 거인군(요미우리-인용자 주) 유학시절부터 친분이 있던 박 전무님, 그리고 롯데 선수들의 장래성을 보아 솔직히 말해 가장 가고 싶은 팀임을 숨길 수 없습니다. 지금도 어쩌면 도리어 제가 부탁을 올려야할런지도 모릅니다.

허나 제겐 아직까지도 몹쓸 고집이 남아 큰일이군요. 불확실성 속에 살아가야 하는 현대. 더구나 프로야구인으로서 다소 뒤떨어진생각일지 모르나 한번 준 마음 쉽게 바꿀 수가 없어 이 기회에 공부하러 나가겠다고 작정하게 되었습니다. 특히 지금 일본, 미국 양쪽의 실상을 좀 더 파악하여 우리의 것을 만들지 않으면 안 된다는 생각도 아울러 갖고 있습니다.

물론 제겐 가족도 있고 저도 생활인임엔 틀림없습니다. 그동안개인적인 어려움이 많았던 것도 사실입니다. 그러나 여러 가지로 미루어 보아 지금이 가장 중요한 시점이라 인식되어 어쨌든내년까지는 참고 현장을 떠나 있을까 합니다.

제가 곧잘 남용하는 말이 있습니다.

"장(將)은 자기를 알아주는 곳에 목숨을 바친다."

(이종남의 글에서 재인용)

답장의 내용을 전해들은 박종환은 이광환을 설득하기 위해 일본으로 날아갔다. 하지만 이광환의 눈은 이미 미국으로 향해 있었다. 1987년 1월 22일 OB 구단 박용민 단장은 미국 현지에서 세인 트루이스 카디널스와 자매결연 계약을 체결했다. 야구 발전을 위해 양 팀이 기술교류에 협력하고, OB 코치 두세 명을 카디널스의 스프링캠프와 교육리그 등에 파견해 연수를 받게 한다는 내용이었다. OB 베어스의 모(母)기업인 두산그룹은 동양맥주를 자회사로 두고 있었고, 카디널스의 구단주인 어거스트 부시는 버드와이저를 생산하는 앤호이저-부시사(社)의 오너였다. OB맥주와 버드와이저 사이의 기술합작이 구단의 자매결연까지 이어진 셈이다.

박용민은 이번에는 미국 연수를 이광환에게 권유했다. 일본 연수를 주선해 주고 경비까지 일부 지원해 준 그의 제의를 저버릴 수는 없었다. 더구나 이광환은 여전히 소속 구단이 없는 야인이었다. 그는 OB 구단과 박용민과의 의리를 지키면서 롯데의 제의를 완곡하게 거절하는 방편으로 미국행을 결정했다. 이왕 일본 프로야구를 접해봤으니 본고장 미국 야구까지 섭렵하겠다는 생각도 있었다.

미국 연수도 처음은 아니었다. OB 코치 시절인 1984년, 이광환은 정규 시즌 종료 후 LA 다저스 가을 교육리그에 참가한 간적이 있다. 교육리그는 애리조나 주 피닉스 근처에서 40여 일 정도 열렸는데 이때는 다저스 구단의 선수육성방식, 훈련방식을 주로 익히고 돌아왔다. 인상적이었던 것은 훈련과 게임을 항상 연결시킨다는 점이었다. 오전에 연습을 하고 바로 오후에 게임을 하는 방식이다. 이광환은 "그때 한국 구단은 연습 경기는 하지 않고 하루 종일 훈련만 시켰다"면서 "2군은 특히 더 그랬는데 선수들이 지겨워해 훈련 효과가 낮았다"고 했다.

MLB 구단들이 우수 선수 부족에 고민하고 있다는 점도 이광환은 이때 간파했다. 이 무렵 MLB는 1981년 선수 파업의 여파로 이전보다 인기가 다소 떨어진데다 농구와 미식축구에 스포츠 1급 유망주들을 빼앗기고 있었다. 미국의 4대 프로스포츠인 야구, 농구, 미식축구, 아이스하키 가운데 단연 1위였던 야구의 인기가 미식축구에 추월당한 것도 1980년대를 기점으로 보고 있다.

단체 학원 스포츠 활동이 일상화된 미국에서는 남학생은 주로 야구·농구·미식축구를, 여학생은 대체로 축구나 농구를 한다. 운동신경이 좋은 남학생은 세 종목을 동시에 하는 경우가 대부분이다. 이들이 고교나 대학 졸업을 앞두고 진로를 결정할 때 야구보다는 농구나 미식축구를 선택하는 비율이 1980년대 들어 크게 증가했다. 농구나 미식축구는 졸업 후 바로 주전으로 뛸 수가 있지만 야구는 마

미국 교육리그 연수 중에. OB 코치로 재직했던 1984년경이다.

이너리그에서 몇 년간 고생하는 것을 감수해야 하기 때문이다. 아주 극소수만이 메이저리그에 올라갈 수 있으며 다행히 메이저리거가 되더라도 주전이 되는 것은 하늘의 별따기다.

그 이유를 단순히 '그만큼 야구가 어렵다'는 말로 설명할 수도 있겠지만 나는 1980년대 들어 정착되기 시작한 MLB의 투수 분업화와 밀접한 관련이 있다고 생각한다. 투수 분업화가 진행되면서 투수는 전문화, 세분화됐고 구질은 더욱 다양해졌다. 한 경기에서 타자들이 상대해야 할 투수도 많아졌다. 이전에는 한두 명 정도였던 것이 이제는 기본이 세 명(선발·중간계투·클로저)이며 많게는 네댓 명, 대여섯 명이다. 이런 차이가 한 시즌 162경기에 쌓이면 이것은 질적인 변화라고 볼 수 있다.

안 그래도 야구는 3할의 스포츠다. 투수는 그 이하로 막기 위해, 타자는 그 이상을 치기 위해 무수한 훈련과 연습경기, 그리고 더 중요한 실전 경험이 필요하다. 이광환은 "농구나 미식축구는 대학스타가 바로 프로 스타가 되지만 야구는 마이너리그를 거쳐 올라오는 것이 힘들다"며 "내가 다저스 교육리그에 참가했을 때도 메이저리그는 그런 문제를 고민하고 있었다"고 했다. 그 고민의 산물이 1990년대 들어 MLB가 시도한 '야구의 세계화'다. MLB 구단은 우수 선수 확보와 시장 확대를 위해 세계에 눈을 돌렸고 박찬호(朴贊浩), 노모 히데오 등 수많은 프로 선수들을 영입하게 된다.

야구박물관에 충격을 받다

1987년 2월 22일 이광환을 실은 비행기가 미주리주 램버트-세인트 루이스 공항에 착륙했다. 공항에는 미주리대학 언론대학원에 재학 중이던 윤석홍(尹錫弘)과 김성구(金聖龜) 등이 마중을 나와 있었다. 당시에는 두 사람 다 〈조선일보〉 기자였다. 윤석홍은 OB 구단 이사 경창호(慶昌浩)의 부탁을 받고 김성구와 함께 이광환의 미국 생활을 도와주기로 했다. 김성구는 이광환의 통역과 사진사 역할을 담당하며 많은 사진을 남기게 된다. 카디널스 구단이 이광환과 그를 위해 구단 출입증을 발급해 주었기 때문이다. 이광환은 세인트루이스 한국 교민의 집에서 하숙을 하며 미국 연수를 시작했다.

한국을 떠나기 전 이광환은 대학노트 크기의 '1987년도 다이어리'를 구입했다. '연월간계획표', '시차표', '대륙별 지도' 등이 수록된 두께가 상당한 '다이어리'인데 편의상 '일지'라고 부르기로 한다. 그는 이 '일지'에 한국을 떠난 2월 18일부터 미국 연수를 끝내고 귀국한 이튿날인 11월 12일까지 그날그날의 주요 활동과 감상을 기록했다. 다음은 2월 26일자 '일지'의 내용이다.

◉ **2월 26일**

요즘 몸의 컨디션이 매우 좋지 않다. 목이 몹시 부은 느낌이고 감기 기운도 있는 것 같다. 내 자신의 건강에 무언가 이상이 있는 것만은 확실하다. 한국에서 올 때부터 이목(耳目)의 부분이 좋지 않았었다. 우황청심환 한 알을 꺼내먹고 쉬어야겠다. 눈이 자꾸 감기고 몸이 나른하다.

다음날(2.27)에는 더욱 심각한 내용이 적혀 있다. 그는 "목의 상태가 점점 나빠져 가는 기분이다. 아무래도 정확한 진찰을 요할 것만 같다. 만약을 위해서라도 유언장을 써놔야겠다"고 썼다. 한때는 인후두 계통의 악성 종양을 걱정하기도 했지만 이광환은 카디널스 구단에서 주선한 신체검사와 의료 진찰, 투약으로 점차 건강을 되찾게 된다. 무엇보다 그에게는 메이저리그의 선진 시스템을 배우는 것이 최우선 과제였고 "의지로 이겨야 한다!!"(3월 7일자

미국 세인트루이스 카디널스 연수 시절. 왼쪽부터 윤석홍, 이광환, 김성구, 미상.

'일지')는 결의에 차 있었다. 3월 31일 이광환은 병원에서 엑스레이 검사와 혈액 검사를 받았고 이튿날 정상이라는 통보를 받았다.

현재 메이저리그는 아메리칸리그(AL)와 내셔널리그(NL)에 각 15개 팀, 총 30개 팀으로 구성되어 있다. AL과 NL에는 각각 동부·중부·서부 지구(division)가 있고 각 지구마다 5개 팀씩 소속돼 있다.

이광환이 연수를 받은 1987년에는 지금보다 팀 수가 조금 적었다. 콜로라도 로키스, 마이애미 말린스, 애리조나 다이아몬드백스, 탬파베이 레이스 네 팀이 창단되기 전으로 총 26개 팀이었다. 그런데도 그때나 지금이나 한 팀의 리그 총 경기 수는 162경기로 동일하다. 개인적으로 나는 이것이 메이저리그의 대단한 점이라고 생각한다. 팀당 리그 총 경기 수는 1961시즌 154경기에서 162경기로 늘어난 이래 현재까지 유지되고 있다. 1987시즌에는 AL에 14개 팀, NL에 12개 팀으로 지금과는 리그 팀 수에서도 차이가 다소 있었다. 중부 지구 없이 동부·서부 지구로만 리그가 운영된 것도 현재와 다른 부분이다.

세인트루이스 카디널스는 샌프란시스코 자이언츠, LA 다저스, 시카고 컵스와 함께 NL의 대표적인 인기 구단이다. 월드시리즈 우승 횟수는 11회로 NL에서는 단연 1위다. AL에는 보스턴 레드삭스와 뉴욕 양키스가 '전국구 구단'이라고 할 수 있다.

1987년 카디널스의 스프링캠프는 플로리다 주 세인트피터즈

버그에 차려졌다. 이광환은 등번호 72번을 달고 다른 코치들과 동일한 역할을 했다. 단순한 '코치 연수생'이 아니라 카디널스 감독, 코치, 선수들과 부대끼며 같이 호흡했다는 뜻이다. 우리나라의 국력과 인지도가 지금과는 비교조차 안 될 때여서 그에게 "한국에서도 야구를 하느냐"고 물어본 코치도 있었다.

미국은 일본과는 또 달랐다. 어디를 가더라도 눈에 띌 수밖에 없는 동양인 남자에게 당시 미국은 너무나도 무심하고 무정한 곳이었다. 어느 날은 한국 사람과 한국 음식이 그리워 세인트 피터즈버그 전화번호부를 뒤져 무작정 한국인을 찾았다. 'Kim'이나 'Park'이라는 성(姓)이 보이면 다이얼을 돌렸다. 그렇게 알게 된 동포로부터 도움을 받기도 했다.

이 무렵 이광환은 스트레스가 상당했다. 스프링캠프 중 어느 날, 죽을 것처럼 배가 아팠다. 신경성 복통이었다. 윤석홍과 김성구는 미주리 주에 있어 아무런 도움이 되지 못했다. 이광환은 겨우 한 교민의 도움을 받아 병원을 찾았다. 그 교민 가족과는 훗날 이광환이 LG감독이 되어 플로리다로 전지훈련을 갔을 때 식사를 같이 하는 사이가 됐다.

'일지'에는 4월 3일로 기록돼 있다. 이광환은 숙소인 힐튼호텔 앞 해변을 걷다가 조그만 야구박물관을 발견했다. 입장료는 50센트, 100평 남짓한 1층 건물에 조촐한 규모였다. 야구 선수들의 사진과 소개, 유니폼과 장비들이 소박하게 전시돼 있었다. 나중에 알게 됐지만 미국에는 그런 크고 작은 야구박물관이 셀 수 없이 많았다. 미국인의 야구사랑, 미국인의 야구문화였다. 엄청난 충격이었다.

⦿ **4월 3일**

그때 눈을 떴다. 야구만이 아니라 야구 역사도 있어야 한다는 자각이었다. 우리나라에는 스포츠는 있어도 스포츠 문화는 없었다. 우리나라에도 스포츠 문화가 있어야 한다고 생각했다. 야구팬이 나이를 먹어도 그때 그 시절을 회상할 수 있는 기회를 줘야 한다. 그래야지 아들에서 손자로 야구가 이어진다.

거듭되는 행운

카디널스의 1980년대는 감독 화이티 허조그와 그의 '화이티볼'로 시작되고 끝이 났다고 할 수 있다. 허조그의 야구 철학은 한 시즌을 장기전 혹은 소모전으로 보고 전쟁에 승리하기 위해서는, 아니 리그 우승을 하기 위해서는 홈런보다는 피칭, 주루, 수비에 집중해야 한다는 것이었다. 그의 야구는 당대에 '화이티볼(Whitey ball)'로 불렸는데 감독으로서 자신의 브랜드를 만들어냈다는 점

에서 대단한 영예가 아닐 수 없다.[4]

그는 카디널스에서의 첫 풀타임 시즌인 1981년에는 불운했다. 카디널스는 NL에서 최고 승률을 거뒀지만 선수 파업으로 메이저리그가 전·후기로 운영되는 바람에 포스트시즌에 진출하지 못했다. 카디널스는 전·후기 모두 2위에 그쳤고 각 1위 팀인 필라델피아 필리스와 몬트리올 엑스포스의 '가을 야구'를 쓸쓸히 지켜봐야 했다.

하지만 그는 1982시즌 카디널스의 NL 우승과 월드시리즈 우승을 일궈내면서 정점에 섰다. 그리고 79승 82패로 부진했던 1986년을 사이에 두고 1985시즌과 1987시즌, NL 우승기(Pennant)[5]를 거머쥐었다. 월드시리즈 우승에는 두 번 모두 실패했다. 1988시즌과 1989시즌은 각각 76승 86패, 86승 76패로 부진하거나 무난했고 1990시즌에는 33승 47패로 나락에 빠졌다가 감독에서 해임되는 수모를 겪었다. 이것이 메이저리그 감독으로서의 그의 마지막 경력이었다.

따라서 1987시즌은 화이티 허조그가 '마지막 불꽃'을 피운 한

---

4   영어판 위키피디아의 관련 대목은 다음과 같다. Herzog's style of play, based on the strategy of attrition, was nicknamed "Whiteyball" and concentrated on pitching, speed, and defense to win games rather than on home runs.

5   'Pennant'는 메이저리그에서 상용(常用)되는 용어다. 정규 시즌을 페넌트레이스(Pennant Race)라고 칭하는 것도 여기서 비롯됐다.

'화이티볼'이라는 자신의 브랜드를 만들어냈던 감독 허조그와 함께(1987년).

해라고 할 수 있었다. 나는 이광환이 1987시즌이 아닌 1986시즌
이나 1988시즌에 카디널스에서 코치 연수를 받았다면 절대로
그에게 '거듭되는 행운'이 따라오지 않았을 것이라고 생각한다.
경기에 지면 그 어떤 행운도 행운이 아니다. 행운은 이긴 경기에
서만 의미를 갖는다. 그런 의미에서 카디널스가 95승 67패를 기
록한 1987시즌은 그에게 행운을 돌릴 수 있는 95번의 기회가 주
어진 셈이었고, 시범경기까지 포함하면 그 기회는 더 많아진다.

　　이광환이 계획한 연수 일정은 세인트루이스 카디널스의 스프
링캠프와 시범경기를 참관하는 것과 함께, 정규 시즌 마운드 운

용과 감독의 팀 관리를 체득하는 것이었다. 그렇다고 해서 그가 유니폼을 입고 덕아웃에 들어가 이들과 직접 부대끼기를 바란 것은 아니었다. 그런데 뜻밖의 행운이 연속해서 찾아왔다. 그는 "어떻게 나한테 그런 일이 있을 수 있었는지 정말 꿈만 같은 세월이었다"고 말한다.

이광환은 MLB 8개 구단 정도가 시범경기에 참가한 것으로 기억하고 있다. '일지'에 등장하는 구단은 디트로이트 타이거즈, 피치버그 파이어리츠, 토론토 블루제이스, 신시내티 레즈, 휴스턴 에스트로즈, 시카고 화이트삭스, 캔자스시티 로얄즈, 필라델피아 필리스 등이다.

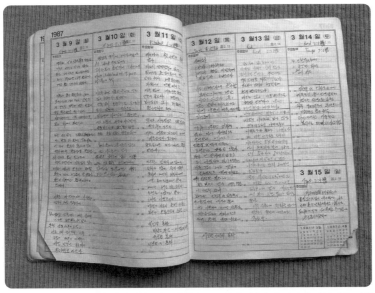

이광환은 그날그날의 교훈과 감상을 '야구일지'에 꼼꼼하게 기록하며 자신의 야구관을 정립해 나갔다.

그는 시범 경기 중에 카디널스 유니폼을 입고 덕아웃에 들어갈 수 있었다. 그런 특권이 주어진 것은 연수 코치 중에 이광환이 유일했다. 카디널스 구단 고위층으로부터 "멀리 한국에서 유학 온 코치를 잘 봐주라"는 지시가 내려와 있었기 때문이다. 물론 이 것은 박용민이 카디널스 구단 측에 미리 부탁했기에 가능한 일이었다. 이광환 특유의 성실성과 친화력 또한 카디널스 관계자들의 마음을 사로잡았을 것이라고 확신한다.

또 다른 행운은 그레이하운드 경주장에서 찾아왔다. 내기를 좋아하는 미국인 코치들이 이광환에게도 돈을 걸어보라고 부추겼다. 경주장 내 TV에는 경주에 나설 개[犬]들이 소개되고 있었는데 이광환은 발목이 가는 사람이 달리기도 잘한다는 속설을 떠올리며 발목이 가장 가는 개에 돈을 걸었다. 말 그대로 행운이었다. 그 개가 1등으로 들어와 100달러를 벌었다. 카디널스 코치들은 환호성을 지르며 이광환에게 '럭키보이'라는 별명을 붙여주었다. 그 후로도 이따금 개 경주장에 가면 카디널스 코치들은 이광환에게 지목한 개에 배팅해 돈을 따곤 했다.

이때까지만 해도 경기 외적인 행운이었지만 이광환에게 운이 따른다는 소문은 금세 퍼졌다. 그가 일본시리즈 우승팀 세이부 라이온스에서 연수를 받았다는 사실도 행운의 징표로 여겨졌다. 화이티 허조그는 1987년 3월 19일 캔자스시티 로얄즈와의 시범 경기 전, 오더지 교환을 '럭키보이' 이광환에게 맡겼다.

● 3월 19일

오늘 허조그의 지시로 내가 오더 교환의 코치로 나가 심판 및 로얄스 코치와 인사를 나누고 상대 오더를 받아들고 들어왔다. 전 선수 및 코치들이 좋아들한다. 정말 이들은 재미있고 밝은 민족이다. 한국이나 일본에서 감히 생각할 수 없는 일들이다. (...) 내가 오더 교환해서 이긴다고 매일 나가라고 웃기기도 했다.

● 3월 20일

오늘도 허조그의 요청에 오더 교환에 참가, 필리스 코치 및 신판진과 가볍게 인사. 홈 플레이트 위에서 오더 교환 후 뒤돌아 벤치에 돌아오니 전 선수가 박수로 맞이해 준다. (...)덕분에 오늘도 이겼다고 나를 행운아라며 허조그는 계속 고맙게 대해주며 '쾅 리'하며 격려해 준다.

이광환이 몰고 오는 행운 덕분인지 시범경기에서 5위 정도를 할 것이라고 전문가들이 예상했던 카디널스는 기대 이상의 선전을 펼치기 시작했다. 이광환이 운을 몰고 다닌다는 믿음은 팀 내에서 더욱 깊어졌다.

카디널스는 승률 7할 이상을 올리며 시범경기를 1위로 마감했다. 징크스는 깨지기 전까지 이어갈 수밖에 없기 마련이다. 아니, 깨지더라도 계속 이어지는 징크스도 많다. 이광환이 있으면 경기가 잘 풀린다는 징크스가 생겼던 화이티 허조그는 구단 프런트와 협의해 그를 정규 시즌에도 덕아웃에 들어올 수 있게 리스트에 올렸다. 이광환으로서는 믿을 수 없는 엄청난 행운이었다.

마법을 부린 한국 인삼

1987시즌 카디널스 주전 야수들의 이름과 성적을 아래에 옮겨본다. 이광환의 '일지'에도 더러 등장하므로 알아둘 필요가 있다.

포지션	선수	타수	안타	타율	타점	홈런	나이
포수	토니 페냐	384	82	0.214	44	5	30
1루수	잭 클락	419	120	0.286	106	35	31
2루수	톰 허	510	134	0.263	83	2	31
유격수	아지 스미스	600	182	0.303	75	0	32
3루수	테리 펜들턴	583	167	0.286	96	12	26
좌익수	빈스 콜먼	623	180	0.289	43	3	25
중견수	윌리 맥기	620	177	0.285	105	11	28
우익수	커트 포드	228	65	0.285	26	3	26

1987년 4월 14일은 카디널스의 홈경기 개막전이 있는 날이었다. 이날 비가 많이 내렸지만 경기는 진행됐다. 이광환의 '일지'에는

"덕아웃의 감독 곁에서 유니폼을 입고 똑같이 관전하며 지휘 및 스태프 간의 유기적 관계 파악 가능"이라고 기록돼 있다. '일지'의 몇 대목을 옮겨본다.

> ● 4월 18일
> 연장 10회 허(Herr)의 극적인 굿바이 역전 만루 홈런으로 내 생전 이런 경기 처음 보다. (...) 경기가 거의 끝나나 싶었는데 10회말 1사 후 3안타로 타이, 이후 2사 만루에서 만루홈런(Herr). 완전히 축제 분위기로 변하다. 나도 홈플레이트 근처에서 전 선수단과 함께 가서 홈인하는 선수들을 환영. 허조그과 함께 껴안고 기뻐하다.
>
> ● 4월 23일
> 구장에 도착하니 약간의 비가 내리기 시작한다. 결국 타격 연습은 실내에서 실시. 투수조 타격 시 내가 볼을 던지게 되었고 그들은 내게 수고한다며 인사를 아끼지 않았다. 오랜만에(약 한 달 반 만에) 던지니 어깨가 묵직하다.

정규 시즌까지 참가할 수 있게 된 이광환은 꿈만 같았지만 내심 걱정도 있었다. 다시 그의 이야기다.

"나는 혹시 내가 들어오는 바람에 부정 탔다고 손가락질이나 받지 않을까 하고 속으로 은근히 걱정하던 참이었는데 의외의 좋은 성적이 나와 참 다행이라고 생각하고 있었다. 게다가 선수, 코치 할 것 없이 모두가 나를 '동양의 신비'로 여겨주니 몸 둘 바를 모를 정도로 기분 좋았다. 그러나 한편으로는 혹시 이러다가 나중에 '약효'가 떨어지면 구박하지 않을까 하는 걱정도 없지 않았다."

하지만 기우였다. 화이티 허조그는 정규시즌 규정 때문에 이광환에게 오더지 교환을 시킬 수 없게 되자 오더지를 이광환의 어깨나 등에 비비기도 하면서 행운을 기대했다. 허조그의 기대대로 이광환의 행운은 정규 시즌에서도 계속됐다. 그가 한국에서 가져온 인삼도 카디널스 선수들에게 엄청난 '약효'를 발휘했다. 이광환의 '일지'에 나오는 관련 기록이다.

경기 시작 전 감독 허조그 등과 함께.

● 6월 21일

오늘은 허조그가 국가연주 시 나를 끌고 들어간다. 이 양반도 아주 미신이나 징크스가 많은 듯. 오늘은 내가 아지 스미스에게 내가 복용하고 있는 인삼분말을 주면서 피로회복에 좋으니 먹으라고 요령까지 알려 주었고 T배팅 시 거들어주고 하여 좋은 성적을 거두어 매우 기쁘다. 잘 해주길 기대하는 마음. 내가 더욱 마음 졸인다. 페냐(Pena)도 자기가 돈을 지불할 테니 그 인삼분말을 구해달라고 한다. 한국에 연락하여 오려면 2주 이상 걸린다고 했다. 그래서 오늘 경기 후 한국식품점에 들어 인삼차 110달러 어치 구입했다. 아무래도 코치 및 선수들에게(특히 지친) 주어 인삼 자체보다도 정신적 피로회복에 도움이 되도록 해주어야겠다. 이 친구들은 동양의 신비를 관심 있게 듣고 그러다 보면 자신감도 얻게 될 것이다.

미국 중부 내륙 도시인 세인트루이스는 6월부터 무더위가 기승을 부린다. 이광환은 더위에 지쳐 보이는 아지 스미스에게 인삼을 건넸다. 그는 팀 내 최고 인기 선수이자 최고 연봉자였다. 이광환은 "수비만큼은 날고 기는 아지 스미스였지만 타율은 매년 2할대에 머물렀는데 인삼차를 마시고나더니 안타를 펑펑 쳐내며 3할대 타율이 됐다"며 "아지는 그 해에 난생 처음 3할대 타율을 올렸다"고 했다.

아지 스미스가 그때 얼마나 한국 인삼의 '약발'을 받았는지 구체적으로 확인하기 위해 'baseball-reference.com'에 들어가 기록을 뒤져보았다. 1987시즌 아지 스미스는 4월 타율 0.185을 기록하며 부진한 출발을 보였지만 5월에는 타율이 0.280까지 올랐다. 이때까지는 크게 좋은 성적은 아니라고 할 수 있다. 그러나 인삼차를 먹기 시작한 6월에는 타율이 0.292로 상승했고 여름 내내 맹타를 휘두르며 0.303로 시즌을 마감했다. 1978시즌부터 1996시즌까지 카디널스 한 팀에서만 19시즌을 뛰고 은퇴한 그에게 3할 이상을 친 시즌은 이때가 처음이자 마지막이었다. 아지 스미스가 이광환이 준 인삼에 얼마나 열광했는지 한눈에 그려지는 것 같다.

6월 23일 이광환은 감독, 코치, 트레이너들에게도 인삼차를 전달했는데 이날 투수인 그렉 매튜가 자신에게도 달라고 부탁했다. 다음날 이광환으로부터 인삼차를 받은 그렉 매튜는 그 이튿날(6.25) 필라델피아 필리스와의 경기에서 3대 0 완봉승을 거뒀다. 이 시즌 첫 완봉승이었다. 6월 25일자 '일지'에는 "꼭 인삼차를 주어 잘 던졌다기 보다 나의 친절에 보답하는 듯하여 무엇보다 기쁘다"라고 적혀있다.

이들 말고도 한국 인삼의 수혜자는 많지만 좌익수 빈스 콜먼의 사례 하나만 더 소개한다. 1985시즌에 데뷔해 타율 0.267, 도루 110개를 기록하며 이 해 NL 신인왕을 차지한 그는 메이저리그 도루 부문의 역사를 다시 쓴 선수다. 데뷔 후 첫 세 시즌 동안

100도루 이상을 기록한 선수는 그가 유일하다. 도루 연속 성공 기록도 보유하고 있다. 1988년 9월 16일부터 이듬해 7월 26일까지 단 한 번도 도루사를 당하지 않고 50회 연속 도루에 성공했다. 통산 도루는 13시즌 동안 752개로 역대 6위에 해당하지만 이것은 그의 선수 생활이 비교적 짧았기 때문이다. 경기당 도루 수는 0.55개로, 25시즌을 뛰며 통산 도루 1위(1,406개)를 기록한 리키 헨더슨의 0.46개보다 오히려 높다.

이광환은 "빈스 콜먼은 도루는 잘해도 솜방망이였는데 나한테서 인삼 한 봉지를 얻어가더니 1,800 타석 만에 홈런을 쳤다"고 했다. 같은 사이트에서 빈스 콜먼의 기록을 찾아보았다. 빈스 콜먼은 루키 시즌인 1985년 5월 21일 125타석 만에 첫 홈런을 쳤다. 그런데 우리나라에서 더러 러닝홈런(장내홈런)이라고 불리는 인사이드 더 파크 홈런이었다. 이것도 홈런은 홈런이지만 본인의 만족도 측면에서 따져봤을 때 담장을 호쾌하게 넘기는 홈런에 견줄 바는 못 된다.

빈스 콜먼의 '진짜 홈런'은 이광환에게 인삼차를 받은 그 날인 1987년 8월 26일 이루어졌다. 그 자신도 메이저리그 데뷔 후, 자신의 진정한 첫 홈런이라고 여겼을 것이다. 이때가 통산 1,914타석 째였는데 첫 인사이드 더 파크 홈런을 친 타석부터 계산하면, 다시 말해 125타석을 빼면 1,789타석 째가 된다. 따라서 "1,800타석 만에 홈런을 쳤다"는 이광환의 기억이 얼마나 정확한지 알 수 있다.

더욱 놀라운 것은 빈스 콜먼이 1987시즌 홈런 두 개를 더 쳤다는 점이다. 그는 8월 26일 홈런 이후, 9월 20일과 21일 이틀 연속 홈런을 쳤다. 이광환의 인삼차가 마법과 같은 기적을 일으키며 카디널스 팀 내에서 일종의 '징크스'가 된 것은 더 설명할 필요가 없다. 이광환의 말이다.

"인삼이 좋다는 말은 선수들 사이에 짜하게 퍼져나갔다. 그것 한 봉지만 먹으면 안타를 펑펑 치지, 홈런과 담을 쌓았던 선수까지 홈런을 치지, 그리고 나니까 서로들 달라고 난리였다. 아마 그런 인삼 쟁탈전은 세인트루이스 하늘 아래 없었을 것이다. 내가 갖고 있던 인삼차가 다 떨어져 포수를 맡고 있던 토니 페냐에게는 캡슐로 만든 엑기스를 줬다. 그랬더니 '왜 나한텐 봉지에 든 것 안 주느냐'면서 여간 서운해 하지 않았다. 그게 더 비싼 건 줄도 모르고."

이후에는 알약이나 분말, 또는 엑기스 형태 등 구할 수 있는 인삼은 다 모아 선수들에게 주었다. 그의 일지에 나온 것처럼 한국에서 가져간 것이 다 떨어지면 미국의 한국식료품점에서 구입하기도 했다. 마침 미국 연수를 나온 〈조선일보〉 경제부장 최청림도 각종 인삼을 한 아름 모아주기도 했다.

그가 터득한 미국 야구

인생이 그렇다지만 야구도 운칠기삼(運七技三)이라는 말이 있다.
야구만큼 이 표현이 잘 어울리는 스포츠도 없다는 말도 한다. 그
러나 모든 것을 운으로만 돌릴 수는 없다. 삼(三)이 됐든 일(一)이
됐든 기본적인 기술이나 기교, 재능은 있어야 한다. 이광환은 기
술적인 측면에서도 카디널스 선수들의 인정을 받았다.

　아지 스미스는 팀의 타격코치나 인스트럭터를 제쳐두고 이광
환에게 기술적인 자문을 구하기도 했다. 이광환은 자신의 문제점
을 묻는 아지 스미스에게 "머리를 밑으로 쿡 박고 그냥 힘껏 휘둘

이광환이 운을 몰고 다닌다는 징크스가 팀 내에 퍼지면서 그는 감독, 코치, 선수들로부터 깊
은 신뢰를 받았다.

러라"는 조언을 했다. 타격할 때 머리가 들리는 헤드업을 조심하라는 지적이었다. 『LG, 이광환&자율야구』는 "그 다음부터 스미스는 대기타석에 들어갔다가 이광환과 눈이 마주치면 고개를 앞으로 쑥 내밀곤 했다. '당신의 조언을 지금 명심하고 있습니다'라고 하는 무언의 표시였다"고 쓰고 있다. 이광환은 이에 대해 "아지 스미스의 애교 섞인 제스처였다"고 말한다.

중견수 윌리 맥기 또한 타격이 부진할 때마다 이광환을 찾아와 조언을 받았다. 1982시즌에 데뷔한 윌리 맥기는 이듬해 올스타에 뽑히면서 골드글러브를 수상했고 1985시즌에는 타율 0.353를 기록하며 올스타, 골드글러브[6], 실버슬러거[7]와 함께 NL MVP로 선정된 슈퍼스타였다. 6월 23일자 '일지'에는 "일전에 레이크가 타격에 대해 상의하러 왔었고 오늘은 맥기가 의논한다. 그래서 머리가 돌아간다고 일러주었더니 4타수 2안타 작렬. 좌우간 기분 좋다"라는 기록이 있다. 윌리 맥기는 이광환이 연수를 마치고 한국으로 돌아가게 되자 "내 파트너가 떠난다"며 서운해했다고 한다. 이광환은 이런 말을 한다.

6　한국 프로야구에서는 매년 '골든글러브 상'을 시상하지만 MLB에서는 '롤링스 골드글러브 상'(Rawlings Gold Glove Award)을 수여한다. 한국의 '골든글러브'가 베스트9을 뽑는 성격이 강하다면 MLB 골드글러브는 수비만을 평가해 각 포지션별 최고의 수비수에게 수여되는 상이다.

7　MLB에서 매년 각 포지션별 최고의 공력력을 보여준 선수에게 주어지는 상이다.

"기본과 기초는 오직 하나다. 미국식이 다르고 일본식이 다를 수가 없다. 아마추어가 다르고 프로야구가 다를 수도 없다."

메이저리거들에게 타격지도를 하면서 뿌듯함을 느꼈을 테지만 정작 이광환의 시선은 투수들에게 쏠려있었다. 미국에서도 스프링캠프부터 월드시리즈까지 투수와 관련된 내용을 자신만의 노트에 세밀히 기록했다. 시즌의 성패를 가르는 핵심 요인은 결국 투수진 운용이었기 때문이다.

일본에 있을 때와 달라진 것은 당시 MLB는 총 26개 구단이어서 적는 시간이 두 배 이상 늘어났다는 점이었다. 평균 두세 시간이 걸렸다. 나중에는 그날 기록을 보지 않고도 어느 팀에는 누가 선발로 나왔는지를 다 알 수 있었다. MLB 구단의 투수 운용 역시 머릿속에 정리됐다. 비로소 미국 야구를 조금이나마 터득했다는 느낌이었다.

MLB의 투수진 운용은 이광환이 체험한 선진야구의 핵심 중의 핵심이기 때문에 좀더 상세하게 다룰 필요가 있다. 1987시즌 카디널스 투수진과 1986시즌 세이부 투수진의 기록과 성적을 중심으로 이를 일별해 보기로 한다. 5선발 체제가 확고하게 구축된 것은 양 팀이 동일한데 중요한 것은 중간계투진과 마무리투수의 운용이다. 다음은 30경기 이상 등판한 카디널스 중간계투진의 성적이다.

선수	등판	이닝	승	패	세이브	방어율
리키 호튼	67	125	8	3	7	3.82
빌 돌리	60	96.2	5	8	2	4.47
펫 페리	45	65.2	4	2	1	4.39
캔 데일리	53	61	9	5	4	2.66
리 턴넬	32	74.1	4	4	0	4.84

여기에 부동의 클로저인 토드 워렐의 성적은 75경기 등판, 94.2 이닝, 8승 6패 33세이브, 방어율 2.66이었다. 토드 워렐은 1993 시즌부터 1999시즌까지 LA 다저스에서 클로저로 활약해 한국 팬들에게도 매우 낯익은 선수다. 물론 LA 다저스에서 오랜 뛴 박찬호 덕분이다.

이하는 20경기 이상 출전한 세이부의 중간계투진의 기록이다.

선수	등판	이닝	승	패	세이브	방어율
키무라 타케시	42	57.2	5	1	2	2.50
오다 신야	35	28.2	2	1	1	3.45
마츠누마 마키유키	25	63.1	3	4	0	4.41

확연한 차이점을 발견하게 된다. 카디널스의 중간계투진 가운데 30경기 이상 등판한 투수는 5명인데 세이부는 20경기 이상 출전

한 투수가 3명밖에 없다. 당시 팀당 경기 수가 미국은 162, 일본은 130이라 단순 비교는 어렵지만 카디널스에 비해 세이부의 중간계투진 활용 폭이 좁아 보이며 이닝 소화량의 격차도 상당하다.

가장 두드러지는 차이는 클로저의 기록이다. 카디널스 토드 워렐은 75경기에 나가 94.2이닝을 던져 8승 6패 33세이브를, 세이부 궈타이위엔은 39경기에 등판해 108.1이닝을 소화하고 5승 7패 16세이브를 거뒀다. 이 역시 단순 비교 대상은 아니지만 토드 워렐이 두 배 정도 많이 등판했으면서도 이닝수가 적은 것은 매우 유의미한 차이다. 이광환은 이에 대해 "미국이 투수들의 분업화가 100만큼 이뤄졌다면 일본은 50 정도, 그리고 내가 미국에서 돌아온 1988년의 한국은 20 정도에 불과했다"고 했다. 좀 더 상세한 그의 설명이다.

"미국은 어느 팀을 보더라도 선발-중간계투-마무리를 대별하는 분업화가 이뤄져 있었다. 1970년대만 하더라도 세이브 요원의 필요성이 강조되면서 종반 3이닝을 막는 것이 일반적이었다. 그러나 1980년대에 들어오면서 3이닝은 너무 길다는 인식이 생겨나 게임당 평균 투구 이닝수가 2이닝 안쪽으로 줄어들더니 1980년대 종반부터는 그게 1~2이닝으로 줄어들었다. 그만큼 세이브 요원을 아끼자는 의미였다.

그렇게 하려니까 선발투수로부터 마무리투수까지 바통을 넘기는

데 중간에서 릴레이하는 투수가 필요하게 됐다. 그들은 대개 6, 7회에 나가 8, 9회에 마무리 전문투수에게 바통터치를 하는데 비록 자신에게는 승리도, 세이브도 돌아가지 않지만 팀의 마운드를 원활하게 굴리는 데는 절대 필요한 존재로 부각됐다.”

재미와 감동의 메이저리그

구(舊)한말 선각자 유길준(兪吉濬)은 조사시찰단(신사유람단) 수행원으로 일본 시찰을 마친 뒤 경응의숙 유학생으로 1년을 체류한 바 있다. 미국에는 견미(遣美)사절단 일원으로 가서 시찰 후에 또 유학생으로 남았다. 그 후 유럽여행을 다녀오기도 했던 유길준은 『서유견문(西遊見聞)』이라는 책을 남겼다. 『서유견문』은 단순한 서구기행문이 아니었다. 「한국민족문화대박과사전」은 이 책에 대해 “우리의 근대를 어떻게 건설할 것인가를 정치 경제 법률 교육 문화 등 각 부문의 구체적인 내용과 그 방법론을 체계적으로 제시한 ‘근대화 방략서’이라고 할 수 있다”고 쓰고 있다.

　나는 이광환의 고민이 유길준의 그것과 크게 다르지 않다고 생각한다. 유길준이 ‘우리의 근대화’를 위해 고심했다면, 이광환은 ‘우리 야구’를 위해 무언가를 해보겠다고 결심한 정도의 차이가 아닐까 한다. 이것은 이광환의 귀국 이후 행보를 보면 알 수 있다. 그는 이른바 '자율야구'와 '스타시스템'으로 불리게 된, 한국 야구의 대변혁 혹은 개혁을 시도했다. 그에 대해 스포츠신문은 '개혁가', '파이오니어' 같은 용어는 다반사로 썼고 어떤 이는 '일종의 혁명가'라는 표현도 썼다. 이광환만이 미국야구를 접한 것은 아니지만 그가 한 것처럼 미국 프로야구의 투수진 운용과 한 시즌 운영을 온전히 체험하고 이를 한국야구에 미국야구를 접목시키고자 시도한 야구인은 없었다.

일례로 해태·삼성·한화 감독을 지낸 김응룡(金應龍)은 1981년 5월 미국으로 떠나 1년 4개월 동안 조지아 서던 칼리지 야구스쿨에서 코치행정학 등 야구 전반에 대한 이론과 실기를 공부한 적이 있다. 대한야구협회의 미국 연수 프로그램의 일환이었다. 그는 이듬해 10월 해태 타이거즈 감독으로 선임된 직후 "미국에서 배워온 이론과 실기를 최대한으로 팀 내에 반영시키도록 노력하겠다"[8]고 말하기도 했다. 그는 이런 말도 했다.

미국에서 느낀 게 많아. 조지아 서던대에서 정말 야구를 제대로 보고 왔어. 훈련법은 다 비슷한데, 거긴 처음부터 끝까지 선수들이 다 알아서 훈련하고 움직여. 우리처럼 누가 시켜서 하는 야구가 아니었어.('박동희의 Mr.베이스볼', 김응룡 회고록 1편)

---

8 1982년 10월 20일자 <경향신문>.

하지만 김응룡이 체험한 '미국야구'는 학생야구 혹은 아마추어야구였다. 이광환의 그것과는 결정적인 차이가 있었다. 앞서 언급했던 것처럼 김응룡은 미국 프로야구의 마운드 운용과 한 시즌 운영을 경험하지 못했다. 단편적인 훈련방식 같은 것만을 보고 왔을 뿐이다. 또한 김응룡은 미국야구를 말 그대로 '팀 내에 반영'했을 뿐 이광환처럼 떠들썩한 개혁을 시도한 것은 아니었다. 견미사절단으로 미국에 가봤다고 해서 모두가 유길준처럼 『서유견문』을 남긴 것은 아니듯이 이광환은 이런 지점에서는 분명히 한국야구의 개혁가였다.

경기에 집중하는 이광환의 뒷모습. 무슨 생각을 하고 있었을까.

이광환은 한국야구를 바꿔보리라는 결심을 굳히고 MLB 야구를 진지하게 분석하면서도 미국에 체류하는 동안에는 이를 마음껏 즐기고 있었다. 그의 말이다.

"미국 야구는 별천지였다. 당시 한국 야구는 벤치 위주의 야구였다. 반면 미국 야구는 선수 위주의 야구가 핵심이기 때문에 언제나 다양한 상황이 전개된다. 선수들이 정말 재미있게 야구를 하고 매일처럼 극적인 플레이가 나왔다. 그러니 팬들도 더 재미와 감동을 느낄 수밖에 없다. 프로야구는 결국 비즈니스라는 것, 팬이 즐거워하고 감동을 느끼는 야구를 해야 한다는 것을 절실히 느꼈다."

이광환의 '일지' 중에서 관련된 두 대목을 우선 옮겨본다.

◉ 4월 30일
미국의 야구. 지휘조작형의 야구가 아닌 선수주도형의 야구다.
◉ 5월 1일
미국의 야구팬은 매우 행복하다. 많은 경기가 하나같이 익사이팅하며 다이내믹한 내용의 경기 전개. 이런 식의 야구를 우리 팬들에게 보여줬으면 얼마나 좋겠나?

아래는 당시 느낌을 생생하게 전해주는 5월 7일자 '일지'다.

◉ **5월 7일**

관중, 선수 중심의 미국야구. 지도자 중심의 한일 야구. 풍부한 아이디어, 상업적 운영 및 명실공히 직업야구. 장기 레이스의 장점 및 그 운영의 묘 등 흥미 본위의 야구. (한국프로야구의) 전기 55게임은 미국의 3분의 1, 일본의 2분의 1, 즉 우리는 단기승부의 토너먼트 시스템이나 다를 바 없다. 이것은 대단히 중요하고 크나큰 차이점을 갖는다. 즉 5월 하순에서 6월 초순에 승부를 결정지어야 하는 한국야구는 결국 빠른 승부욕으로 말미암아 재미없는 단순한 경기운영으로 끝나버리고 만다. 미지의 다음 플레이를 기다리는 게 야구의 참맛인 바. 이것을 우리에게 기대하기는 무리일 수밖에 없다. 즉 승부에 집착한 나머지 졸작 운영으로 빠져버리기 때문이다.

카디널스는 뉴욕 메츠를 3경기 차로 따돌리고 정규 시즌 95승 67패를 기록, NL 동부지구 우승을 차지했다. 카디널스는 서부지구 우승팀 샌프란시스코 자이언츠와 내셔널리그 챔피언 시리즈 (NLCS)에서 맞붙었다. 10월 6일과 7일 홈구장인 부쉬 스타디움에서 열린 1·2차전에서는 5대 3, 0대 5로 1승씩 주고받았다. 1차전 경기가 있던 날 이광환이 집을 나오기 전 이런 일이 있었다. 이날은 한국 시간으로 10월 7일 추석이었다.

● **10월 6일**

집을 나올 때 냉수 한 그릇 떠놓고 조상님께 절 두 번 하다. 비록 미국이지만 여기까지 혼을 모셔다가 조상님의 도움을 청했다. 내 생각에 나를 가장 아끼는 아버님이 내 옆에 와 계신 것 같다. 언제나 아버님이 나를 지켜주시는 것 같다. (...)카디널스의 수학(修學)은 내게 있어 무엇보다 중요한 것이다. 이 팀이 필히 월드시리즈 챔피언이 되어지길 빌며 틀림없이 그렇게 되리라 믿는다.

카디널스는 10월 9일 원정 3차전에서는 6 대 5로 승리했지만 4·5 차전에서 2 대 4, 3 대 6으로 져 위기에 몰렸다. 시리즈 전적 2승 3패로 다시 홈으로 돌아온 카디널스는 10월 13일과 14일 6·7차전을 1 대 0, 6 대 0으로 이겨 월드시리즈에 진출했다.

세이부 연수 때도 마찬가지였지만 이광환은 던지고 치고 달리는 기술적인 문제보다 MLB 구단의 한 시즌 운영 방식을 체득하는 데 중점을 두었다.

"선수 개개인이 어떻게 기술을 향상시키느냐 하는 것은 선수 자신이 보고 익히는 게 가장 좋다. 그러나 나는 감독이 동계훈련에서부터 시즌 종료까지, 나아가 포스트시즌까지 어떤 방식으로 팀을 운영하느냐를 알아보려고 했다."

동계훈련부터 정규 시즌 종료까지의 구단 운영 방식은 MLB 어느 구단을 선택하더라도 연수를 통해 파악할 수 있다. 하지만 포스트 시즌을 경험하기 위해선 팀을 잘 골라야 한다. 더구나 월드시리즈에 오르는 팀은 26개 구단 가운데 두 팀뿐이다. 스스로 선택한 것은 아니었지만 이광환은 일본시리즈에 이어 월드시리즈까지 경험하게 됐다. 카디널스의 상대는 디트로이트 타이거스를 시리즈 전적 4대 1로 누르고 월드시리즈에 오른 미네소타 트윈스였다.

한국 인삼이 부족했던 월드시리즈

월드시리즈는 7차전까지 가는 접전이었다. 미네소타 트윈스 홈구장에서 1987년 10월 17일(미국 시간)부터 이틀 동안 진행된 1·2차전에서는 카디널스가 1대 10, 4대 8로 일방적인 패배를 당했다. 그러나 카디널스는 10월 20일부터 3일 동안 펼쳐진 세인트루이스 홈 3·4·5차전에서 3대 1, 7대 1, 4대 2로 짜릿한 승리를 거뒀다. 시리즈 전적은 카디널스가 3대 2로 앞서 나갔다. 남은 향방은 미네소타 원정 경기에 달려있었다. 카디널스는 단 한 경기만 승리하면 월드시리즈 우승을 차지할 수 있었지만 10월 24일 경기에서 5대 11로 패배했다. 시리즈 전적 3대 3, 이젠 단 한 경기만이 남아있었다.

여기서 10월 24일자 〈조선일보〉 기사를 옮겨보기로 한다. 한국 시간으로 6차전은 10월 24일 오전 11시에 중계됐기 때문에 조간인 〈조선일보〉 기사는 미국 시간 기준으로 5차전까지의 결과만을 알고 있는 상태에서 작성된 것임을 유의해야 한다. 윤석홍이 다리를 놓은 것으로 짐작되는 이 기사에 이광환이 등장한다.

요즘 AFKN TV에 생중계되고 있는 미 프로야구 월드시리즈를 보노라면 카디널스 덕아웃에 동양인 1명이 끼어있음을 알게 된다. "하늘이 무너져도 솟아날 수 있는 독한 사람"이란 의미에서 '흰쥐'라는 고약한 별명이 붙은 화이티 허조그 감독 곁에서 어울리지 않게 여유를 보일 때도 있지만, 이따금씩 카디널스가 실점 위기에 몰린 땐 몹시 당혹해 하는 표정을 짓기도 한다. OB베어스 전성기 시절 타격코치를 담당했던 이광환 씨가 바로 그다.

몇 가지 설명해야 할 부분이 있다. 우선 화이티 허조그에 대해 〈조선일보〉가 '독한 사람'이라고 표현한 것은 그에 대한 미국에서의 평판이 그렇기 때문이다. 하지만 이광환은 "알고 보면 그렇게 독한 사람은 아니었다"면서 이렇게 말한다.

"허조그 감독은 정말 인내심이 강한 감독이다. 세이부 라이온스의 모리 감독도 스타일이 비슷했다. 두 감독을 옆에서 지켜보면서 나는 감독의 제1 덕목이 인내심이라는 것을 깨달았다."

또한 설명이 필요한 대목은 AFKN이다. 지금 젊은 세대에겐 낯선 것일지도 모르겠지만 AFKN은 'American Forces Korea Network'의 약자로 주한미군방송을 뜻한다. 당시 지상파 채널 2번에서 방영됐다. 지금처럼 수백 개의 채널이 있는 때가 아니어서 AFKN 시청률이 지상파에 못지않던 시절이었다. 이광환이 카디널스 구단에 연수를 갔다는 사실을 몰랐던 사람이 태반인 상황에서 그가 AFKN 화면에 등장했다는 것만으로도 충분히 화제가 될 수 있던 때였다. 국내 신문 TV 프로그램 안내에도 AFKN 편성표가 당연히 소개되던 시절이다. 이광환은 〈조선일보〉 기자에게 이렇게 말했다.

"카디널스는 득점보다 무실점을 위주로 하는 수비형 야구로 유명한 팀이다. 팀 타율서 2할6푼대를 마크하고도 월드시리즈에 진출케 된 건 바로 이 같은 팀컬러가 뒷받침됐기 때문이다. 한국도 이제는 무턱댄 스파르타식에서 벗어나 선수 자율에 맡겨 약점을 스스로 보완케 해 팀이 꼭 필요로 하는 부속품이 되게 하는 걸 시도해봄직하다. 팬 서비스 등에도 많은 아이디어를 갖게 됐다. 귀국하는 대로 OB 2군 팀을 맡을 예정인데 그 동안 야구본토 미국에서 배운 것을 빠짐없이 응용해 보겠다."

그의 언급에서 몇 가지 명확한 사실을 알 수 있다. 이광환의 관심은 그 와중에도 한국 프로야구를 향해 있다는 것, 또한 이미 그가 OB 2군 감독으로 내정돼 있다는 것, 그리고 2군 감독이 되면 미국에서 배운 것을 응용해 보겠다는 것 등이다. 그가 미국에서 배운 것은 무엇이었을까.

"한국에서 코치 생활을 할 때 내 딴에는 적어도 60점쯤 받을 만큼 야구를 안다고 생각했다. 일본에서 야구를 배우고 돌아왔을 때는 70점이나 80점은 받을 수 있겠다고 자신했다. 그러나 미국에서 다시 1년 간 공부하고 나니까 '과연 내가 야구를 알긴 쥐뿔이나 아는가?'하는 생각이 들었다. 야구는 배우면 배울수록 모르게 되는 심오한 운동이다."

이광환은 미국에서 무엇을 배웠다고 생각하기보다 자신이 야구에 대해 '쥐뿔'도 모른다는 깨달음을 얻고 돌아온 듯하다. 나는 이런 부분이 중요하다고 본다. 배우고 배우는 것은 자신이 무엇을 모르고 있다는 것을 알아가는 과정이기도 하기 때문이다. 그는 또한 이렇게 말한다.

"일본 사람들이 미국 선수들과 체격조건이 다르기 때문에 기본기를 제 몸에 맞게 변형시킨다는 것은 얍삽한 잔재주에 지나지 않는다. 일본 선수들이 도를 닦는 듯한 자세로 야구를 한다고 하지만 미국 선수들이 얼마나 진지하고 몸을 아끼지 않는 허슬플레이를 하는지는 직접 대해보면 금방 알게 된다."

이광환이 일본, 미국 연수를 통해 체화한 것은 결국 미국 야구였다.

카디널스에게 월드시리즈 7차전은 아쉬움이 많이 남는 경기였다. 특히 아지 스미스가 그랬다. 이광환의 이야기다.

"버스 편으로 구장에 가는데 아지 스미스가 '혹시 인삼차 없느냐'고 물어왔다. 마침 손가방에 한두 봉지 남아있을지 모르겠다고 생각하고 뒤져봤지만 한 개도 없었다. 그때의 안타까움이란.

지금은 다 떨어졌다. 미안하다, 미안하다, 다음에 한국에 오면 내가 원 없이 많이 사주겠다고 했지만 아무리 그래도 답답한 속이 풀리

세인트루이스 카디널스의 프랜차이즈 스타 아지 스미스와 함께.

지 않았다. '아 그거 한잔만 마시면 홈런 칠 수 있을 텐데'하며 스윙하는 폼을 잡으면서 아쉬워하던 스미스의 모습이 아직도 눈에 선하다. 아마 그때 인삼차가 한 봉지만 남아있었더라도 역사가 달라지지 않았을까 하는 생각이 든다."

월드시리즈 마지막 경기에서 카디널스는 2회초 2점을 따내며 앞서 나갔지만 2회말 1점을 실점했다. 미네소타 트윈스는 5회말 1점을 획득하며 동점을 만드는 데 성공했고, 6회말 또 다시 1점을 얻어 경기를 뒤집었으며 8회말 1점을 득점해 4대2로 앞서갔다. 하지만 카디널스는 더 이상 점수를 뽑지 못하며 무릎을 꿇었다. 아지 스미스가 이광환으로부터 받은 인삼차를 받아먹고 홈런을 쳤다면 결과는 어떻게 됐을까. 야구 또한 흐름의 스포츠여서 그 홈런 한 방으로 3대4로 따라갔다면 승부는 그 누구도 장담하지 못하는 방향으로 흘러갔을지도 모른다.

어찌됐든 월드시리즈 일곱 경기를 온전히 참관할 수 있었던 것은 이광환에겐 크나큰 행운이었다. OB 구단은 1987년 10월 27일 1군 감독 김성근을 유임하고 2군 감독대행에 이광환을 임명했다. 이광환은 11월 11일 귀국했다. 자신이 체화하고 정립한 야구철학을 한국프로야구에 접목하려는 의지가 불타오르고 있었다.

2

반글인의
야구인생

머리 좋은 골목대장

이광환은 1948년 3월 8일 대구시 남산동에서 태어났다. 부친 이상도(李相道)와 모친 신명년(申命年)의 2남 4녀 가운데 늦둥이 막내였다. 형과는 8살 차이가 난다. 주위로부터 땅 많은 부자라는 말을 들을 만큼 유복한 가정에서 유년을 보냈으나 이광환이 만 열살 때 부친이 별세하면서 가세가 크게 기울었다. 부친은 1958년, 모친은 1977년에 작고했다. 모친은 세를 내주고 일수(日收)를 받는 방법 등으로 생계를 이어갔다. 남은 재산이 제법 있었던 모양이다.

그가 자란 남산동 주변은 대구역과 가까운 '우범지대', '불량지대'였다. 극장과 시장이 가까이 있어 더욱 그랬다. '우범지대'는 이광환 자신이 쓴 표현으로 그는 "야구가 아니었다면 비행청소년이 되어 어둠의 세계를 전전했을지도 모른다"며 "야구를 하다 보니 나쁜 친구들과 어울릴 시간이 없었다"고 말한다. 싸움을 곧잘 해 국민학교 시절에는 골목대장 노릇을 했지만 공부도 잘해 성적이 우수했다. 지역 최고 명문인 경북중학교에도 어렵지 않게 들어갈 수 있을 것이라는 기대를 받았다.

어릴 적 꿈은 육군사관학교에 들어가 장군이 되는 것이었다. 맏형 이광월이 육사에 낙방한 사실이 어린 이광환의 승부욕을 키웠다. 이광월은 육사 필기시험에는 합격했지만 축농증 때문에 신체검사에서 떨어졌다. 이광환은 어릴 때부터 반골기질이 강하

고 한번 결심한 바는 꼭 이루어내고야 마는 고집쟁이어서 장군
이 되겠다는 그의 꿈이 머나먼 현실은 아니었다.

그런데 그에게 뜻하지 않은 일이 일어난다. 이광환이 대구국
민학교 4학년 때 반대항 야구대회에 '차출'됐다. 학교 야구부장
인 윤병호의 강권으로 대회에 나간 것인데 주머니 속의 송곳처
럼 그의 야구 재능이 드러났다. 윤병호가 담임교사이기도 해서
이광환은 '끌려가다시피' 야구부에 들어갔다고 한다. 1958년의
어느 날, 그의 인생이 결정되는 순간이었다.

국산 야구 장비는 없다시피 했던 때였다. 야구공도 국내에서
생산되지 않았다. 미군이나 그 가족이 쓰다가 버린 글러브나 배

대구국민학교 시절의 타격 자세.

트, 공을 주어다 파는 시장이 있었다. 대부분 거기서 장비를 사다 야구를 했다. 미국 원조 물품일 테지만 야구부원에게 지급되는 '옥수수빵 먹는 재미'도 쏠쏠했다고 한다.

대구국민학교 시절 이광환의 기록이나 성적 또는 활약상을 찾는 것은 불가능했다. 다만 그때도 군계일학이었던 것은 확실하다. 이때 같이 뛴 선수 중에는 임신근(林信根)이 있다. 좌완 임신근은 경북고에 입학한 뒤 투수로 전향해 일세를 풍미한 선수다. 고교·실업 야구에서 뛰어난 활약을 펼치고 은퇴, 프로야구 코치로 재직하다가 1991년 심장마비로 별세했다.

이광환은 야구를 하면서도 '장군의 꿈'까지 포기한 것은 아니었다. 경북중학교 입학시험에 떨어지자 야구를 한 것이 후회스러웠다. 성적이 하락한 것은 아니었지만 '야구를 하지 않았다면 경북중에 입학할 수도 있었을 텐데'라는 생각에서였다. 후기 시험을 치르고 1961년 대구중학교에 입학한 이광환은 야구를 그만두었다.

그런데 하필 대구중에도 야구부가 있었다. 이때 그에게 야구를 다시 권유한 사람이 훗날 '대구 야구의 대부'라고 불리게 되는 서영무(徐永武)다. 대구중 감독이었던 서영무는 이광환이 국민학교 때 야구를 잘했다는 말을 듣고 그에게 입단을 권유했다. 야구에 대한 미련이 남았던 탓인지 한 번 결심하면 뒤도 안 돌아보는 그도 이번만큼은 서영무의 권유를 받아들였다. 야구를 하고

싶은 마음이 솟구쳤던 것이다. 야구를 떠난 '외도'는 고작 6개월
에 지나지 않았고 이광환은 1학년 2학기 시작을 전후해 대구중
야구부에 입단했다.

서영무는 얼마 후 대구상고 감독으로 옮겨가고 이광환은 신
임감독 고병호(高柄鎬)의 지도를 받게 된다. 대구상고를 나온 고병
호는 〈자유신문사〉가 해방 후 최초로 자유중국(타이완)팀을 초청
해 1955년 7월 한·중 친선경기를 치렀을 때 전(全)대구팀에 선발
된 실력 있는 선수 출신이었다.

현재 찾을 수 있는 대구중이나 이광환의 기록 또는 성적은 많
지 않다. 이광환이 2학년이던 1962년 8월 말, 대구중은 대한연식

이광환은 대구국민학교 4학년 때 야구를 시작했다. 앉아 있는 선수 가운데 맨 오른쪽이 이
광환이다.

야구협회가 주관하고 〈경향신문〉이 후원하는 제9회 전국중학야구선수권대회에 출전했다. 각 시도를 대표해 동대문중, 대동중, 동인천중, 선린중, 대신중, 청량중, 부산중, 원주중, 배문중, 인천남중, 춘천중 등 12개 팀이 참가했다. 대회는 서울운동장(옛 동대문구장)에서 열렸는데 무슨 이유인지 대구중은 동대문중과의 경기에 기권패했다.

3학년 때의 기록은 좀더 많다. 1963년 5월 경북 김천에서 제6회 문교부장관배 쟁탈 및 일본 원정팀 선발 중학연식야구대회가 열렸다. 13개 팀이 참가한 이 대회에서 대구중은 첫 경기 서울 중앙중과의 일전에서 13대 3으로 쾌승했고 두 번째 경기인 서울 경서중과의 대전에서도 4대 0으로 낙승했다. 대구중은 준결승전에서 전년 우승팀 서울 배문중을 맞이했다.

대구중의 주전 투수는 박용진(朴容震)으로 선린상고, 중앙대, 기업은행(육군 선수로 복무)에서 현역 선수로 뛰고 난 뒤 아마야구 지도자 생활을 거쳐 삼성·LG·한화 2군 감독 등을 지냈다. 이때 이광환은 유격수였다. 〈주간야구〉에 관련 기록이 있다.

(이광환은) 배문과의 결승전(준결승전의 오기)을 하루 앞두고 음료수 병을 들고 가다가 넘어져 병이 깨지며 왼손 중지가 심하게 찢어졌다. 주위를 만류를 뿌리치고 손가락에 붕대를 감고 경기에 출장했지만, 팀의 중심타자로서 도저히 타격을 할 수 없었다.

대구중은 이광환의 부상과 부진 속에서도 강호 배문중과 14회 연장까지 가는 접전을 펼쳤다. 결과는 0대1 석패였다.

대구중은 이 해 7월 대구에서 열린 제10회 중학야구선수권대회에도 참가했다. 첫 경기인 청운중과의 경기에서 6대1로 이겼지만 부산 대동중과의 준결승전에서 0대3으로 졌다. 이광환의 관련 기록은 찾을 수 없었다.

이 해 10월 이광환은 매우 특별한 경험을 하게 된다. 일본 여자실업야구단 '샤론파스'팀과 대구에서 경기를 치른 것이다. 당시 표기는 '사론파스'였다. '샤론파스'는 '대일밴드'처럼 약간은 일반명사 비슷하게 쓰였던 파스 브랜드였던 것 같다. '파스를 붙였다'

대구중학교 2학년 시절. 앞줄 오른쪽에서 네번째가 이광환이다.

가 아니라 '샤론파스를 붙였다'는 식의 용례가 꽤 보인다.

샤론파스팀이 대구까지 와서 대구중과 경기를 벌인 것은 당대의 상황과 밀접한 관련이 있다. 박정희군사정부는 한일국교수립을 검토하고 있었고, 그 과정에서 일본 기업들은 한국 시장 진출을 노리고 있었다. 1963년 11월 13일자 〈동아일보〉 기사에는 "당초부터 정부의 모(某)기관이 관련됐다는 이 '팀' 초청은 대한체육회에 협조해 달라는 압력 비슷한 권고가 들어오면서부터 그 사실이 실증됐고"라는 대목이 있다. 더 자세한 설명은 필요 없을 듯하다.

샤론파스팀은 1963년 10월경 내한해 부산 대구 등 지방 중학교 야구팀과 경기를 가져 7전 5승 2패를 거뒀다. 11월 9일과 10일에는 서울운동장에서 경기를 치른다는 일정 예고 기사도 찾을 수 있었다. 10일에는 '경복궁 뜰'에서 '한일의 명예를 걸고 열린 투견대회'도 열렸는데 '3천여 관중이 흥분한 가운데 성공적(?)으로 막을 내렸다'고 한다. 작은따옴표에 담은 부분은 모두 11월 12일자 〈경향신문〉 기사의 표현 그대로다. 이 기사의 제목은 '이대로 괜찮을까 개관의 한·일 친선'이다.

훗날 이광환은 한국여자야구연맹 창설을 주도하며 샤론파스팀과의 경기를 회상한 적이 있다. 이때 그는 "게임도 안 됐어. 그 정도로 일본 여자야구 수준이 그때부터 높았다"[9]고 했다.

---

9 2008년 5월 7일자 〈스포츠경향〉 인터넷판.

고1 야구선수의 고집

1964년 3월 이광환은 대구상고에 입학했다. 야구 소질을 인정받은 그는 어렵지 않게 지역 야구 명문인 대구상고에 스카우트돼 1학년 때부터 주전 유격수로 뛰었다. 이 해 활약한 대구상고 선수로는 김영생(金榮生), 김동앙(金東昻) 등이 있다.

이 가운데 김영생은 기교파 좌완 투수였다. 『한국야구사』에 "제구력이 뛰어난 고교야구 1964시즌 '스타플레이어' 중 1인"으로 기록돼 있고 이 해 '이영민 타격상'(타율 0.471)까지 수상한 '야구 엘리트'다. 하지만 이후 기록이 없는 것을 보면 일찍 은퇴한 것으로 추정된다. 김동앙은 중년 이상의 야구팬에게는 KBO 심판으로도 잘 알려진 인물이다.

신문 지면에서 찾을 수 있었던 1964년 이광환의 활약은 딱 한 구절이었다. 이 해 대구상고는 〈동아일보〉 주최 지구별 초청 고교야구대회에 출전했는데 2회전 서울 경동고와의 경기에서 15회 연장까지 가는 접전 끝에 1대 2로 패배했다. 10월 3일자 〈동아일보〉는 "15회 말에 접어들자 대구상은 총 공격전. 7번 최창우, 8번 도성세, 9번 신효식의 연 3안타로 무사 만루라는 다시 없을 호기를 만들었으나 2번 이광환의 스퀴즈로 1점을 추격했을 뿐 후속이 끊겨 분패했다"고 쓰고 있다. 1학년생인 이광환이 주전으로 뛰며 상위 타자로 활약하고 있는 것만은 확실히 알 수 있다.

이 해 겨울 방학, 이광환의 야구 인생에 전기가 되는 사건이 발생했다. 대구상고 체육부장이 감독 안종태(安鐘泰)를 내몰고 감독 자리를 차지한 것이다. 안종태는 이광환이 따르던 감독이었다. 대구상고 동문인 안종태 역시 자유중국(현 타이완)팀과의 경기에 전(全)한국팀, 그러니까 국가대표 선수로 출전한 바 있다. 이때 같이 출전한 국가 대표로는 안종태 이외에 김양중(金洋中), 한태동(韓泰東), 김영조(金永祚), 강대중(姜大中), 김계현(金桂鉉), 박현식(朴賢植), 장태영(張泰英) 등이 있다. 야구를 잘 아는, 또는 나이 많은 야구팬이라면 낯익은 이름이 많을 줄 안다.

안종태와 학교 체육부장 사이의 반복과 불화에 대한 자세한 사정은 알 수 없었지만 이광환은 안종태가 쫓겨난 것은 부당하다고 느꼈다. 이광환은 동료 1학년생을 소집해 훈련을 거부하는 단체행동에 들어갔다. 여기서도 한 번 아니라고 느낀 것은 끝까지 아닌 그의 성품이 드러난다.

훈련에 불참한 지 2주 정도 지났을 무렵이다. 분위기가 이상했다. 단체행동에 들어간 동기 선수들을 만나기가 어려워졌다. 모이기로 한 장소에 가 봐도 아무도 나오지 않았다. 상황을 파악하기 위해 학교로 갔다. 담장 너머로 야구 훈련에 동참한 동기생들의 모습이 보였다. 사정은 있었다. 이광환은 야구 특기생으로 학교에서 장학금을 받고 있었지만 다른 동기 선수들은 그러지 못했다. 주전 선수가 아니면 장학금 혜택을 받을 수 없기 때문이다. 1학년 선수 13명 가운데 장학금을 받은 것은 이광환이 유일했다.

이광환은 이미 장학금을 포기한 지 오래였다. 집으로 찾아와 훈련에 참여하라는 학교 측의 설득을 거부하고 때로는 '선수 생명을 끊겠다'는 협박까지 견뎌내고 있었다. 그 설득과 협박에 '포섭된' 동기생들의 사정은 이해할 수 있었지만 극심한 배신감을 느낀 것은 당연했다. 이광환은 다시는 대구상고에서 야구를 하지 않겠다고 결심했다. 곧바로 교장 박상희(朴尙熙)를 찾아가 전학을 요구했다. 박상희가 전학 요구를 거절하자 한 달 가까이 그의 집 앞에서 진을 쳤다. 박상희는 끝내 "교직 생활 수십 년에 너 같은 놈은 처음 본다"며 전학서류에 도장을 찍어주었다. 대한야구협회 경북지부로부터도 우여곡절 끝에 동의서를 받아냈다.

이광환은 전학동의서와 함께, 안종태가 써준 추천서를 들고 서울로 향했다. 물론 모친과 형, 가족들의 반대는 있었다. 그러나 누구도 이광환의 고집을 꺾지 못했다. 내심 그는 서울의 야구 명문 선린상고로 전학을 가고 싶었지만 안종태의 추천서에는 '중앙고'라고 씌여 있었다.

서울·중앙고는 1908년 기호흥학회가 교육구국·교육입국의 취지에서 설립한 기호학교를 모태로 한다. 기호학교는 1910년 11월 기호흥학회가 호남, 교남, 서북, 관동 등 여러 학회를 합병하여 중앙학회가 되면서 중앙학교로 개칭됐다. 1915년에는 인촌 김성수

가 중앙학교를 인수했고 1921년에는 중앙고등보통학교로 교명
이 변경됐다.

　중앙고 야구부는 1910년 창설돼 역사는 오래됐지만 뛰어난 성
적을 거둔 팀은 아니었다. 다만 1962년 하반기 이조영(李祖永)이 감독
으로 부임하고 1964년 이원국(李源國)이 입학한 뒤, 전국대회 우승이
라는 회심의 칼을 갈고 있었다. 이원국에게 초고교급 투수로서의
자질이 보였기 때문이다. 40대 후반 이상의 야구팬이라면 아는 사
람도 꽤 있을 거라고 생각되는데 한국 프로야구 초창기인 1983년
MBC 청룡에 입단한 '해외파 거물투수 이원국'이 바로 그다.

　이광환은 중앙고 입단 테스트에 무난히 합격하고 이원국과
'절친'이 된다. 이원국의 부친 이준용(李駿鎔)도 이광환을 환영해

서울 중앙고 시절 경기 중에.

주었다. 이준용은 일제강점기 중앙고보(현 중앙고), 연희전문(현 연세대), 일본 센슈대학에서 선수로 활약한 원로 야구인이었다. 이준용은 이광환을 집으로 초대해 이원국과 함께 고기를 먹었다. 세숫대야만큼 큰 그릇에 고기를 가득 재웠다고 한다. 혈기왕성한 두 선수가 다 못 먹고 남길 정도였다.

이광환은 중앙고 운동부 숙소에서 각기 지방에서 상경한, 그리고 종목도 다른 3~4명의 선수들과 숙식을 같이했다. 이원국 부자가 있긴 했지만 저녁이 되면 객지 같은 서울 생활이 더 외로웠다. 중앙고와 인접한 삼청동 뒷산에 올라 스윙 연습을 하는 것이 유일한 낙이었다고 한다. 〈주간야구〉는 이렇게 묘사하고 있다.

산책로를 따라 산을 오르다 모면 알맞은 키에 잎이 넓은 활엽수가 있기 마련. 이광환은 그 나무 앞에 서서 스윙을 했다. 나뭇잎 열 장을 스윙으로 떼고 나면 다시 다음 나무로 이동, 같은 일을 반복했다. 그렇게 해서 정상에 오르면 어둑어둑했던 날은 이미 저물고 밤하늘엔 수많은 별들이 밤하늘을 수놓고 있었다. 산 아래 펼쳐지는 대도시 서울의 찬란한 야경. 경상도 소년 이광환은 더욱 외로워졌다. 손엔 감각이 없어지고 지칠 대로 지쳤지만 정신만은 그럴수록 더욱 또렷해졌다. 그리고는 솟아오르는 오기를 느꼈다. "보란 듯이 야구를 잘하고 말 테다. 고향에까지 이름이 나도록, 특히 대구상고에만은 져서는 안 된다."

중앙고 전성기를 이끌다

1965년 중앙고는 서울시 춘계 연맹전, 청룡기, 황금사자기, 화랑대기, 전국체전, 서울시 추계 연맹전 등에 출전했다. 대통령배와 봉황기는 출범되기 전이었다. 중앙고 2년생이던 1965년 이광환의 성적과 활약을 간략하게 살펴보기로 한다.

서울시 춘계 연맹전(3.29~5.7)은 시내 고교팀을 A조 갑, A조 을, B조로 나눠 각 조 안에서 풀리그전을 벌이는 방식이었다. B조에는 전력이 다소 떨어지는 팀으로 구성됐다. 중앙고는 동대문상고, 성남고, 휘문고, 서울상고와 함께 'A조 을'에 배치됐다. 중앙고는 'A조 을' 리그에서 동대문상고에 이어 2위를 차지했고 'A조 갑'에서는 청량종고(종합고)와 경동고가 1, 2위를 기록했다. 이 4개 팀은 '서울시 고교야구 4강 리그'를 치러 우승팀을 가렸다. 패권은 3승 1패를 거둔 청량종고가 가져갔고 중앙고는 2승 2패로 2위에 그쳤다. 이광환은 유격수로 대회 베스트나인에 뽑혔다.

청룡기(6.14~22)는 지역 예선을 거쳐 전국 17팀이 참가한 가운데 서울운동장에서 진행됐다. 우선 1965년 6월 13일자 〈조선일보〉에 실린 중앙고에 대한 전력 분석을 보기로 한다.

이 '팀'의 간판은 투수 이원국, 이원국은 장신을 이용, '인·코너'로 볼 같은 '스피드·볼'을 던진다. '커브'는 각도가 커서 올 우리나라 고교 중앙고는 광주일고를 9대 0, 콜드게임으로 꺾고 2회전에서 대구상고를 만난다. 이광환으로서는 복수의 일전이었다. 대구상고는 1회말 1점을 선취했고 중앙고는 4회초 한 점을 따라붙었다. 6회말 대구상고가 또 다시 1점을 추가했지만 중앙고는 8회초까지 득점에 성공하지 못했다. 9회초 1번 타자 이광환은 2사 3루 상황에서 중월 2루타를 때려냈다. 자칫 질 뻔한 경기를 원점으로 되돌린 짜릿한 동점타였다.

경기는 연장전에 돌입해 13회초 중앙고가 2점을 더 내면서 4대 2로 승리했다. 대구상고는 유격수 도성세의 결정적인 에러로 2사 만루 상황에서 2점을 헌납했다. 3시간 46분의 혈전이었다. 이광환은 6타수 3안타, 1타점, 3도루, 1실책을 기록했다. 팀의 8안타 중 3안타였다.

중앙고는 4강전에서 부산상고에 2대 8로 졌지만 그것이 탈락을 의미하는 것은 아니었다. 한 경기라도 더하는 것이 주최 측에는 적지 않은 수익이었기 때문에 당시 청룡기 대회는 4강에 오른 팀에게 패자부활의 기회를 줬다. 중앙고는 같은 4강전에서 동대문상고에 1대 7로 패한 성남고와의 경기에서 4대 1로 이겨 '패자

결승전'에 진출했다. 상대는 다시 부산상고였다. 부산상고는 '승자 결승전'에서 동대문상고에 2대 3으로 석패, 다시 중앙고를 이겨야만 최종 결승에 오를 수 있었다.

중앙고는 부산상고와의 '패자 결승전' 재대결에서 7대 2로 완승해 '최종 결승전'에 올랐다. 이광환은 성남고와의 경기에서 3번 유격수로 출전해 5타수 4안타, 1타점, 1실책을 기록했고, 부산상고와의 경기에서는 4번 유격수로 나가 5타수 3안타, 3타점, 승리에 결정적인 역할을 했다.

최종 결승에서 중앙고는 동대문상고에 0대 5로 완패했다. 4번 유격수 이광환은 4타수 무안타에 그쳤다. 동대문상고 투수 정순룡(鄭淳龍) 공략에 실패해 팀 안타 수도 2개에 불과했다.

이 해 7월 27일부터 8월 3일까지 열린 화랑대기는 부산에서 열리는 대회이긴 했지만 역사와 전통이라는 면에서 청룡기, 황금사자기에 뒤지지 않았다. 중앙고는 복병 장충고에 0대 1로 덜미를 잡혀 1회전에서 탈락했다.

황금사자기는 10월 14일 개막전을 치르고 19일 결승전까지 진행됐다. 첫 경기에서 중앙고는 부산상고를 3대 0으로 꺾었다. 이광환은 3번 유격수로 나가 4타수 2안타를 기록했는데 그 중 1안타가 자신의 첫 홈런이자 이 대회 첫 홈런이었다. 1965년 10월 16일자 〈동아일보〉 기사 가운데 일부다.

○...야구 경력 5년에 처음으로 홈런을 친 이(광환)군은 중앙고교 2년에 재학중, 학교성적도 상급에 속하며 금년도 타율이 4할대에 있다는 실력파.

○...홀어머니 아래, 큰형님의 보조로 대구중학을 졸업, 청운의 꿈을 안고 중앙고에 진학, 학교에서 합숙하고 있는데 외롭기만 한 서울 생활을 가까운 친구들이 이해해 이집저집 친구들 초대로 외로움을 잊어버린다고....

○...『좀 더 성실하게 살고 싶다』는 이군은 홈런 친 기쁨을 어머니와 형님에게 보여주고 싶다고....

성남고와의 2차전에서도 중앙고는 무실점으로 이겼다. 이광환은 3번 유격수로 출전해 3타수 1안타, 1타점을 기록해 팀이 2대 0으로 이기는 데 기여했다. 준결승 역시 서울팀이었다. 배문고에게 2대 1로 신승했다. 이광환은 3타수 무안타였다.

결승전은 7대 0 완승이었다. 부산고를 맞아 에이스 이원국이 삼진 17개를 뽑아내면서 단 1안타만을 허용했고 이광환은 5타수 3안타 2타점을 거두며 승리에 일조했다. 이 대회에서 이원국은 최우수선수상을 수상하고 초고교급 투수로 주목을 받게 된다. 이광환은 중앙고 정동건과 함께 대회 홈런상을 수상했다. 정동건은 인사이드파크홈런이어서 이 대회에서 담장을 넘긴 선수는 이광환이 유일했다.

황금사자기 대회 직전에 있었던 중앙고의 전국체전(10.5~14) 우승도 빼놓을 수 없다. 언론과 야구팬의 관심은 메이저 고교야구 대회보다 덜했지만 전국체전은 시·도당 한 팀만 출전할 수 있는 경기에서 각 지역 야구 명문의 명예를 건 승부처였다. 중앙고는 18개 팀이 참가한 서울 예선에서 1위를 거둬 출전권을 획득해 지역 예선 1위로 올라 경남고 춘천고 광주일고 인천고 전주상고 대구상고 대전상고 마산상고와 전국체전 우승을 놓고 각축을 벌였다. 중앙고는 결승에 올라 대구상고를 9대1로 누르고 전국체전 금메달을 차지했다. 이광환으로서는 다시 한 번 대구상고에 설

황금사지기 우승 기념사진(1965년). 앞줄 오른쪽에서 두번째가 이광환.

욕을 한 셈이었다.

중앙고는 서울시 추계 연맹전(11.1~27)에도 출전, 성남고에 이어 'A조 갑' 리그 2위를 차지했다. 'A조 을'은 경동고와 청량종고, B조는 성동고와 장충고가 각각 1, 2위였다. 추계 연맹전에는 춘계처럼 '4강 리그'는 치르지 않았다. 이 대회에서 이광환은 총 9안타를 쳐 최다안타상을 수상했다.

중앙고는 이 해 청룡기 준우승, 황금사자기 우승, 전국체전 우승을 거머쥐었다. 중앙고 야구부로서는 처음이자, 현재로서는 마지막인 전성기였다. 이광환, 이원국 등이 있었기에 가능했던 '깜짝' 성적이었다. 이후 중앙고는 1971년 황금사자기 준우승, 1972년 청룡기 우승을 차지한 뒤, 현재까지는 눈에 띄는 성적을 보여주지 못하고 있다. 중앙고가 배출한 스타 선수로는 이종도(李鍾道), 계형철(桂瀅鐵), 최훈재(崔勳載), 이숭용(李崇勇), 홍성흔(洪性炘), 송신영(宋臣永), 엄정욱(嚴正郁) 등이 있다.

이영민타격상 수상

1966년 1월 16일 대한야구협회는 전국대의원총회를 개최했다. 이날 총회에서는 '이영민타격상' 시상식도 열렸다. 수상자는 1965시즌 최고 타율(48타수 20안타, 0.417)을 기록한 이광환이었다.

그는 이렇게 말한다.

> "기록만을 따지면 다른 대회에서도 몇 번 타격상을 수상할 수도 있었다. 하지만 당시 야구협회 기록부장이 학연, 지연 등의 이유로 내게 편견을 가진 사람이어서 불이익을 보기도 했다. 그럼에도 내가 '이영민타격상'을 수상할 수 있었던 것은 이 상이 종합 성적만을 따져 수여하는 상이었기 때문이다."

'이영민타격상'은 1957년 말 제정돼 1959년부터 현재까지 시상이 이어지고 있는 전통과 권위의 상이다. 전년 최고 타율을 기록한 고교 선수에게 수여된다.

이영민(李榮敏)은 야구만이 아니라 육상·축구·농구 선수로도 활약한 만능 스포츠맨이었다. 1905년 대구 출생으로 배재고보(현 배재고), 연희전문(현 연세대)에서 야구선수 생활을 했다. 한국야구 초창기를 빛낸 인물로 1925년 10월 경성운동장(옛 동대문운동장) 준공 이후 1928년 8월 구장 1호 홈런을 날린 주인공이다.

1928년 6월 10일자 〈동아일보〉는 "대본루타(대형 홈런)를 친 초유의 기록을 조선인이 지었다"는 사실을 감격스럽게 보도하고 있다. 당시 여러 기사에 따르면 경성운동장 '개설 이래 4년 동안' 미국 '거인흑인군(軍)'과 시카고대학 등 '양인군(洋人軍), 그리고 일본의 '여러 강군(强軍)'이 여기서 경기를 치렀음에도 홈런을 친 선수

"李榮敏打擊賞"에
中央高李廣煥군

금년도 "李榮敏"타
격상은 中央高「팀」
李廣煥군에게 수여된
다. 李군은 전국고교
야구선수권 대회에서
타율 4할1분7리로
당수위 타자가된바
있

이광환의 '이영민타격상' 수상을 보
도한 1966년 1월 10일자 동아일보.

는 이영민이 처음이었다. 이때 '거인
흑인군'이란 지금은 없어진 미국 니
그로리그 브루클린 로얄 자이언츠를
말한다. 실제로 1927년 5월 18일 대
구에서 '흑인야구단 일행 17명'이 전
(全)대구군(軍)과 경기를 치러 14대2
로 대승했다는 기사를 확인할 수 있
다. 이영민은 1946년 1월 조선야구
협회(이후 대한야구협회) 창립 발기인으
로도 참여해 초대 부회장을 지냈다.
1948년에는 런던올림픽 현지 조사팀

으로 파견되고, 국가대표 축구팀 감독까지 역임하는 등 한국 체
육계를 위해 활동하다가 1954년 8월 불우하게 생을 마쳤다. 그는
가정에 소홀해 이혼을 했고 자식과의 관계도 좋지 않았다. 특히
셋째 아들은 그에 대한 반발심으로 불량한 친구들과 어울리다가
학교에서 퇴학을 당했다고 한다. 셋째 아들은 그 친구들과 공모
해 부친의 재산을 노린 강도 행각을 벌였다. 이영민은 권총을 들
고 침입한 셋째 아들의 친구들과 몸싸움을 벌이다가 총에 맞아
숨을 거뒀다. 대한야구협회가 '이영민타격상'을 제정한 배경에는
그런 어이없는 죽음에 대한 추모의 뜻도 있었을 것이다.

　　1966년 벽두에 '이영민타격상'을 수상한 이광환은 전년보다

더 좋은 개인성적과 더 많은 중앙고의 우승을 꿈꿨을 듯하다. 에이스 이원국과 함께 고3으로 올라가면서 2학년 때보다 더 잘할 자신감도 내심 있었을 것이다. 그러나 모든 것이 이상하게 뒤틀려버렸다.

중앙고는 서울시 춘계 연맹전 'A조 갑' 리그에서 청량종고 경동고 배명고 장충고 동대문상고를 꺾고 5연승으로 1위를 차지했다. 이광환은 인사이드파크홈런을 날려 자신의 고교 통산 2호 홈런을 기록했다. 여기까지는 좋았다. 중앙고는 청룡기 서울시 예선에서 준우승, 본선 진출권을 따냈는데 부정선수 시비에 휘말렸다. 청량종고는 예선전에서 활약한 중앙고 3번 타자 박노국(朴魯國)이 경기공고에서 유급했고, 또한 전학 온 지 3개월이 안 됐다는 이유를 들어 관련 규정에 의거해 서울시고교연맹에 문제를 제기했다.

물론 중앙고는 박노국이 부정선수가 아니라고 주장했다. 서울시 고교야구연맹은 일단 중앙고의 주장을 받아들여 예선전을 치렀는데 그 후 서울시 교육위원회 징계위가 열려 "박노국 선수가 부정선수임이 확실하니 몰수 게임 혹은 재시합을 하라"는 결정을 고교야구연맹에 위임했다. 고교야구연맹은 6월 2일 이사회를 열어 중앙고에 출전정지 2개월, 박노국에게는 이듬해 2월까지 자격정지 처분을 내렸다. 청룡기는 물론 화랑대기 예선까지 출전하지 못한다는 의미였다. 중앙고 팀 분위기는 땅에 떨어졌다.

더구나 팀 에이스인 이원국까지 일본 프로야구 도쿄 오리온즈 구단과 계약을 맺고 6월 24일 일본으로 떠나버렸다. 오리온즈 구단주가 하필 일본 굴지의 영화사 다이에 사장 나가타 마사이치였다는 것이 계기가 됐다. 아시아영화제작가연맹 회장이기도 했던 나가타 마사이치는 한국을 자주 방문했다. 이 해 5월 5일부터 9일까지 서울에서 열린 아시아영화제에 온 김에 이전부터 관심을 기울이던 이원국과 접촉했다. 제일은행 코치 박현식의 주선으로 이원국의 피칭을 150구 정도 보고 즉석에서 가계약을 맺었다. 이후 보름도 안 된 5월 21일 정식 입단 계약을 맺은 것이다.

언론 기사에 따르면 이원국의 계약 조건은 계약금 540만 엔(1만 5,000달러), 연봉 180만 엔이었다고 한다. 한국은행의 경제통계 1966년 5월 경 원/달러 기준환율(271.18원)로 계산하면 1만 5,000달러는 당시 407만 원 정도였다. 비슷한 시기, 타 기관에 비해 월급이 매우 높은 농협 최하급 직원이 매달 1만 7,800원을 받았다는 기사가 있다. 407만 원은 엄청난 고액이었다.

이원국은 도쿄 오리온즈 2군 경기에 출전했으나 외국인 선수 제한 규정과 일본 선수들의 견제로 끝내 1군에 오르지 못했다. 그런데 오리온즈 구단이 이원국을 '이겐고쿠'로 등록하자 한국의 한 신문이 이에 크게 항의하는 기사를 썼다. 한국 외무부는 도쿄 주재 한국대사관에 진상조사를 지시했고 오리온즈 구단 관계자가 한국대사관을 방문해 '이겐코쿠'를 한국식으로 바꾸겠다고 보고하는 소동이 있었다. 그 시절의 풍경이 아닐 수 없다.

이후 이원국은 미국으로 야구 연수를 떠났다가 도쿄 오리온즈가 일본 롯데에 매각되자 미국에 정착했다. 메이저리그 시범경기까지는 출전했지만 수 년 동안 마이너리그에서 뛰다가 1972년 5월부터 멕시칸리그에 자리를 잡았다. 트리플A급인 사비나스 파이레츠 포사리카팀에서 1982시즌까지 150승 85패를 기록했다. 최우수철완투수상을 수상했다고 한다. 이듬해인 1983년 3월 귀국, MBC 청룡과 계약을 맺고 입단했다. 계약금 4,000만 원, 연봉 3,000만 원이었다. 그러나 이듬해 팔꿈치 부상을 당하고 감독 김동엽(金東燁)과 훈련방식상의 불화로 퇴단했다. 이후 사비나스 구단주를 잠시 맡았다가 미국에서 건축사업에 전념했다고 한다.

이광환은 이원국에 대해 이렇게 말한 바 있다.

"내가 대구에서 중학교에 다니다 서울 중앙고로 오니 아주 순둥이 친구가 있더군요. 생기기도 어린애 같아 덩치가 너무 커 무슨 야구를 할까 했는데 던지는 것을 보니까 놀랄 만큼 강속구였고 재주도 뛰어났어요. 잠깐 반짝했지만 계속했으면 아마도 대표팀 투수로 이름을 날렸을 텐데 갑자기 일본으로 가 또 한번 놀랐죠."[10]

---

10   2005년 4월 26일자 OSEN 인터넷판 [천일평의 야구장 사람들].

고려대 경영학과 67학번

2개월 출전 정지, 이원국의 도일(渡日)로 인해 중앙고 선수들의 사기는 말이 아니었다. 포수를 보던 이원호(李元鎬)가 투수를 맡게 됐고 유격수와 3루수로 뛰던 이광환은 졸지에 포수를 보게 됐다. 청룡기와 화랑대기에 출전할 수 없게 된 중앙고는 남은 메이저대회인 황금사자기(9.17~9.27)에 전년도 우승팀으로서의 자존심을 걸었다.

중앙고는 1차전 상대로 '중앙무대에 처녀 출전한' 경북고를 6대1로 손쉽게 눌렀다. 이광환은 4번 3루수로 나갔다가 7회 포수 이원호가 구원투수로 오르자 포수 마스크를 썼다. 기록은 3타수 1안타, 1볼넷이었다. 2차전 부산상고와의 경기에서도 중앙고는 5대1로 승리했다. 이광환은 4번 포수로 출장해 끝까지 안방마님 역할을 하며 3타수 무안타에 그쳤지만 고의사구를 얻어냈다.

중앙고는 4번 포수 이광환이 3타수 무안타로 부진한 가운데 부산고와의 3차전에서 0대2로 패배했다. 그러나 역시 같은 포지션으로 출전한 이광환이 4타수 2안타 3타점으로 분전한 성남고와의 '패자준결승'에서는 5대2로 승리했다. 이광환의 3타점은 0대2로 끌려가던 6회초 1사 만루 상황에서 주자 일소하는 3루타로 거둔 결승 타점이었다.

그렇게 '패자결승전'에 오른 중앙고는 선린상고를 맞이했다. 경기는 12회 연장전에서 결판이 났다. 중앙고는 1대2로 석패해 탈락했다. 4번 포수 이광환은 5타수 3안타 1타점으로 제 역할을 해줬지만 팀의 패배로 고교 선수로서의 사실상 마지막 무대에서 쓸쓸하게 퇴장해야 했다.

하지만 '이영민타격상'을 수상했던 이광환에게는 여러 곳에서 입단 제의가 들어왔다. 농협, 상업은행, 기업은행이 그의 의사를 타진했고 이 중 몇 개 팀은 적극적으로 이광환에게 '장학금'까지 보내오고 있었다.

야구를 잘하는 선수가 대학보다는 실업팀을 선호했던 시절이었다. 야구 선수로 성공하거나 국가대표가 되려면 당연히 실업팀에 가야 한다는 분위기였다. 하지만 이광환은 달랐다. 야구를 하면서 공부도 하는 순수 학생야구를 하고 싶었다. 그는 자신에게 보내지는 '장학금'을 중앙고 서무실에 맡겨두었다가 고스란히 돌려주었다.

그런데도 농협 감독 김영조는 그를 직접 찾아와 몇 시간 동안 집요하게 입단을 설득했다. 이광환은 "죽어도 대학에 가겠다"고 반복했고 김영조는 "만약 실업팀에 온다면 무조건 농협이어야 한다"며 돌아갔다. 불쾌한 표정이었다. 이 일로 인해 이광환은 김영조뿐만 아니라 상업은행 감독 장태영 등에게도 눈밖에 났다. 이광환이 훗날 대학상비군에 한 번 선발되긴 했지만 끝내 국가대표 유니폼을 못 입은 것은 이러한 이유가 컸다.

1967년 3월 이광환은 고려대 경영학과에 입학한다. '한국인이 민족 자본으로 세운 민족학교'라는 점이 마음에 들어서였다. 고려대 또한 그가 졸업한 중앙고와 마찬가지로 인촌 김성수가 인수한 학교였다. 보성전문학교가 그 전신이다. 그러나 대학 생활은 생각처럼 만족스럽지 않았다. 생활이 어려운 것은 아니었다. 야구 장학생으로 입학했기 때문에 4년 내내 장학금을 받았고 하숙비까지 보조를 받았다. 하지만 젊은 날의 고뇌라고 할까, 인생에 대한 회의에 빠졌다. 공부가 제대로 될 리 없었다.

이광환은 1학년임에도 주전을 꿰찼지만 야구가 마냥 즐거운 것도 아니었다. 실업·고교 야구에 비해 인기가 턱없이 낮았던 대학야구는 전반적으로 침체돼 있었고 대회는 춘·추계 리그전 정도에 불과했다. 그마저도 시국 사정으로 대회가 비정상적으로 운영되는 경우도 많았다.

고려대는 1967시즌 전국대학야구 춘계연맹전에서 9승 1무 3패로 준우승을 차지했지만 추계연맹전은 '선수라도 시험은 꼭 봐야 한다'는 대학 당국의 방침에 따라 출전이 어려워진 팀이 속출해 대회 자체가 흐지부지됐다. 이광환이 2학년 때인 1968년은 더 심했다. 전년에는 추계 연맹전이 개막되기라도 했지만 이 해에는 아예 무산됐다. 고려대는 춘계연맹전에서 연세대와 함께 6승 1패로 공동우승을 차지한 것에 만족해야 했다. 『한국야구

고려대 재학 시절 인촌 김성수 동상 앞에서.

사』나 당시 신문 지면에서 그의 활약을 찾기는 어려웠다.

이광환은 공부에 관심이 많아 수업에 꽤 열심히 출석했다. 어느 날 강의실에 들어가니 경영학과 동급생들이 이런 말을 했다.

> "야, 광환아. 어제 야구장에 갔더니 우리 학교에 너랑 이름이 똑같은 선수가 있더라. 체격이나 얼굴생김새도 너랑 아주 비슷하더라. 거 참, 신기하더라."[11]

이광환은 배꼽을 쥐고 웃었다. 야구 선수가 아닌 일반 학생으로 여겨질 만큼 꼬박꼬박 수업에 들어갔던 것이다.

2학년에서 3학년으로 올라가던 무렵이었다. 거의 6개월 동안 불면증에 시달렸다. 대학 생활에 회의를 느끼던 이광환은 인생 자체를 고민하기 시작했다. "내가 왜 대학에 다녀야 하나?"에서 "어떻게 살아야 하나?"로 고민이 바뀌었다. 책에서 해답을 찾으려고도 했다. 종교, 실존에 대한 서적을 많이 읽었다. 버트런드 러셀의 『나는 왜 기독교인이 아닌가』 같은 책도 그때 읽었다. 이광환은 훗날 이렇게 썼다.

---

11 이종남의 글에서 재인용.

고려대 2학년 때 이 책을 만나게 됐다. 솔직히 버트런드 러셀이라는 이름도, 책 제목도 낯설었지만 이 책이 준 충격은 무척 컸다. 그때까지의 인생을 다시 한 번 생각하게 했다. 내가 지금까지 '절대'라고 믿었던 것들에 대해 새롭게 생각하게 하는 계기가 됐다. 이 책을 통해 왜 사는지에 대한 눈이 떠졌다. 그때 나는 야구를 그만둘까도 생각했다. 당시까지 나의 길이라고 믿었던 야구에 대해 '이 길이 전부일까'라는 생각이 들었기 때문이다. 맹목적으로 믿어왔던 것들에 대한 회의가 생긴 것이다. 섬에 들어가서 아이들을 가르칠까 하는 생각도 들었다. 한창 세상이 시끄러울 때였다. 그래서 그때 시위에도 열심히 참가했다.

(2014월 9월 28일자 경향신문 인러넷판, '이광환의 내 인생의 책')

이광환은 유니폼을 반납한 뒤 학교를 떠나 대구로 내려갔다. 구두닦이, 신문팔이, 넝마주이 등 불우한 청소년들을 모아놓고 야학 교사 노릇을 했다. 대학을 다니는 것보다 그것이 더 가치 있는 삶이라고 느껴졌다. 그렇게 3개월 정도 지냈다.

그런데 고려대 야구부가 난리가 났다. 대학야구가 파행으로 치러진 것은 1969년에도 마찬가지였다. 춘계연맹전만 간신히 진행됐고 추계연맹전은 학생들이 데모를 할 우려가 있다는 이유를 들어 무기 연기됐다가 취소됐다. 연맹전은 이광환 없이도 그럭저럭 넘길 수 있었지만 정기 고연전만은 달랐다. 다 져도 고연전만큼은 이겨야 했고 그러려면 그가 필요했다.

이광환도 고연전 승리의 의미를 잘 알고 있었고 그 자신도 강한 승부욕을 지니고 있었다. 팀에 합류하라는 권유와 강권이 계속되자 어쩔 수 없다는 듯이 상경했다. 어느 정도 마음의 안정을 찾고 학업과 훈련을 병행하던 어느 날이었다. 1969년 여름은 '박정희 3선 개헌'을 반대하는 대학가의 시위가 극심했다. 이광환은 고려대 안암 캠퍼스를 나와 훈련장으로 가는 길에 전투경찰에 맞아 피투성이가 된 채 끌려가는 학우들을 보게 된다. 〈주간야구〉

고대 시절 타격폼.

는 "이광환은 피가 거꾸로 솟는 것을 느꼈다"고 쓰고 있다.

그는 시위대의 앞줄에 서 돌을 던졌다. 시위대가 강제로 해산되고 이광환은 신설동 로터리에서 검문을 당하고 연행됐다. 성북경찰서로 끌려갔는데 한 경찰이 그를 알아보았다. 돌을 기가 막히게 잘 던진다는 것이었다. 곧 야구선수임이 밝혀졌다. 무지막지한 폭행과 매질이 가해졌고 이광환은 기절했다. 그의 회고다.

"지금 생각하니 나를 보고 경찰이 얼마나 화가 났었는지 이해가 가기도 하네요. 한 열흘 정도 유치장 구경 실컷 했습니다."

고연전을 앞둔 고려대 측의 교섭으로 훈방 조치가 내려졌지만 이광환으로서는 평생 잊을 수 없는 일화였다. 석방된 그에게 학우들이 그 날의 이야기가 어느 신문의 네컷 만화 소재로 다뤄졌다고 했다. 돌을 정확하게 잘 던지는 데모 학생을 잡고 보니 야구선수였다는 스토리였다.

실업 최강 한일은행으로

1969년 정기 연고전은 불안정한 정국 때문에 무기 연기됐다가 찬바람 부는 11월 7일 뒤늦게 서울운동장에서 개최됐다. 이광환을 불러올려 포수 마스크를 쓰게 한 효과가 있었다. 고려대가 4대 3으로 승리했다. 이날 이광환의 결정적인 활약은 없었지만 포수를 본 것만으로도 충분했다. 그는 "고려대 출신으로서 가장 자랑스럽게 여기는 것은 연세대와의 정기전에서 자신이 재학한 4년 동안 한 번도 지지 않았다는 것"을 기회가 있을 때마다 이야기한다.

그의 말대로 1학년(1967) 때는 5대 0으로 완승했고 2학년(1968)

때는 4대 3으로 이겼다. 특히 2학년 때는 2대 3으로 뒤지던 9회 초 무사 2·3루 상황에서 7번 타자로 나가 '싹쓸이' 2루타를 날렸다. 4학년(1970) 때는 1대 1 무승부였다. 고려대 야구부는 1965년부터 시작된 정기 고연전에서 첫 해에 진 후 1966년부터 1976년까지 단 한 번도 패하지 않았다. 학원 소요로 두 차례(1971·1972), 고려대 버스 사고로 인해 한 차례(1975) 대회가 무산돼 전적은

1969년 정기 고연전에서 승리한 뒤 이광환이 기뻐하고 있다.

6승 2무였다. 고려대 감독 고광적(高光籍)의 재임기와 거의 일치하는 기간이었다.

이광환이 대학 졸업반이던 1970년에도 대학야구가 파행적으로 진행된 것은 마찬가지였다. 고려대는 학원 소요 문제로 연세대와 함께 추계리그와 제4회 대학야구대회에 불참했다. 고려대는 춘계리그전에 나간 것이 이 해 유일하다시피 한 출전이었는데 그것도 부진을 면치 못하고 8개 팀 가운데 7위로 추락했다. 이광환이 공동 타격 1위(.383)를 차지한 것이 그나마 위안거리였다.

이광환은 이 해 일본 관서6대학연맹 초청 경기에 한국 대학 선발팀 주장 겸 외야수로 뽑혀 일본 원정을 다녀왔다. 그에게는 첫 방일(訪日)이자 첫 해외여행이었는데 다소 우여곡절이 있었다. 시위 전력 때문에 신원조회에 걸려 출국이 금지됐기 때문이다. 다행히 야구협회에서 힘을 써줘 다른 선수들보다 이틀 늦게 따로 출국할 수는 있었다.

한국대학선발팀은 관서6대학연맹 소속인 칸사이대학, 칸사이가쿠인대학, 도시샤대학, 리츠메이칸대학, 교토대학, 고베대학과 일전을 벌여 2승 1무 2패, 괜찮은 성적을 거뒀다.

이광환이 그나마 나라를 대표해 외국팀과 경기를 치른 것은 이때가 처음이자 마지막이었다. 그렇다고 국가대표였다는 뜻은 아니다. 그는 국가대표와는 인연이 없었다. 1차 선발 선수에는 명단에 올랐다가 번번이 2차에서 떨어지곤 했다. 그 실망은 이루

말할 수 없었다. 아무래도 선수 선발의 권한을 지닌 감독이나 협회 관계자에게 '찍혀' 있었기 때문이 아닌가 한다.

이광환은 실업팀 가운데 한일은행을 선택했다. 고려대 야구부는 도봉산 부근에 있던 한일은행 구장에서 자주 훈련을 했기 때문에 한일은행 감독, 코치, 선수들과 친한 관계였다. 더구나 한일은행은 1970년 정규 리그 우승을 거머쥔 최강팀이었다. 이광환이 한일은행에 마음이 쏠린 것은 당연했다. 한일은행은 IMF외환위기 후 몇 차례 합병을 거쳐 현재의 우리은행이 됐다.

1971시즌 한일은행은 감독 김영덕(金永德), 투수 김호중(金昊中)·김인식(金寅植), 포수 우용득(禹龍得), 야수 김응룡·강병철(姜秉徹)·최남수(崔南洙) 등의 진용이었다. 한마디로 한국 야구계에서 내로라

대학 졸업식 때 모친 신명년과 함께.

하는 인물들이었다. 이광환을 포함해 김영덕, 김응룡, 김인식, 강병철은 프로야구 감독을 지냈고 최남수는 고려대 감독을, 김호중은 한국화장품 감독과 삼성 라이온스 투수 코치를 역임했다.

이런 호화 멤버에 이광환까지 가세했으니 한일은행 감독 김영덕의 입이 벌어졌을 듯

하다. 감독 입장에서 이광환 같은 선수는 보기만 해도 흐뭇해진다. 주 포지션이 유격수인데 외야 수비도 잘하고 포수도 볼 수 있으며 교타자에 장타도 심심찮게 날리는 선수가 있으면 오더나 작전을 짜는 폭이 넓어지는 것이다. 1971년 3월 30일자 〈경향신문〉은 '신인 이광환'에 대한 김영덕의 기대를 기사화했다.

> 지난해 대학야구 타격왕이었던 이광환은 장타를 노리는 스윙 큰 타격보다 단타 위주의 착실한 배팅을 해준다면 타율 2할 8푼대를 넘어서 신인왕을 바라볼 만하다고 김(영덕) 감독은 내다보고 있다.

결과부터 말한다면 김영덕의 예상은 하나만 맞았다. 이광환은 시즌 신인왕을 차지했는데 타율은 2할 8푼대를 훨씬 능가하는 0.305였다.

신인왕 차지하고 곧바로 입대

1971시즌 실업연맹전에 출전한 팀은 9개 팀이었다. 금융단팀은 한일은행 기업은행 농협 상업은행 제일은행, 실업단팀은 육군 철도청 한국전력 해병대였다. 이 9개 팀이 연맹전 직전에 열린 제21회 백호기쟁탈 전국 군·실업야구 쟁패전(4.6~4.12)에 참가했다.

이 해 이 대회는 1차 토너먼트를 치르고 올라온 4개 팀이 풀리그를 벌이는 방식이었다. 대회 주최자인 〈경향신문〉은 1971년 4월 2일자 기사에서 "투·타 양면에서 가장 짜임새 있는 진용을 갖춘 한일은행은 가장 강력한 우승 후보로 각광을 받고 있다"며 한일은행의 선발 오더를 예상했다. 이 기사에 이광환은 9번 우익수로 기록돼 있다.

한일은행의 첫 상대는 이 시즌 실업팀 감독으로 처음 데뷔한 김성근이 이끄는 기업은행이었다. 기업은행은 투수 김호(金浩)와 포수 최주억(崔周億)이 배터리를 형성하고 동대문상고를 졸업한 신인 박해종(朴海鍾)과 연세대 출신 이원호가 가세한 진용이었다. 한일은행이 김응룡의 3점 홈런을 비롯한 17안타를 날려 9대0, 손쉬운 승리를 거뒀다.

이 한 경기만을 이기고 결승리그에 오른 한일은행은 농협과의 경기에서 6회말까지 2대4로 뒤졌으나 7회초 대타로 나온 이광환이 투런 홈런을 때려 동점을 이뤘다. 〈경향신문〉에는 '레프트 펜스를 넘긴' 홈런으로, 〈동아일보〉에는 '라이트를 오버하는' 홈런으로 기록돼 있는데 아무래도 〈경향신문〉의 손을 들어주고 싶다. 지금도 밀어치는 홈런이 쉬운 것이 아닌데 당시에는 지금보다 훨씬 드물 것 같다는 생각에서다. 9회초에는 투수 김호중의 솔로 홈런이 나왔다. 5대4, 짜릿한 역전승이었다. 한일은행은 그러나 한국전력과 제일은행과의 경기에서 연이어 패배, 결승전 진출에 실패했다. 우승은 한국전력, 준우승은 제일은행이었다.

1971시즌 실업연맹전은 4월 21일 서울운동장에서 막이 올랐다. 앞서 언급했던 9개 팀이 총 네 번의 리그전을 치르는 방식이었다. 한일은행은 한국전력, 농협, 상업은행과 함께 우승 후보로 꼽혔다.

1차 리그는 6승 2패를 거둔 한일은행의 독주였다. '신인 이광환'은 철도청과의 경기에서 투런 홈런을 날리는 등 쏠쏠한 활약을 펼쳤다.

2차 리그에서도 한일은행의 독주는 계속됐다. 한일은행은 1·2차 종합 13승 1무 2패라는 압도적인 성적으로 선두를 지켰다.

3차 리그에서는 상업은행의 추격이 돋보였다. 상업은행은 7승 1패를 거둬 한일은행을 3경기 반차로 따라붙었다. 종합 순위는 한일은행이 17승 1무 6패로 1위, 2위는 상업은행이었다.

4차 리그에서도 상업은행은 6승 2패로 수위를 차지했지만 끝내 한일은행을 따라잡

한일은행 선수 시절(1975년).

지는 못했다. 상업은행으로서는 한일은행과의 경기에서 1대2
로 진 것이 뼈아팠다. 이 경기에서 이광환은 0대1로 끌려가던
7회초 9번 타자로 등장해 동점의 물꼬를 여는 우중월 2루타를
날려 승리에 기여했다.

실업연맹전 최종 우승은 20승 2무 10패를 거둔 한일은행에
게, 준우승은 19승 2무 11패를 기록한 상업은행에게 돌아갔다.
이광환은 3차 리그 종료 후에 열린 올스타전에도 출전했는데 그
렇게 큰 의미를 둘 대목은 아닌 듯하다. 이광환은 제일은행 한동
화(韓東和), 상업은행 박재영(朴裁永)과 함께 금융단의 2루수 부문
올스타에 뽑혔는데 팬투표가 아닌 '감독 추천 선수'로 출전한 것
으로 보인다. 특기할 부분은 올스타전 2차전은 인기 영화배우 문
희(文姬)의 시구로 시작됐는데 『한국야구사』는 이를 '최초의 연예
인 시구'로 기록하고 있다는 점이다.

시즌 최우수선수상은 투수 부문 3관왕 등 6개 부문에서 상
을 휩쓴 한일은행 김호중이 차지했다. 신인상은 95타수 29안타
(.305), 12타점, 1홈런을 기록한 이광환이 거머쥐었다. 10승 9패
를 거둔 농협 김인복(金仁福)과 경합 끝에 수상한 것이지만 일생
에 단 한 번밖에 기회가 없는 신인상이 주는 의미는 컸다. 야구
단을 보유한 육군과 해병대 모두 그를 원했지만 이광환은 영장
이 먼저 날아온 육군을 선택하고 1971년 12월 3일 입대했다. 만
23세였다.

군복무 중 두 번째 일본 원정

『한국야구사』는 1972년 부분을 서술하면서 '실업과 대학의 자리바꿈'이라는 절(節) 제목을 달고 있다. 그 밑에 '사양길의 성인 야구'라는 소제목을 붙였다. 말 그대로 이 해는 성인야구가 침체기를 겪으면서 대학야구의 인기가 올라오는 해였다. 고교야구에 눈을 돌리면 황금사자기 결승전에서 군산상고가 부산고에게 5대 4, 극적인 역전승을 거두면서 '역전의 명수 군산상고'라는 표현이 탄생한 해이기도 하다. 이런 것들이 침체된 성인 야구판에서 그것도 육군 소속 선수로 뛰는 이광환에 대한 기록이 많지 않은 이유로도 여겨진다.

1972시즌 실업연맹전 최종 성적은 해병대, 상업은행, 한일은행, 한국전력, 제일은행, 육군, 기업은행, 농협, 철도청 순인데 1위 해병대는 20승 5무 7패를, 6위 육군은 14승 2무 16패를 기록했다. 이 시즌 해병대는 비경기인 출신 감독 조해연(趙海衍)의 지휘 아래 임신근과 우용득이 배터리를 이루고 이희수(李熙守), 김우열(金宇烈) 등이 활약했다.

조해연은 해병대 상사로 포항에서 근무할 때 일본 TV를 통해 일본 프로야구를 접하면서 야구에 빠져들었다. 그 시절 한반도 남부 해안가에는 일본 TV가 안테나에 잡히던 때였다. 『한국야구인명사전』은 그에 대해 '비야구선수 출신으로 유일하게 감독을 역임한 기인'이라는 주석을 붙여놓았다. 조해연은 『이야기, 일본 프로야구』의 저자이기도 한데 이 책은 나도 소장하고 있다. 꽤 재미있게 읽었던 것으로 기억한다.

육군의 멤버는 좀더 자세하게 소개한다. 〈경향신문〉은 자사가 주최하는 백호기 출전팀에 대한 전력분석을 지면에 싣곤 했는데 1972년 4월 1일자에 육군팀이 다뤄져 있다. 이 해 육군에는 강문길(姜文吉), 서광렬(徐光烈) 등이 입대했고 조창수(趙昌洙), 박용진, 백기성(白基成), 정진구(鄭鎭邱) 등이 기존멤버였다. 클린업 트리오는 박용진, 최창형(崔昌瀅), 최재봉(崔在鳳)으로 구성됐고 에이스 투수는 윤동복(尹東福)이었다. 〈경향신문〉은 "육군의 불안은 윤동복으로 배수진을 친 마운드에 있다"고 쓰고 있다.

육군 선수 시절 홈런을 친 뒤 동료들의 환영을 받고 있다.

그런데 이 기사에는 이광환과 감독 허종만(許宗萬)의 이름이 등장하지 않는다. 허종만은 해방 이후 경남중의 장태영과 광주서중의 김양중이 라이벌 구도를 펼칠 때 경남중에서 활약했다. 경남고 야구부를 창설한 인물이며 육군 야구단의 창설 멤버이기도 하다. 전력분석 기사니까 감독인 허종만의 이름이 나오지 않는 것은 그럴 수 있겠다는 생각이 든다. 하지만 전년 신인왕을 차지한 이광환의 이름이 빠진 것은 다소 의아하다.

어찌됐든 1972시즌 유이(唯二)한 군팀 가운데 육군은 해병대보다 성적이 많이 쳐졌고 이광환이라는 이름도 당시 지면에 자주 등장하지 않는다. 7월 28일 해병대와의 경기에서 해병대 에이스 임신근으로부터 1회 솔로 홈런을 날린 것이 이광환의 이 시즌 신문 지면에서 찾을 수 있는 유일하다시피 한 기록이다. 임신근은 이광환에게 홈런을 맞은 이후 35이닝 무실점 기록을 세워 지면에 등장한다. 이광환에게 해병대 영장이 먼저 나왔다면 뭔가 다른 스토리가 펼쳐졌을 거라는 생각도 든다.

하지만 육군에 입대했기 때문에 이광환은 기업은행 출신인 육군 동료 정진구·박용진 등과 평생의 교분을 나누게 된다. 인간관계의 폭이 넓은 이광환이지만 두 사람과의 우애는 각별하다. 이광환은 두 사람을 청웅회(靑雄會) 회원으로 입회시켰다. 창립 시점은 확실치 않지만 청웅회는 이광환이 조직한 사회봉사모임이었다. 고려대 동창과 주변 지인들로 조직하고 이광환 자신이 회장을 맡았다. 청웅회 활동에 대해서는 후술할 기회가 있을 것이다.

실업야구의 침체는 1973시즌에 더 심해졌다. 1~4차 리그로 진행되던 실업연맹전이 축소돼 춘·하·추계리그로 치르게 됐다. 고교야구의 인기는 오르지 못할 나무였고 대학야구의 활기도 부러울 지경이었다. 더구나 실업팀 대부분이 재정적으로 어려웠다.

육군은 춘계리그에서 7승 1무로 무패 우승을 달성했지만 최종 성적은 13승 3무 8패, 4위에 그쳤다. 최종 우승은 14승 2무 8패를 거둔 한일은행이었다. 그렇다면 육군은 하계·추계리그에서 6승 2무 8패를 기록했다는 뜻이 된다. 이 해 신문 지면에서도 이광환의 특별한 활약은 찾기 어려웠다. 무슨 일이 있었던 것일까. 〈주간야구〉가 전하는 다음과 같은 일화가 영향을 미쳤을지도 모른다.

73년 육군야구부는 송추로 야유회를 갔다가 부대로 돌아오는 도중 구파발 검문소의 헌병들과 난투극을 벌였다. 기분 좋게 마신 술에 선수 대부분 만취상태가 된 것이 화근. 주장이었던 최재봉은 기절을 하고, 강문길은 머리가 깨졌다. 군인들이 술에 취해 헌병과 싸우고 검문소를 부쉈으니 자칫 크게 확대될 수도 있는 문제였다. 이때 이광환의 계급은 상병. 비교적 덜 취해 싸움을 뜯어말리고 자신이 주장이라고 거짓말을 한 뒤 밤새워 헌병에게 사과를 했다. 상급

부대에 보고하기 위해 전화 수화기를 들면 전화를 끊고, 다시 들면 또 끊고.... 끝내 헌병들에게서 문제 삼지 않겠다는 약속을 얻어냈고, 그렇게 됐다.

그래도 이 해 육군은 일본 원정팀 자격권을 따내 '해외여행'을 가는 호사를 누렸다. 원정팀 자격권은 춘계리그 1위 육군과 하계리그 1위 한일은행의 승자에게 주어졌고 육군은 2연승을 거둬 원정길에 올랐다. 이광환으로서는 두 번째 도일이자 해외여행이었다. 육군 선수 명단은 아래와 같다.

▲투수 강용수·김윤규 ▲포수 최재봉 박해종 ▲내야수 양창의 김흥채 백기성 최한익 강문길 ▲외야수 이원녕 서광렬 윤동균 이광환

육군 이외의 타팀 선수도 보강됐는데 투수 김명성(金明成·한국전력) 황태환(黃泰煥·철도청) 김덕열(金德烈·제일은행), 내야수 강병철(한일은행), 외야수 김차열(金次烈·제일은행)이 그들이다. 모두 육군 출신이었다.

감독 허종만, 코치 허정규(許正奎·농협 감독) 등과 함께 도일한 이들은 일본 실업팀들과 2승 1무 3패를 기록했다. 이때 이미 이광환은 독학으로 간단한 일어 회화가 가능해져 일본 측이 열어준 환영식에서 사회를 보기도 했다.

〈주간야구〉에 그 환영식 사진 두 장이 수록돼 있다. 그 중 하나는 담배를 손가락 사이에 끼고 웅변을 하듯 두 손을 치켜든 채

무언가를 말하고 있는 이광환을, 기모노 차림의 합죽한 외모의 여성이 그윽한 눈길로 바라보는 사진이다. 상 위로 빈자리가 안 보일 만큼 놓여있는 음식들과 삿포로 병맥주도 눈에 들어온다. 한국에서는 맥주를 돈 꽤나 있는 사람이나 마시던 시절이어서 선수단에게는 매우 특별한 기억으로 남아있을 것 같다.

다른 한 장은 태극기와 일장기가 나란히 걸린 벽 앞에 이광환이 사회를 보는 듯 일어서 있고, 나머지 일행들은 앉아있는 사진이다. 이광환 옆으로는 일본 악기 샤미센을 든 게이샤인 듯한 여성이, 일행 사이에는 기모노 차림의 여성 한 명이 앉아 있다. 일본 측에서 꽤 극진한 대접을 해준 것으로 보인다.

일본 원정 환영연 중에.

사흘 사이에 두 팀의 우승에 기여하다

1974년은 이광환이 제대를 맞이하는 해였다. 당시 육군의 복무 기간은 36개월이었으므로 1971년 12월 3일 육군에 입대한 이광환의 제대 예정일은 원칙적으로 1974년 12월의 어느 날이었다. 그런데 이광환은 대학 졸업 후 입대했고 대학에서 일반군사교육, 즉 교련 전과정을 이수했기 때문에 3개월 단축 혜택이 있었다. 따라서 그의 제대 예정일은 1974년 9월의 어느 날이 된다. 이를 설명한 이유는 이 해 이광환은 육군 선수로 뛰다가 하루아침에 한일은행 선수로 활약하게 되고 이것이 육군과 한일은행의 성적에 무시할 수 없는 영향을 끼치게 되기 때문이다.

이 시즌도 실업연맹전은 춘·하·추계리그로 진행됐다. 춘계리그(4.10~4.26)에서 육군은 6승 2패로 1위를 차지했다. 2위는 5승 1무 3패의 한국전력, 3위는 각기 5승 3패씩을 거둔 제일은행·농협·공군이었다. 만년 우승 후보 한일은행이 여기에 끼지도 못한 점을 유의할 필요가 있다.

하계리그(6.8~6.28)에서도 육군은 6승 1무 1패로 1위였다. 이광환이 한일은행과의 경기에서 솔로 홈런을 때렸다는 기사가 보인다. 기업은행은 육군과 같은 성적으로 공동 1위를 차지했고, 3위는 5승 3패를 한 농협이었다. 한일은행은 이번에도 중하위권에 머물렀다.

이 해에도 실업야구의 인기는 신통치 않았다. 『한국야구사』의 한 대목이다.

> 실업연맹은 팬 확장을 위해 하계리그 첫날과 최종일에는 팬서비스 데이로 지정하고 입장료는 받지 않고 장내 정리비 10원만 받았다. 이에 첫날에는 장내정리비가 20만 원이 넘었고 두 번째 날에는 10만 원 가량이 들어와 비교적 성황을 이루었다. 추계리그에선 이를 확대해 팬서비스 데이뿐 아니라 평일에도 일반석 330원을 160원으로, 학생 160원을 50원으로 대폭 할인해 성인야구 바겐세일에 나섰다.

육군의 추계리그 성적을 언급하기 전에 이 이야기부터 해야 한다. 광복 29주년인 이 해 8월 15일 이광환은 청웅회 회원, 대학 동문, 고향친구들과 함께 관악산에 나무를 심으러 갔다. 정진구, 최종철, 황재호, 김건석 등이었다. 이광환은 현역 군인 신분이었지만 제대를 한달여 앞둔 시점이었고 공휴일이라 가능했다.

일종의 사회봉사 활동이었다. 8월 13일자 〈동아일보〉에는 방위성금을 낸 단체나 개인의 이름이 게재돼 있는데 '청웅회 회원 일동'이 방위성금 5,000원을 기탁한 것으로 나온다. 관악산에 나무를 심으러 가기 이틀 전의 일이었다. 이광환에 따르면 그때 관악산은 나무가 많지 않은 돌산이나 다름없었다고 한다. 이

해는 대학로에 있던 서울대가 관악캠퍼스로의 이전을 앞둔 해였다. 골프장이었던 관악캠퍼스 부지에는 여기저기 공사가 한창이었을 것이다.

이광환과 청웅회 회원은 무료함을 달래기 위해 한 구석에 라디오를 틀어놓고 나무를 심었다. 라디오에는 서울 장충동 국립극장에서 열린 제29회 광복절 기념식이 실황 중계되고 있었다. 갑자기 라디오에서 몇 발의 총성이 들렸다. 관악산의 어느 자락에서 온몸에 땀이 송글송글 맺힌 채 이광환은 영부인 육영수(陸英修)의 피격 소식을 들었다. 그로서는 평생 잊을 수 없는 기억이었다.

춘·하계리그에서 1위를 했던 육군은 추계리그(7.31~9.20)에서 부진했다. 9월 17일 공군과의 경기 직전까지 육군은 3승 3패로 반타작을 거두고 있었다. 이때까지 통산 전적은 15승 2무 6패였다. 여기서 '9월 17일'이란 날짜에 유의해야 한다. 한편 이날 농협과의 경기를 앞둔 한일은행은 추계리그에서 파죽의 5연승을 거두고 있었지만 통산 전적은 12승 2무 7패였다. 육군이 공군과의 경기를 포함해 2경기, 한일은행은 농협과의 경기를 포함해 3경기를 남긴 가운데 육군이 2게임 차로 앞서고 있는 상황이라고 보면 된다.

'9월 17일' 육군은 5대2로 뒤지던 9회초 한 점을 따라간 뒤, 이광환의 쓰리런 홈런으로 경기를 6대5로 뒤집는 데 성공했다.

흐름이 육군으로 다소 넘어간 형국이었으나 9회말 육군은 1사 만루의 위기를 맞이했다. 이 상황에서 공군 핀치히터가 친 공이 육군 유격수의 글러브에 라이너로 빨려 들어갔을 때까지는 다행이었다. 하지만 박복룡이 병살을 서둘러 2루에 뿌린 공이 악송구가 된 것은 불행이었다. 그 사이 공군 3루 주자가 홈에 들어왔고 경기는 6대 6 무승부로 끝났다. 이제 육군의 통산전적은 15승 3무 6패가 됐다.

같은 날 한일은행은 4번 강병철이 3타점을 올려 농협을 3대 1로 이겼다. 이로써 통산 전적은 13승 2무 7패. 육군은 한 경기, 한일은행은 두 경기가 남았지만 육군이 남은 경기에 패하고 한일은행이 남은 경기에서 전승을 하더라도 투 팀의 성적은 동률이 된다. 그러니까 이날 육군은 남은 경기에 관계없이 1974시즌 실업야구의 패권을 차지한 셈이었다. 달리 말하면 육군이 공군을 이겼다면 단독 우승을 할 수도 있었다는 뜻이다.

여기서 이광환의 제대일이 문제가 된다. 너무 오래 되고 기록도 남아있지 않은 일이라 그는 전혀 기억이 안 난다고 하지만 나는 그의 제대일이 9월 19일이라고 추정한다. 이 날이 목요일이기 때문이다. 지금은 어떻게 되는지 잘 모르겠지만 내가 육군에서 복무한 1990년대 초중반까지도 제대 날짜는 특명을 받아 매주 목요일로 정해졌다.

이광환은 앞서 유의해야 한다고 했던 '9월 17일' 공군과의 경기에서 육군 선수로 뛰었다. 3점 홈런을 날렸다는 기록도 남아있다. 9월 18일 육군은 상업은행에 3대11로 대패하며 실업연맹전의 모든 경기를 끝냈다. 이날 그의 기록은 찾을 수 없었고 이광환도 기억나는 게 없다고 했다. 나는 전역 하루 전날이라 그가 경기에 빠졌다고 생각한다.

두 경기만 남은 한일은행은 9월 19일 기업은행을 상대했다. 양 팀의 감독은 한일은행은 김응룡, 기업은행은 김성근이었다. 왠지 기시감이 느껴지는 대목이다. 한일은행이 몰수게임승을 거뒀는데 그 원인에 대해 조선, 동아, 경향 등이 기사로 다뤘다. 그런데 모두 제각각이다. 야구를 조금 안다고 할 수 있는 내가 봐도 세 기사 모두 야구전문기자가 쓴 것 같지는 않다. 세 기사를 종합해 내가 정리해 보면 이날 이런 일이 벌어졌다.

한일은행이 4대1로 앞서던 6회말 기업은행의 공격이었다. 주자를 1루에 두고 볼카운트 1스트라이크 3볼 상황에서 작전이 걸렸다. '런앤히트'였을 것으로 추측한다. 주자는 2루로 뛰었고 타자는 높은 볼이 들어오자 포볼로 판단하고 1루로 걸어갔기 때문이다. 한일은행 포수 우용득은 포구하자마자 2루에 송구해 주자를 잡았고 2루심은 아웃을 선언했다. 그때서야 주심은 스트라이크를 선언했다.

주심의 볼카운트 판정이 늦은 것은 분명 잘못이었다. 〈경향신문〉(1974.9.20)은 "주심의 때늦은 판정과 애매한 행동 때문에 실업야구 사상 11년 만에 게임몰수의 불상사가 (9월) 19일 실업야구경기에서 생겼다"고 쓰고 있다. 기업은행 감독 김성근이 달려 나와 주심에게 항의했고 항의가 받아들여지지 않자 김성근은 선수들을 벤치로 불러들였다. 주심은 15분 내에 경기에 임하지 않으면 몰수게임을 선언하겠다고 통고했고 김성근이 끝내 불응했다. 이역시 조금 기시감이 느껴지는 일화다. 여기까지가 내가 이해하는 이날 몰수게임이 일어난 전말이다.

그런데 이광환은 이에 대한 기억이 전혀 없다고 한다. 실업야구에서 11년 만에 일어난 몰수게임을 기억하지 못하는 것은 이날 그가 한일은행 선수로 뛰지 않았기 때문이 아닐까. 9월 19일을 그의 제대일로 추정한다면 오전에 제대 신고를 하고 부대를 나오더라도 자정까지는 엄연히 군인 신분이다. 당연히 한일은행 선수로는 뛸 수 없었던 것이다.

다음날인 9월 20일 이광환은 한일은행 2번 타자로 출전했다. 사흘 전(9.17)까지만 해도 육군 소속이었다가 불과 사흘 만에 한일은행 선수로 나선 것이다. 이날 한일은행은 마지막 경기인 공군과의 일전에서 6대1로 승리했다. 이광환은 3회말 1루에 출루해 2사 상황에서 3번 우용득이 우중간을 가르는 2루타를 치자 그대로 홈까지 달려 선취 득점에 성공했다.

이광환이 홈에서 슬라이딩하는 모습을 담은 사진이 1974년 9월 21일자 〈경향신문〉에 실려 있다. 7회말에는 안타와 타점, 득점까지 올렸다. 이 승리로 한일은행은 육군과 함께 1974 시즌 실업연맹전 공동우승을 차지했다. 만약 육군이 단독우승을 했다면 이광환은 육군 우승에 온갖 기여는 다해놓고

空軍一粒一銀전 3회말 2사후 주자 1루에두고 粒一 銀 3번 禹龍得이 우중간을뚫는 2루타를날려 1루주자 李廣煥이 홈인, 선취점을 올렸다.

한일은행 선수 시절 홈 슬라이딩. 1974년 9월 21일자 경향신문.

준우승팀 한일은행으로 간 셈이 된다.

한일은행이 공동우승을 하는 데 이광환이 대단한 공헌을 했던 모양이다. 한일은행은 우승 일본 원정 친선경기를 치르기로 하고 선수를 선발했다. 그런데 단 한 경기만 뛴 것으로 추정되는 이광환은 일본에 가고 시즌 내내 출전한 조창수는 가지 못했다. 일본에 간다는 것이 이만저만한 호사가 아니었던 시절이기 때문에 조창수의 실망이 대단했던 것 같다. 이광환은 "조창수의 부친으로부터 원망 섞인 말을 들었던 것이 기억난다"고 했다.

한일은행은 타팀 선수 5명을 포함해 일본 원정에 나섰다. 11월 10일부터 23일까지 보름 정도의 일정이었다. 이광환은 세 번째 도일이었다. 한일은행은 일본 7개 실업팀과 경기를 치러 2승 1무 4패를 기록했다.

일 잘하는 은행 계장

『한국야구사』가 1975년 부분을 서술하면서 붙인 소제목 중에는 '고난 속의 실업야구'가 있다. 전년에는 실업야구연맹이 특정 경기일에 입장료 대신 장내 정리비 10원만을 받는 '바겐세일'까지 했는데 그보다 더 상황이 나빠졌다는 의미다. 관중이 없는데 선수가 힘이 날 까닭이 없다. 꼭 이것 때문만은 아니었겠지만 이광환도 어느 정도 은퇴를 생각하고 있었다.

당시 분위기가, 특히 금융팀에 소속된 선수들이 그랬다. 프로야구가 있었던 것도 아니라 공부에 자신이 있는 선수들은 은행대리 시험에 합격한 뒤 선수 생활을 정리하는 것이 목표였다. 이광환은 머리도 좋고 공부에 일가견이 있었다. 지역 명문 경북중학교 진학을 꿈꿨었고 고려대 경영학과를 졸업했다. 독학으로 공부한 일본어도 상당한 수준이었다.

이런 일화도 있다. 친구 하나가 소방설비 사업을 하려고 했다. 소방설비 사업을 하려면 소방설비기사 자격증이 필요했는데 당시 응시 조건은 고졸도 가능했으나 조건이 까다롭고 절차도 복잡했다. 친구는 고졸이었고 대졸인 이광환이 자격증을 따내 친구에게 대여하기로 했다. 이광환은 친구를 위해 팔자에도 없는 소방설비기사 자격시험을 준비했다. 대여섯 달 틈틈이 공부해 자격증을 따냈고 그때 받았던 '국가기술자격수첩'을 아직도 간직하고 있다. 대한민국이 발행한 자격수첩에 기재된 '종목 및 등급'은 소방설비기사 2급이고 '등록연원일'은 1975년 7월 1일이다. 그러니 이광환은 1975시즌 초부터 자격시험 준비를 했던 것이다. 그렇다고 해도 시즌 도중에 그렇게 갑자기 은퇴를 하게 될 줄은 이광환 스스로도 몰랐을 것이다.

1975시즌 실업야구와 한일은행에 대한 기록을 찾는 것은 큰 의미가 없을 것 같다. 찾을 수 있는 그의 기록도 그다지 많지 않다. 이광환은 부산시장기 기업은행과의 경기에서 안타를, 실업연맹전 춘계리그 육군과의 경기에서 투런 홈런을 쳤다. 백호기 건국대와의 경기에서는 유격수 땅볼을 때려 타점을 올렸다. 이 정도가 당시 신문 지면에서 찾을 수 있었던 이광환의 주요 기록이다. 마지막 기록은 아시아야구선수권대회에 출전하는 대한민국 국가대표팀과의 평가전에서 전(前)육군 선수로 출전해 8회말 솔로 홈런을 날린 것이다. 전육군팀은 국가대표팀에 1대 4로 졌고 이광환의 홈런이 팀의 유일한 득점이었다. 6월 15일이었다. 나는 이날 이광환이 홈런을 쳤을 때가 그의 마지막 타석이었다고 믿고 싶다.

그리고 그 해 여름, 그는 선수로서 유니폼을 벗었다. 이런 일이 있었다. 야구해설위원 이종률은 〈월간조선〉에 쓴 기사에서 "팀 내 선배들이 이(광환)감독을 보는 시선은 그다지 곱지 않았다. 대졸 선수도 많지 않았는데 이 감독은 공부도 잘한 대졸 출신이 아닌가. 게다가 자기 고집마저 셌다"며 이런 일화를 소개한다.

어느 날 이(광환) 감독은 훈련 도중 선배들이 들어온 것을 미처 발견하지 못하고 인사를 생략하는 실수를 저지르고 말았다. 선배들은 당장 이 감독을 불러 세워 '엎드려뻗쳐'를 시킨 뒤 야구방망이로 엉덩이를 내려치려 했다. 이때 이 감독은 "인사하지 못한 것은 죄송하지만 말로 해주십시오"라고 당시로는 있을 수 없는 반항(?)을 했다. 기가 찬 선배들은 '건방지다'면서 다시 방망이를 세웠고 이에 이 감독은 '때린다면 유니폼을 벗겠다'고 자기 고집을 굽히지 않았다. 이 사건으로 이 감독은 진짜 선수생활을 그만뒀다. 한번 내뱉은 말을 다시 주워 담지 않고 그토록 좋아하던 글러브와 배트를 두 번 다시 들지 않았다.

이종률은 또한 "직접적으로 김(응룡)감독과 이(광환)감독이 충돌한 것은 아니지만 그때 그 사건으로 둘 사이의 관계가 편하지는 않았다"고 썼다.

이때 이광환은 만27세였다. 지금 같았으면 야구를 가장 잘할 수 있는 나이였지만 그때는 '노장'이라는 소리를 들었던 데다 그런 일까지 겪었으니 그렇게 큰 미련을 없었을 것이다. 한일은행 행원 생활을 시작한 이광환은 얼마 후 대리 진급 시험에도 합격하고 결혼도 했다. 〈주간야구〉는 "결혼을 서두르거나 급한 마음은 없었지만, 가까운 친지의 소개로 만나보니 자신의 마음에 쏙 들었다. 조용한 성품에 고운 마음씨가 이광환을 서두르게 했

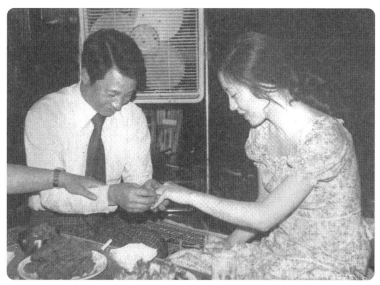

이광환은 1976년 6월 12일 윤명자와 결혼했다. 약혼식(위)과 신혼여행(아래).

다"고 쓰고 있다. 1976년 6월 12일 그는 여섯 살 연하의 윤명자 (尹明子)와 결혼했다. 야구 유니폼을 벗은 지 1년여 흐른 시점이었 다. 결혼 전 서울 도봉구(현 강북구) 번동에 살았던 이광환은 신혼 살림을 관악구 봉천동에 차렸다. 그러다가 도봉구(현 노원구) 공릉 동으로, 다시 영등포구(현 강서구) 화곡동으로 옮겨 다녔다. 행정구 역이 변경되지 않은 곳이 봉천동뿐인 걸 보면 세월의 흐름을 느 낄 수 있다. 이리저리 신혼살림을 옮기는 것도 그때는 흔한 풍 경이었다.

이광환은 화곡동에서 한일은행 노량진 지점으로 출퇴근을 했 다. 직책은 당좌 겸 서무 계장, 컴퓨터가 없던 때라 밤을 새는 일 도 잦았다. 그러던 어느 날, 중앙고 동문 선배들이 모교 감독을 맡아달라는 부탁을 해왔다. 1977년 늦은 가을이었던 것으로 짐 작된다. 신접살림을 차린 지 1년이 조금 지났을 때다.

그 무렵, 중앙고 야구부는 재정적인 어려움을 겪고 있었다. 야구부를 해체한다는 이야기도 나왔다. 하지만 중앙고 동문들 은 야구부 해체에 반대하고 무보수로 일할 만한 새 감독을 찾아 보기로 했다. 아무리 찾아봐도 적임자는 이광환뿐이었다. 그때는 선수 출신 은행원이 중·고·대학에서 지도자로 활동하는 것을 허 용하던 시절이었다. 관례적인 조건은 해당 학교가 그 은행에 예 금을 예치하는 것 정도였는데 중앙고는 그럴 형편도 되지 못했 다. 어쨌거나 한일은행장인 김정호(金正浩)를 움직여 이광환을 '빼오는' 방법밖에 없었다.

당시 육사에 재학 중이던 박지만(朴志晚)이 중앙고 출신이었다. 젊은 세대는 모를 수도 있어 부연하자면 박지만은 대통령 박정희(朴正熙)의 아들이다. 중앙고 동문들은 박지만을 통해 청와대 민정수석 박승규(朴承圭)와 접촉했지만 박승규는 난색을 표했다. 한일은행장 김정호는 대통령 비서실장 김정렴(金正濂)의 친형이었다. 박승규는 본인보다 나이가 훨씬 많은, 더구나 현직 대통령 비서실장의 친형에게 쉽사리 접근할 수 없었다.

할 수 없이 중앙고 출신인 대한상공회의소 진흥과장 강승일(姜勝一)이 한일은행장 김정호를 만났다. 강승일은 김정호와 교분이 있는 사이였지만 무언가를 부탁해 본 것은 이때가 처음이었다고 한다. 강승일은 "노량진지점에서 근무하는 이광환을 중앙고 감독으로 가게 해달라. 그런데 중앙고가 예금을 할 형편은 못 된다"고 하자 김정호는 그 자리에서 노량진지점장에게 전화를 걸었다. 뜻밖에도 노량진지점장은 "이광환은 일 잘하는 '일꾼'이어서 곤란하다"는 취지로 대답했다.

김정호는 오히려 그 점이 마음이 들었다. 선수 출신인데 흔치 않게 대학을 나오고 대리 시험에 합격하고 일도 잘 한다고 하니 호의를 베풀고 싶었던 모양이다. 얼마 후 이광환은 한일은행 종로지점으로 발령을 받았다. 중앙고가 종로구 계동에 있기 때문이다. 이광환은 중앙고 감독으로 부임하며 신혼살림을 계동으로 옮겼다. 이광환이 중앙고 감독으로 부임하기까지 이처럼 '거물'들의 물밑작업이 있었던 것이다.

모교 중앙고 감독으로

〈동아일보〉, 〈경향신문〉에 따르면 이광환이 중앙고 감독으로 선임된 것은 1977년 12월경이었다. 중앙고 선수는 아홉 명이 채 안됐다. 암담한 상황이었다. 중앙고 동문들의 도움을 받아 선수들을 충원했다. 특히 삼양식품 LA지사장 서정호(徐正昊)는 대구중학교에서 투타에 뛰어난 기량을 발휘한 안언학(安彦學) 등을 스카우트하는 데 큰 도움을 주었다. 서정호는 우리나라 최초로 라면을 생산한 삼양식품 창업주 전중윤(全仲潤)의 사위다. 이밖에 앞서 언급했던 강승일, KBS 홍보실 차장 김현(金炫), 백순지치과의원 원장 백순지(白純之) 등도 모교 야구부에 많은 지원을 해주었다. 이광환에게는 너무 고마운 선배들이었다.

그래도 어려움이 많았으리라는 건 두말할 것 없다. 장비는 고사하고 훈련에 사용할 공도 부족했다. 이광환의 하루 일과는 한일은행 종로지점에 출근하는 것으로 시작됐다. 대한제국 시절에 지어진 세칭 '종로YMCA' 건물이었다. 오후에는 동대문 운동구점에서 야구공을 외상으로 구입한 뒤 중앙고 선배들을 찾아다녔다. 플라자호텔 뒤쪽에 있었던 상공회의소에는 강승일이, 을지로 2가 백순지치과의원에는 백순지가 있었고 종로와 시청 주변, 서소문 등에도 동문 선배들이 꽤 있었다. 도보로 이들을 찾아가 일일이 야구공에 사인을 받았다. 멀게는 김현이 있는 여의도 KBS까지 갔다. 사인은 이런 두 가지 의미가 있었다. 〈주간야구〉의 관련 서술이다.

> 중앙고 동문 선배들을 무턱대고 찾아갔다. 사정을 이야기하고 선배들에게 공에 사인을 하도록 했다. 선배의 사인이 적힌 공으로 훈련하며 후배들이 야구부 전통을 잇는다는 뜻을 강조했던 것이었다. 공에 자기 사인을 한 선배가 공값을 대신 내주는 것은 물론이었다.

이런 식으로 하루를 돌면 야구공 열 타 정도에 사인을 받아올 수 있었다. 한 타는 12개다. 야구공 120개 혹은 그 이상을 혼자, 때로는 제자와 함께 들고 다니다가 눈이 내린 어느 날 시청 앞 지하도에서 미끄러졌다. 공은 지하도 곳곳으로 굴러갔고 그걸 다시 주워 담느라 애를 먹은 일이 있었다. 시간이 꽤 흘러 그때 같이 공을 주웠던 제자가 그 이야기를 꺼내 둘이 껄껄 웃은 적도 있다.

'야구공 판매'를 마치면 학교로 돌아와 훈련을 시켰다. 집이 코앞에 있는데도 귀가하면 밤 10시는 보통이었다. 그렇게 열심히 해도 해체 위기에 빠졌다가 겨우 살아난 팀이 하루아침에 강팀이 될 수는 없다. 중앙고는 1978시즌 고교야구 4대 메이저대회에서 이렇다 할 성적을 거두지 못했다. 4대 메이저대회는 대통령배, 청룡기, 봉황기, 황금사자기를 말한다. 다만 감독으로서의 공식 데뷔전으로 추정되는 경기에서는 승리를 거뒀다. 3월 21일 서울운동장에서 열린 서울시 고교야구 춘계연맹전에서 중앙고는 배문고에 3대2로 승리했다.

중앙고 감독 시절 심판에게 어필을 하고 있다.

이광환은 여름 방학 기간을 이용해 코치아카데미 과정을 수료했다. 세칭이 아니라 공식명칭인 '코치아카데미'는 대한체육회가 1969년 신설한 체육지도자 양성과정이었다. 약간의 시행착오가 있어 기수를 다시 매기기도 했다. 이광환이 수강한 것은 1978년 7월 18일 코치아카데미(2급 정규과정) 7기 과정이었다. 육상 수영 등 18개 종목에 총 66명이 참가했다. 이 해에는 연간 400시간의 이론 강의와 실기를 실시했다. 만만치 않은 과정이었다. 이광환의 말이다.

"강의를 들으면서 스포츠과학, 스포츠의학에 대한 공부를 더 해야겠다는 생각이 들었다. 영어나 일어로 된 책이 많아 일본어도 더 공부했다. 그때는 야구선수에게 수영이나 웨이트 트레이닝을 못하게 했다. 순발력이나 유연성을 떨어뜨린다는 이유였다. 하지만 나는 오히려 권유했다. 코치아카데미 수강을 계기로 근육의 원리나 작동이나 손상에 대해 공부했기 때문이다. 나는 또 학생들에게 '관절 비틀기'를 가르쳤다. '관절 비틀기'는 스트레칭을 말하는데 그때는 그 용어를 알지 못해 저녁마다 학생들에게 '자, 관절 비틀기하자'고 했던 기억이 난다."

감독을 맡고 두 번째 맞이하는 시즌인 1979년에도 중앙고는 특별한 성적을 거두지 못했다. 대통령배 기록은 찾을 수 없을 정도였는데 이것은 서울시 예선에서 탈락했거나 부진한 성적 때문인 것으로 보인다. 청룡기에서는 서울시 예선은 통과했으나 선린상고에 0대6으로 져 8강 진출에 실패했다. 이때 선린상고에는 박노준(朴魯俊)이 1학년 주전으로 뛰고 있었다.

봉황기에서는 3시간 34분에 이르는 혈전 끝에 '역전의 명수' 군산상고를 12대9로 꺾었다. 서로 29안타를 주고받는 난타전이었다. 1979년 8월 13일자 〈경향신문〉은 "양 팀에 완투능력을 갖춘 투수가 없어 초반부터 치고받는 타격전으로 역전을 거듭, 스탠드를 가득 메운 4만 관중은 재미있는 프로야구를 보는 듯했다"고 썼다. '프로야구'보다는 '4만 관중'이란 부분이 눈길을 끈다. 서울운동장, 그러니까 옛 동대문야구장에 마구잡이로 관중을 입장시켰다는 뜻이 아니겠는가.

이날 경기 직전 이광환은 야수들에게 펑고를 쳐주는 과정에서 체면을 구겼다. 펑고는 보통 내외야를 번갈아 쳐주다가 포수 파울플라이로 마무리된다. 야구를 아는 사람은 잘 알고 있겠지만 포수 파울플라이는 거의가 필기체 'L'자, 즉 'ℓ'자 형태로 꺾이게 된다. 전방으로 치솟은 공이 스핀으로 후진하면서 떨어지는 것이다. 이런 펑고를 치기 위해서는 고난도의 숙련이 필요한데 잘 쳐주던 사람도 때때로 안 될 때가 있다.

이종남에 따르면 이광환의 첫 시도는 센터플라이가 됐고 서울운동장은 '웃음바다'가 됐다고 한다. 두 번째 시도는 헛스윙으로 끝났다. 이하는 이종남의 글을 옮겨본다.

이 감독은 거기서 멈추지 않았다. 하긴 야구의 스윙은 어디까지나 삼세번이 보장되는 거니까. 이번에는 정말로 포수가 잡기 좋은 파울플라이였느냐 하면 그게 아니었다. 또다시 유격수플라이. 관중석에서도 이제는 더 이상 애교로 봐주지 않고 "우~우~"하며 야유를 보냈다. 그걸로 끝났다면 여기서 애써 늘어놓을 필요도 없다. 이 감독은 연신 야유와 (중앙고 응원단의) 격려박수 속에 네 번, 다섯 번, 여섯 번…실패에 실패를 거듭한 끝에 마침내 7전8기로 멋들어진 포수 파울플라이를 올리는데 성공했다. '고집불통이 쏘아올린 캐처 파울플라이.'(그걸 8번까지 세고 있었던 사람도 어지간하지 않은가?)

이광환에 따르면 이날 중계방송을 위해 서울운동장에 왔던 모 해설위원이 자신에게 '참 독하다'는 농담을 했다고 한다. 이종남은 "그날 게임은 이 감독의 고집이 승부를 결정했다고 해도 과언이 아니었다"며 "적어도 나에게는 이광환 감독의 인상이 확실히 심어진 한판이었다"고 회고했다.

군산상고를 제치고 2회전에 진출한 중앙고는 그러나, 감독 김영덕이 이끄는 북일고에 1대4, 일몰 콜드로 져 8강 진출이 좌절됐다.

황금사자기에서 중앙고는 서울의 신흥 강자 신일고에 1대2로 패배해 1회전에서 탈락했다. 12회 연장전까지 1대1로 승부를 가리지 못해 다음날 16회까지 치른 또 한 번의 혈전이었다. 16회

말 1사 2·3루 상황에서 신일고 김형석(金亨錫)의 끝내기 스퀴즈번
트로 승부가 결정됐다. 김형석은 훗날 OB 베어스에 입단, 1985
시즌부터 선수로 활약하게 된다. 이광환이 OB 타격코치로 있
던 때다.

은행원 포기하고 소기업 경리부장을 선택하다

내가 언제부터 야구 중계를 보기 시작했는지 정확한 기억은 없
다. 국민학교 2학년 때인 1978년 한미대학야구 대회에 출전한 최
동원에 대한 인상이 뚜렷이 남아있는 걸 보면 분명 그 이전일 것
이다. 아마 우리집에 '흑백 테레비'가 생긴 1975년 하반기의 어느
날부터 야구를 봤던 것 같다.

　'소년 조선·동아·한국 일보' 가운데 어느 신문인지 확실치 않
으나 우리 반에 이 신문 중의 하나가, 또는 두세 개가 한두 부씩
들어와 반 아이들끼리 돌려 읽었던 기억이 난다. 그게 4학년 때
인 1980년 언저리다. TV야구중계와 〈소년신문〉 기사를 통해 이
때 나는 북일고 감독 김영덕과, 투수 이상군, 포수 김상국 등을
알고 있었다. 1번부터 9번까지 선발 라인업을 꿰차고 있었을 만
큼 응원했던 선린상고가 이 해 북일고에게 몇 차례 덜미를 잡혀
더욱 선명하게 그 이름들을 기억했던 것 같다.

고교야구의 1980시즌은 선린상고와 북일고의 기세가 대단했다. 박노준, 김건우 쌍두마차를 앞세운 선린상고는 전통을 자랑하는 청룡기와 황금사자기 우승을, 이상군이 마운드를 지킨 북일고는 인기 절정의 봉황기와 지역 대회(부산)지만 전통이 깊은 화랑대기 우승을 거머쥐었다. 대통령배는 3학년 선동렬이 이끄는 광주일고가 차지했다.

1980시즌 중앙고는 대통령배(4.23~5.1), 청룡기(6.15~6.23)에서 4강에 올랐으나 두 번 모두 결승 진출에 실패했다. 대통령배는 이순철이 뛰던 광주상고에, 청룡기는 마산상고에 덜미를 잡혔다. 봉황기(7.24~8.8)에서는 이런 일이 있었다. 우선 광주일고 선동렬이 경기고와의 경기에서 4 대 0, 노히트노런을 기록했다는 것을 알아두어야 한다. 그리고 『한국야구사』의 한 대목이다.

대기록을 세운 선동렬의 광주일고는 이광환 감독이 이끄는 중앙고의 재치에 3대2로 무너지고 말았다. (7월) 28일 주룩주룩 내리는 빗속에 중앙 1번 노승구가 그라운드 사정을 이용, 기습번트안타로 나간 뒤 또 다시 보내기번트로 선동렬의 균형을 무너뜨린 다음 조은형의 좌전 적시타로 1점을 선제했다. (우천으로) 일시정지 후 29일 3회부터 계속경기에 들어간 중앙은 진장현의 좌중월 2루타를 발판으로 추가점을 올리는 한편 안언학이 광주일고 타선을 3안타로 막아 1점차 승리를 따냈던 것이다.

'중앙고의 재치'가 '이광환의 재치'를 뜻하는 것은 물론이다. 하지만 중앙고는 대구상고와의 다음 경기에서 1대2로 져 탈락했다.

황금사자기(9.27~10.5)에서는 '황금의 오른팔' 선동렬과 '무쇠방망이' 유창원이 분전한 광주일고에 1대7로 패배해 짐을 싸야 했다. 작은따옴표 안은 〈동아일보〉 기사의 표현이다. 그래도 중앙고로서는 메이저대회 4강에 두 번이나 올랐고 선동렬의 광주일고도 이겨봤던 나쁘지 않은 시즌이었다. 선수 아홉 명이 안 돼 해체 위기를 겪었던 팀이 어느 정도 궤도에 오르고 있었던 것이다. 그런데 이 해 9월 이광환은 인생의 기로를 맞게 된다. 선수 출신 은행원이 중·고·대학에서의 지도자 생활을 허용해왔던 정부가 갑자

중앙고 감독 시절(1978년).

기 타 기관 겸직을 금지시켰다. '금융계 정화 차원'이라는 취지였다. 박봉으로 또는 이광환처럼 무보수로 선수들을 지도했던 '은행원 감독'들은 졸지에 은행원과 야구 감독 중의 하나를 선택해야 했다. 일선 감독의 보수와 은행 급여는 비교할 바가 아니었다. 대부분 은행으로 돌아갔지만 여기서 이광환 특유의 고집이 또 한 번 발동했다. 지인, 동료, 가족들의 만류를 물리치고 그는 모교의 감독으로 남았다. 만류를 물리쳤다는 간략한 표현으로 서술했지만 당시 상황과 그의 고집이 눈에 그려지는 듯하다.

이때 임훈(林薰)이라는 중앙고 4년 선배가 이광환을 도와주었다. 자신이 한국 총판 대리점장으로 있는 미쉐린타이어의 경리부장을 그에게 맡기며 월급을 지급했던 것이다. 〈주간야구〉는 "고집을 부려 어려움에 빠져들면 반드시 이광환의 고집을 높이 사는 사람이 있었고, 그때마다 어려움을 극복할 수 있었다"고 쓰고 있다.

1981시즌은 경북고의 독주였다. 경북고는 청룡기, 봉황대기, 황금사자기, 전국체전을 석권했고 선린상고는 청룡기, 화랑대기, 봉황대기에서 통한의 준우승에 그쳤다. 선린상고는 청룡기와 봉황대기는 좌완 성준(成俊·), 언더핸드 문병권(文炳權)이 이끄는 경북고에, 화랑대기는 감독 김성근이 지휘하는 신일고에 우승을 내주었다. 내게도 영원히 잊을 수 없는 기억으로 남아있지만 박노준이 봉황기 경북고와의 경기에서 홈 슬라이딩을 하다가 왼쪽 발목이 꺾이는 심한 부상을 당한 것이 이 해의 일이었다.

이 시즌 중앙고의 기록과 성적은 서울시 추계연맹전에서 4강까지 오른 것 말고는 특별한 게 없다. 전년 성적이 나쁘지 않았으니 이 해 기대수준은 더 높았을 수 있겠으나 야구는 기대, 의지, 각오, 실력 같은 것만으로는 되지 않는 어떤 무엇이다. 당시 최고의 직업이라고 할 수 있는 은행원까지 포기한 후 처음으로 맞은 시즌을 이광환은 쓸쓸히 보내고 있었을 것 같다. 하지만 이 해 한국프로야구는 한국인 특유의 '빨리빨리 정신'으로 창설을 눈앞에 두고 있었다.

3

OB 코치로
프로에 뛰어들다

OB 프로의식이 가장 앞서

1981년은 한국프로야구 창설 작업이 그야말로 번갯불에 콩 구어 먹듯 진행된 해였다. 그 복잡한 과정을 자세히 설명할 필요는 없을 듯하다. 다만 프로야구 출범 시 대전·충청이 연고지였던 OB베어스가 1985시즌부터 서울 구단이 되는 점은 유념해야 한다.

1981년 12월 15일 이광환은 OB 타격코치로 임명됐다. 12월 11일 한국프로야구위원회(KPBC)가 정식 출범한 지 나흘 후였다.

지금은 상상조차 어렵지만 OB 베어스는 감독 김영덕, 투수코치 김성근, 타격코치 이광환 단 3명의 코치진으로 출발했다. 이런 사정은 창단 6개 구단이 크게 다르지 않지만 이광환은 타격코치뿐만 아니라 수비코치, 주루코치, 때로는 프런트 역할까지 맡아야 했다.

창단 초기 OB 베어스의 팀컬러를 알아둘 필요가 있다. 한마디로 OB는 프로의식이라는 측면에서 가장 앞서가는 구단이었다. 단장 박용민의 역할이 컸다. 박용민은 1982년 1월 28일 출국해 미국 플로리다에 꾸려진 LA 다저스의 스프링캠프 등을 견학하고 야구의 '감'을 익혔다. 2월 4일에는 다저스 구단주 피터 오맬리와 양 구단의 우호증진과 기술교류 방안에 대해 논의했고 밀워키 브루어스 산하 마이너리그팀에서 뛰고 있던 박철순(朴哲淳)의 거취 문제에 대해서도 협의했다. 피터 오맬리가 메이저리그 구단주 사회에서 상당한 영향력을 갖고 있었기 때문이다.

2월 18일에는 밀워키 부루어스 구단주 버드 셀릭을 만나 박철순을 붙잡지 않겠다는 약속을 받아내고 얼마 후 박철순의 OB 입단을 성사시키게 된다. 미국에서 돌아오는 길에는 일본에 들러 요미우리 자이언츠, 세이부 라이온스 관계자와 구단 운영 노하우, 교류방안 등에 대해 의견을 나누기도 했다. 개막 직전 야구 전문가들이 중위권에 머물 것이라던 OB가 일약 전기리그 우승을 차지하고 한국시리즈 원년 우승을 차지했을 때 〈경향신문〉은 그에 대해 이렇게 썼다.

> 박(용민) 단장 스스로는 야구문외한이라고 겸손해 하지만 국내에서는 프로야구가 어떤 것인지를 전혀 감 잡지 못하던 연초에 어린이회원 모집에서부터 메리트 시스템 적용에 이르기까지 OB 베어스가 가장 먼저 프로구단으로서의 골격을 갖추도록 선도적 역할을 해온 주역이었다. 어떤 의미에서는 한국의 프로야구를 이 정도까지라도 발전할 수 있도록 끌어올린 개척공신이면서 OB가 우승을 차지하도록 하는 수훈갑 멤버일 수도 있다.(1982년 10월 14일자)

OB베어스 작전코치 시절(1982년).

〈경향신문〉의 평가에 나는 대부분 동의한다. 그가 어린이회원 모집을 선도했다는 대목은 특히 더 동감한다. OB 구단은 1982년 3월 17일부터 5월 31일까지 어린이회원을 모집했다. 기간이 연장됐을 가능성은 있지만 6개 구단 가운데 가장 먼저 어린이회원을 모집한 것은 분명하다.

그때 나는 부산 사직동의 어느 초등학교 6학년에 재학 중이었다. 우리 반에 여학생은 서른 명이 조금 안 됐고 남학생은 서른다섯 명 정도 됐는데 남학생 가운데 대여섯 명이 OB 베어스 어린이회원에 가입했던 것으로 기억한다. MBC 청룡과 해태 타이거즈 회원도 몇 명 있었다. 여학생 회원은 전무했던 것 같다. 롯데 회원은 나와 친구 한 명, 둘 뿐이었다. 부산의 초등학교에 OB 회원이 롯데 회원보다 훨씬 많았던 것을 보면 당시 OB 구단이 어린이회원 모집을 비롯한 구단 마케팅에 얼마나 선도적으로 대처했는지 짐작할 수 있다.

이광환은 OB 코치로서 타 구단 코치와는 다른 훈련방식을 도입했다. 이때는 일본, 미국 유학을 떠나기 훨씬 이전이어서 자신의 야구철학이 정립되기 전이었지만 중앙고 감독 시절부터 공부하기 시작한 스포츠과학이나 스포츠의학의 이론을 적용했다. 예를 들어 경기 전 선수들에게 예의 '관절 비틀기'를 시켰다. 상대편 선수들은 구장 잔디에 앉거나 누워 스트레칭을 하고 있는 OB 선수들에게 "누워서 뭐 하나?", "어디 놀러 왔나?"라며 핀잔

을 주기도 했다. 그가 때때로 에어로빅을 시킬 때면 선수 스스로
도 민망해 했다.

이광환은 "말만 프로지 아마추어에서 유니폼만 바꿔 입은 수
준"이었다고 말한다. 특히 노장 선수들에게 프로야구는 선수 생
활의 막판에 주어진 '보너스' 같은 것이어서 철저한 자기관리보
다는 하루하루 그날의 분위기를 즐기고 또한 하루를 술로 마무
리하는 선수들이 많았다. 이광환은 그런 선수들을 관리하기 위
해서 시즌 중에도 '노땅 선수'들을 데리고 나가 함께 술도 자주
마셨다. 선수들끼리 술을 마시면 절제가 힘들고 사고도 날 수 있
으니 차라리 코치인 자신이 참여해서 적절한 시점에 술자리를 끝
내기 위한 '전략'이 숨어 있었다.

주 멤버는 팀내 최고참인 김우열 윤동균(尹東均)을 비롯해 나
이 순으로 황태환, 계형철, 이홍범(李洪範), 김유동(金裕東), 유지훤(柳
志烜)까지였다. 1949년생인 김우열·윤동균보다 한 살 많은 이광환
은 이들에게 '고물들아, 가자'라고 운을 띄웠다. 그러면 그날 저녁
에는 어김없이 술자리가 벌어졌다.

이종남이 남긴 글에는 이런 대목이 있다.

"(이광환) 코치님, 요즘 방망이가 영 안 맞는데요. 오늘 이거 한번...
히히히."
윤동균이 엄지와 검지를 입에 갖다 대며 고개를 뒤로 젖히는 시늉

을 하면 이 코치는 "알았어, 알았어"하며 팀 내 술꾼들을 규합, 앞
장서곤 했다. 김우열은 실실 웃으며 '새끼손가락'을 슬쩍 치켜들곤
했다. 그것도 마찬가지의 신호였다.

당시는 OB만이 6개 구단 중 유일하게, 그리고 남몰래 메리트시스
템(승리수당제도)을 실시했기 때문에 선수들은 용돈이 궁하지 않았
다. 서로 돌아가며 지불하는 술값 정도는 언제나 여유가 있었다. 오
히려 코치들의 주머니가 빈털터리여서 이 코치가 1차 술값을 치르
면 2, 3차는 선수들이 내곤 했다. 당시는 엄연히 금주령이 내려져
있었기 때문에 이 코치가 '방패막이' 역할을 해주는 것만도 선수들
은 감지덕지였다.

이종남은 "한잔 하고난 다음날에는 알코올 기운 덕분인지 더욱
신바람을 내며 방망이를 휘둘러대곤 했다"며 "그것이 프로원년
의 일반적인 풍경이요 자기관리였다"고 덧붙였다.

1982시즌 프로야구는 팀당 전·후기 40게임씩 80경기를 치렀
다. OB의 원년 우승과 박철순의 22연승(24승 4패, 방어율 1.84)은 너
무나 유명한 이야기여서 여기서 더 자세하게 다룰 필요는 없을
것 같다. OB의 성적과 이광환의 역할에 초점을 맞추고 그 시즌
의 흐름과 결과, 그리고 잘 알려지지 않은 뒷이야기를 중심으로
서술하려고 한다. 이런 서술방식은 이광환이 다른 구단에 재직했
던 시기에도 동일하게 적용될 것이다.

원년 우승 비화

OB는 전기리그에서 29승 11패로 우승했고, 후기리그에서는 27승 13패로 2위를 기록했다. 시즌 전 기껏해야 3~4위로 평가되던 팀이 거둔, 기대 이상의 성적이었다. 삼성은 전기리그에서 26승 24패를 거둬 2위에 머물렀지만 후기리그 28승 12패로 우승을 차지했다. 후기리그에서 OB와 삼성은 1경기 차이밖에 나지 않았다. 이 부분에 몇 가지 재미있는 대목과 비화(祕話)가 있다.

전기리그에서 삼성을 누르고 우승, 한국시리즈 진출권을 확보한 OB는 후기리그에서도 삼성과 1, 2위를 다퉜다. 한국시리즈 없이 전·후기 통합우승을 할 가능성이 있었다는 뜻이다. OB가 MBC와 삼성 두 경기, 삼성이 삼미·OB·MBC 세 경기를 남겨둔 상황에서 OB 코칭스태프는 에이스 박철순을 어느 경기에 투입하느냐에 대한 전략회의를 열었다.

이때 삼성과의 게임차는 1.5경기였다. OB가 MBC를 이기면 삼성에 진다해도 최소한 공동 1위를 확보하게 된다. 삼성이 남은 3경기에서 모두 승리하더라도 동률이었기 때문이다. 그럴 경우 후기우승 결정전을 치러야하므로 또 한 번의 기회가 생긴다. OB가 훨씬 유리한 입장이었다. 그런데 OB는 MBC에 져도 삼성만 이기면 후기우승과 통합우승이 자동으로 확정된다. 그렇다면 박철순을 삼성 경기에 출전시키는 것이 정답이었고 OB 코칭스태프도 그런 결론을 내렸다.

OB는 전력을 다하지 않기로 한 9월 28일 MBC전(동대문구장)에서 0대7로 완패했다. 이때 박철순은 이미 삼성전을 위해 대구에 내려가 있었다. 이날 삼성은 대구에서 삼미를 7대4로 이겼다. 0.5게임 차로 좁혀진 것이다. 그래도 다음날 삼성만 이기면 OB의 전략대로 되는 것이었는데 이미 분위기가 이상해졌다. 이기고 있고 유리한 상황인데도 왠지 따라잡힐 것 같은 그런 기분이 들지 않았을까.

운명의 9월 29일, 양 팀의 에이스 박철순과 권영호(權永浩)가 맞붙었다. 팽팽한 투수전이었다. 6회초 김우열의 솔로 홈런이 터졌고, 삼성은 7회말 동점에 성공했다. 박철순은 8회말 무사 1루 상황에서 번트타구를 처리하다가 허리 부상을 당했지만 12회까지 완투했다. 그러나 박철순은 12회에는 아웃카운트 세 개를 모두 처리하지 못했다. 끝내기 내야안타를 허용하고 1대2로 졌다는 의미다.

이겨야할 경기, 그것도 만반의 준비를 다한 경기에서 졌고 더구나 에이스가 심각한 부상까지 당했다. OB는 박철순의 허리 부상을 철저히 기밀에 붙이면서 삼성의 남은 경기를 지켜봐야했다. 그러나 삼성은 OB의 간절한 바람에도 불구하고 10월 2일 MBC를 3대1로 꺾으며 후기리그 우승을 차지했다.

OB는 초상집 분위기였고 삼성은 사기가 한껏 올랐다. 승부는 기세에 좌우되기 마련인데 OB는 시작부터 지고 들어가고 있었다. 게다가 OB는 한국시리즈 1차전에 내세울 선발마저 정하기 어려운 상황이었다. 구단에서는 어떻게든 박철순을 올리라고 했지만 김영덕은 "야구는 한 해만 하고 마는 것이 아니다. 올해 우승을 놓치는 한이 있더라도 선수의 건강은 지켜줘야 한다"고 거부했다.

이 해 한국시리즈는 전기리그 우승팀의 홈구장에서 1차전, 후기 우승팀 구장에서 2차전을 치르고 나머지 경기는 서울에서 열기로 예정돼 있었다.

10월 5일 한국시리즈 1차전. 대전구장 마운드에 선 OB 선발투수는 언더핸드 강철원(姜哲元)이었다. 정규시즌에서 5승 무패를 거두긴 했지만 박철순, 계형철, 박상열(朴相悅)의 이름값에는 미치지 못했다. 그런데 OB는 삼성 선발 권영호를 두들겨 1회말 2점을 뽑았고 5회말에도 1점을 추가했다. 삼성은 6회초 2점, 9회초 1점을 얻어 경기를 원점으로 돌렸지만 결과는 15회 연장전까지 치른 무승부로 끝났다. 정규 시즌에 단 한 번도 없었던 무승부가 한국시리즈 1차전에서 나온 것이다.

결과만 무승부였지 OB는 진 것이나 다름없었다. 안타 수에서 12대 3의 우위를 보이고서도 3대 0의 리드를 지키지 못했다. 이튿날 대구구장에서 열린 2차전은 삼성이 9대 0으로 이겼다. OB의 분위기는 바닥을 모르게 추락했다. 이날 밤 단장 박용민은 대구 수성관광호텔 커피숍으로 코칭스태프를 소환해 "서울에 올라가면 당장 내일부터 합숙에 들어갈 테니 그리 아시라"고 질책하고는 자리를 떴다.

구단 분위기는 초상집처럼 침울했다. 특히 선수들은 호텔 방 안에 들어박혀 꿈쩍도 하지 않았다. 그런 분위기에서 합숙훈련이 큰 도움이 되지 않는다는 것은 야구인이라면 누구나 알고 있었다. 오히려 평소에 하던 대로 분위기를 끌어올릴 필요가 있었다. 결국 이광환이 나섰다. 그는 김영덕에게 "선수들 기를 살리려면 하던 대로 하는 게 좋겠다"면서 "내가 총대를 멜 테니 허락만 해달라"고 했다. 선수들과 술자리를 가지며 기를 살려놓겠다는 뜻이었다. 김영덕은 "마음대로 하라"고 허락했다.

술값은 운영부장 이민우(李民雨)가 알아서 처리하기로 했는데 나중에 그는 "에라, 나도 같이 나가자"며 술자리까지 참석했다. 이광환과 이민우, 그리고 앞서 언급했던 7명의 '고물들'은 수성못 근처의 술집에서 팀 분위기를 띄웠다. 다음날은 경기가 없는 이동일이어서 이들은 평소와는 다르게 2차로 수성관광호텔 나이트클럽까지 갔다. 거기서 사단이 벌어졌다.

유지훤이 취객들과 시비가 붙었고 이홍범은 주먹까지 날렸다. 대구의 '어깨들'을 건드린 격이어서 싸움은 호텔 앞 패싸움으로 확대됐고 경찰이 출동했다. 간신히 경찰서까지 끌려가는 일은 막았으나 이 모든 광경을 박용민은 호텔 창문을 통해 지켜보고 있었다.

이튿날 아침 박용민은 선수들이 탄 버스에 올라 '일장연설'을 했고 이광환은 이 장면을 버스 밖에서 목도하고 차마 버스에 오르지 못했다. 박용민은 버스에서 내려와 이광환을 쳐다도 보지 않고 지나쳐 사라졌다. 이광환은 사표를 써서 이날부터 품속에 넣고 다녔다. 사표 제출일은 한국시리즈가 끝나는 날이었다.

이광환은 될 대로 되라는 심정이었다. 서울에서 합숙훈련을 한다고 해서 갑자기 기가 살아날 리도 만무했다. 이광환은 선수들을 다시 한 번 이끌고 서울 강남역 부근의 술집에서 술자리를 가졌다. 이민우는 더 이상 술값을 처리할 방도가 없어 주무 구경백이 합류했다. 이날의 분위기는 '이왕 이렇게 된 거 마시고 죽자'였다.

OB 선수들은 이광환의 품속에 사표가 들어있다는 것을 알고 있었다. 김우열은 "우리들 때문에 이 코치님 목이 달아나게 생겼다"며 '죽기 아니면 까무러치기'로 잘해보자고 나머지 선수들을 격려했고 윤동균은 "내일 안타 못 치는 놈은 나중에 혼날 줄 알어"라며 왼주먹을 불끈 쥐었다. 이를 듣는 황태환, 계형철, 이홍범, 김유동, 유지훤은 새로운 전의를 다졌다.

10월 8일 동대문구장에서 열린 3차전은 김우열, 윤동균, 김유동, 유지훤 등의 활약으로 5 대 3, OB가 승리했다. 부상 중인 박철순도 6회에 등판해 경기를 마무리하며 박수갈채를 받았다. 이날 밤 이광환과 '고물들'은 강남역 부근의 '그때 그 자리'에서 다시 뭉쳤다. 이제는 술자리가 '승리의 징크스'였다.

10월 9일 4차전은 김우열의 내야플라이가 삼성 야수들 간의 충돌로 안타가 되는 등 OB에 운이 많이 따랐다. 7대 6, OB의 승리였다. '이광환의 목'을 붙이기 위한 이들의 활약은 10월 10일 5차전에서도 멈추지 않아 5대 4로 OB가 이겼다. OB가 기록한 9안타 가운데 '고물들'이 친 안타가 7개였다. 시리즈 전적도 OB가 3승 1무 1패로 절대적으로 유리해졌다. 이날 밤에도 그때 그 자리에서 술자리가 있었던 것은 물론이다.

10월 12일 6차전을 앞두고 박철순은 투혼을 불살랐다. 8일과 9일, 이틀 연속 마운드에 올라 세이브를 따낸 그는 "마운드에서 쓰러지는 한이 있더라도 던지겠다. 이게 어떤 기횐데 여기서 포기하겠는가"라며 6차전 출전을 고집했다. 진통제 주사를 맞고 마운드에 오른 그는 6회말 직전에 또 한 번 주사를 맞아야 했다. 이날 김유동은 만루 홈런을 포함해 혼자서 6타점을 기록하며 OB의 8대 3 승리에 결정적인 기여를 했다.

마지막 아웃카운트를 잡는 모습은 올드 야구팬에게 영화의 한 장면처럼 남아있다. 삼성 배대웅(裵大雄)의 타구가 바운드가 되면서 박철순 머리 위로 날아가고, 박철순은 공을 잡으려고 점프를 했지만 채 미치지 못하고 주저앉는다. 어느 틈에 나타난 유격수 유지훤이 공을 잡아 1루에 뿌리고, 학다리 1루수 신경식(申慶植)

1982년 한국시리즈는 '이광환의 목 붙이기' 시리즈였다.

은 포구를 하자마자 박철순에게 달려간다. 그리고 무릎을 꿇고 두 손을 치켜든 박철순 주위로 달려드는 선수들….

많은 언론이 OB의 원년 우승을 다루면서 '인화의 승리'라고 평가했지만 이 해 한국시리즈는 실은 이종남의 표현대로 '이광환의 목 붙이기' 시리즈였다.

감독과의 야구관 충돌

1983시즌 프로야구 경기 수는 100경기로 늘어났다. 이 시즌은 김응룡의 감독 부임 후 해태의 첫 우승, 너구리 장명부(張明夫)와 삼미 슈퍼스타즈 돌풍으로 기억되고 있다. OB는 전기리그 꼴찌(6위), 후기리그 5위를 기록하며 박철순의 부상과 원년 우승의 후유증을 톡톡히 치른 해였다.

김영덕은 1983년 10월 OB를 떠나 삼성 감독으로 부임했다. OB는 김성근을 감독으로 승격시켰고 이어 롯데 자이언츠 코치 최주억, 삼미 슈퍼스타즈 코치 이선덕(李善德)을 영입해 팀 정비를 마무리했다. 이때부터 이광환은 사실상 팀의 수석코치 역할을 하게 된다.

이 무렵 원년 창단 코치로서 팀 간 이동 없이 자리를 그대로 유지하고 있던 사람은 이광환을 비롯해 해태 타이거즈 코치 조창수, 유남호(柳男鎬) 3명에 불과했다. 조창수와 유남호가 유임된 이유는 이 시즌 해태가 우승을 했기 때문이라고 볼 수 있어서 실제로는 이광환이 유일했다고 할 수 있다. 그런데 이때 롯데 구단과 감독 강병철로부터 영입 제의가 있긴 했다. 훗날 이광환은 "롯데는 진정 같이 해보고 싶은 팀이었고 그때가 좋은 기회였던 것도 사실이었다. 하지만 OB를 버릴 수는 없었다"고 했다.

이 시즌 꼴찌나 다름없었던 OB 구단이 이광환을 유임한 배경에는 여러 가지 이유가 있는 것 같다. 원년 우승의 공로, 코치로서의 역량, 인성이나 사회성에 대한 신뢰 같은 요인들이 개별적이거나 복합적으로 작용했을 것이다. 관점을 달리 하면 당시 OB 구단의 색깔과 연관된 요인도 분명히 있다. 인화를 유달리 강조했던 OB 구단은 사람을 한 번 뽑으면 대체로 믿고 맡기는 스타일을 보여주려고 했다.

OB는 팀 운영 측면에서도 타구단보다 앞서 나갔다. OB는 6개 구단 가운데 유일하게 2군 체제를 도입한 상태였다. 2군 감독에 강대중, 코치에 이충순(李充淳)과 윤몽룡(尹夢龍)을 영입해 선수들을 지도했다. 팀 전용구장(당시 경기도 이천 소재)을 확보한 것도 OB가 최초였다. 단장 박용민의 공로가 아닐 수 없다.

김영덕이 떠난 후 OB 감독을 승계한 김성근은 1984시즌부터 1988시즌까지 준수한 성적을 거두며 팀을 이끌었다. 1985시즌 단 한 차례 승률 5할에 밑돌았을 뿐이었다. 그런데 이광환이 수석코치직에서 물러나며 구단에 사표를 낸 것이 하필 이 시즌을 끝낸 직후였다. 이 지점에서 많은 야구인과 야구팬들이 이광환과 김성근과의 갈등과 불화를 떠올릴지도 모르겠다. 이종남은 "김성근, 이광환의 사이가 원만치 않다는 것은 세상이 다 아는 사실이었다"며 "야구관이 서로 달라 마찰이 빚어지자 이광환은 코치자리를 스스로 박차고 나가는 길을 택했다"고 쓰기도 했다.

그들의 야구관은 어떻게 달랐을까. 우선 김성근은 투수 출신이면서도 타격 이론에 일가견이 있다고 자부하고 있었다. 이것은 지금도 마찬가지인 것 같다. 김성근은 OB 선수들의 타격을 직접 지도하면서 일본 야구이론을 적용했다. 배트 헤드의 스윙스피드를 이용한 타격법이었다. 반면 이광환은 인체생리학에 기반을 둔 타격이론을 가지고 있었다. 근육의 힘은 직선운동이 아니라 물걸레를 짜듯 허리와 골반, 허벅지 등을 비트는 데서 훨씬 강하게 나온다는 이론이었다.

1983시즌 신인왕을 차지한 박종훈(朴鍾勳)을 두고서도 이광환과 김성근의 주문은 엇갈렸다. 이광환은 "이렇게 쳐라. 그게 타구를 더 빠르고 멀리 보내는 방법"이라고 가르쳤고, 김성근은 "이렇게 스윙하라. 내 말대로 하지 않으면 게임에 내보내지 않겠다"고 했다. 중간에 낀 박종훈만 난감할 따름이었다.

코치의 역할에 대해서도 두 사람의 생각이 달랐다. 이광환은 야구이론은 통일시키되 전문코치로서의 활동영역을 보장해줘야 한다고 생각했고 실제로 훗날 감독을 맡게 됐을 때 코치에게 그런 권한을 부여했다. 하지만 김성근은 하나부터 열까지 일일이 가다듬고 가르쳐야 직성이 풀리는 성격이었다. 이종남은 "이런 야구이론의 차이, 감독-코치로서의 업무분담에 대한 이견은 두 사람의 인간적인 우애마저 갈라놓았다"고 쓰고 있다.

그런데 이광환은 이렇게 말한다.

"그때나 지금이나 마찬가지지만 김성근 감독과 인간적으로 불편한 점은 전혀 없다. 만나면 반갑고 정겹다. 이야기도 많이 나눈다. 다만 야구 철학이 서로 다른 것만은 확실했다. 그때는 내가 일본이나 미국의 선진야구를 접하기 전이었지만 야구는 선수가 하는 것이고, 그런 이유로 선수 보호와 관리가 중요하다는 점만은 분명히 인식하고 있었다. 반면 김성근 감독은 그 시절에도 감독이 하는 야구를 추구했다. 김 감독이 선수 보호나 관리를 안 했다는 뜻은 아니지만 소홀한 측면이 있었다는 것이 내 생각이다. 내가 OB 수석코치직을 사임한 이유 중의 하나도 그런 야구관의 차이 때문이었다."

어쨌든 두 사람의 야구관이 다르고 그것들이 서로 충돌한 것만은 분명했다. 이광환으로서는 타격코치를 계속해야할 의미를 찾을 수 없었다. 그가 할 수 있는 건 외야에서 풀이나 뽑는 일이었다.

사표를 내고 야구 유학을 떠난 이유도 그것이었다. 한 신문은 훗날 '자의반 타의반 귀양살이'라는 표현을 쓰기도 했다. 일본과 미국에서의 유학생활은 1장에서 상세히 다룬 바 있으므로 다음 장에서는 유학 이후 이광환의 행적을 따라가 보기로 한다.

4

'자율야구'의

좌절

김성근과의 대립

1987년 10월 27일 OB 2군 감독대행에 선임된 이광환은 미국 연수를 끝내고 11월 중순 귀국했다. OB 구단은 이광환에게 3년간 2군을 맡겨 감독 경험을 쌓게 한 다음 1군을 맡기겠다는 공식방침을 밝혔다. 그런데 야구계에 'OB 구단이 김성근 후계자를 키우고 있다'는 소문이 파다하게 퍼졌다. 이듬해인 1988년이 계약상 김성근의 감독 임기 마지막 해였기 때문이다. 단장 박용민과 구단 이사 경창호도 그런 소문을 굳이 반박하지 않았다. 실제로 김성근은 1988시즌 중에 '자진사퇴'를 선언하게 된다.

구단은 프런트와 매번 충돌하는 김성근에게 재계약에 대한 입장을 밝히지 않았고 감독 지위를 보장받지 못한 김성근은 '등 뒤의 후임자'를 의식하지 않을 수 없었다. '레임덕 현상'도 필연적이었다. 1987시즌 OB는 전기리그에서는 2위를 기록했으나 후기리그에서는 청보 핀토스, 빙그레 이글스와 함께 공동 5위, 다시 말해 꼴찌로 추락했다. 김성근의 입지도 좁아질 수밖에 없었다.

이광환과 김성근은 1988시즌을 앞둔 동계 전지훈련 때부터 갈등을 빚었다. 우선 미담 하나를 먼저 소개하고 그 이야기를 하려고 한다.

1988년 1월 이광환은 카디널스 구단 관계자, 감독·코치, 선수들과 한국에서 감격적으로 해후했다. 관련 기사를 옮겨본다.

내한한 OB 베어스의 미국 프로야구 자매팀인 세인트루이스 카디널스 소속 스탠 뮤지얼 부사장, 허조그 감독, 유격수 아지 스미스, 도루왕 빈스 콜맨 등이 (1월) 24일 OB 베어스의 제주 전지훈련장을 찾았다. 이들은 OB선수단과의 간담회에서 프로 선수로 대성할 수 있는 비결의 일부를 털어놓았고 간단한 기술지도의 시간을 갖기도 했다. 이 날 OB선수들을 기술을 몇 가지 전수받았다는 것보다는 카디널스팀의 프로 선수로서의 정신자세, 생활태도에서 깊은 감명을 받았다고 말했다. (1988년 1월 25일자 경향신문)

카디널스의 전설 스탠 뮤지얼과 함께(1987년).

이 기사에서 이 책에서는 처음 등장하는 인물이 있다. 카디널스 구단 부사장 스탠 뮤지얼이다. 22시즌 동안 카디널스에서만 뛴 스탠 뮤지얼은 내셔널리그 올스타 19번, MVP 3번, 타격1위 7번을 수상했고 월드시리즈 3회(1942·44·46)를 경험한 레전드다. 스탠 뮤지얼은 메이저리거로서 뛰던 1958년 10월 카디널스 팀과 함께 한국을 방문해 '서울팀'과 친선 경기를 치른 적이 있다. 관련 기사를 소개해 본다.

> 미국 쎈트루이스·카디널스팀 대 한국전 서울팀의 대전은 (10월) 21일 하오 3시 38분 이(승만) 대통령의 시구로써 막을 열었다. 이 날 경기는 시종 카디널스팀의 일방적인 공격에도 불구하고 서울군은 잘 싸워 결국 3대 0으로 끝을 맺었으며 묘기는 속출하였다.
>
> (1958년 10월 22일자 경향신문)

당시 서울 창경초등학교에 재학 중이던 현 KBO 총재인 정운찬(鄭雲燦)은 "나는 그 경기를 서울(동대문)운동장에서 직접 보는 행운을 누렸다"면서 "뭐니 뭐니 해도 이 경기의 하이라이트는 (투수) 김양중 선수가 강타자 스탠 뮤지얼을 삼진으로 잡은 대목"이었다고 회고한 적이 있다.

이제 이광환과 김성근의 대립에 대해 서술할 차례다. 1988시즌을 앞둔 무렵 외환사정이 좋지 않았다. 해외 전지훈련을 자제 또는 금지하는 분위기여서 OB 구단은 1군은 제주에, 2군은 창원에 훈련캠프를 차렸다. 이것부터가 심상치 않은 징조였다.

이미 자신만의 확고한 야구철학을 정립했던 이광환은 야구선수가 제몫을 하기 위해선 최소한 600경기 이상을 경험해야 한다는 지론을 갖고 있었다. 훈련을 위한 훈련보다는 경기를 통한 훈련을 중시했다. 당시로서는 훈련방식의 충격적인 전환이었다. 미국야구 접목에도 앞장서 OB 구단이 성인 팬클럽을 만들게 된 것도 그의 아이디어였다. 이광환의 말이다.

"물론 훈련도 필요하다. 그런데 미국 방식은 훈련을 게임과 연계시킨다. 오전엔 훈련하고 바로 오후에 경기를 치른다. 그때 우리 2군은 하루 종일 훈련만 해서 선수들이 힘들어했다. 그래서 내가 완전히 바꿨는데 처음엔 시기도 받고 욕도 많이 먹고 마찰도 많았다. 솔직히 말해 일종의 개혁이었다. 그때 고생을 많이 했다."

어느 날 김성근은 2군 선수 3명을 제주로 보내달라고 지시했고 이광환은 창원에서 대학팀과 연습게임을 잡아놨고 이들을 보내면 경기를 치를 수 없다며 거절했다. 이 무렵 이광환은 고집까지 대단했다. 이종남이 쓴 글에는 이런 대목이 있다.

자기가 하려는 것은 끝까지 밀어붙이려는 것을 좋게 말하면 '주관이 뚜렷하다'고 하고 나쁘게 말하면 '고집이 세다'고 한다. 아무튼 이광환 감독은 자기가 도입한 새로운 방식에 김성근 감독이 반발하면 반발할수록 더욱 강하게 밀고 나갔다. 그리고 이 감독 자신이 한국야구에 하나의 '혁명'을 일으킬 책임을 지고 있다는 자부심마저 갖고 있었다. 그는 구단 프런트의 절대적인 지지도 업고 있었다. 그러니 굽힐 이유가 없었던 것이다.

김성근은 자신의 지시를 이광환이 거부하고 박용민이 "2군 연습경기도 중요하지 않느냐"고 편을 들자 제주 로얄호텔 숙소에서 두문불출했다. 그는 "필요한 선수를 내 마음대로 쓰지도 못하는 감독이 무슨 감독이냐"며 "나를 자르든지 마음대로 하라"고 버텼다. 구단은 김성근을 설득할 수밖에 없었고 김성근은 몇 가지 요구사항을 제시했다. 하나는 2군 감독은 1군 감독의 지시를 무조건 따를 것, 둘째는 2군 선수 이동에 관한 사항은 1군 수석코치 신용균(申鏞均)과 2군 감독이 협의할 것. 마지막으로 1군이 경기도 이천 전용구장을 사용할 때에는 2군이 비워줄 것 세 가지였다. 구단은 이를 받아들였다.

그럼에도 이광환은 2군 경기와 대학팀과의 연습경기 등을 포함해 가능한 많은 경기를 치른다는 목표를 세웠다. 600경기 정도는 치러봐야 비로소 야구선수가 된다는 그의 지론은 미국 선진야구 관계자의 공통된 인식이기도 했다.

한국 프로야구 1군 정규리그가 7개 팀이 팀당 108경기로 치러지던 시즌이었다. OB 2군은 선수가 부족해 취소되는 경기가 더 많았다. 이광환은 김성근이 1군에 30명 가까운 선수들을 끌어안고 있는 것에 불만을 가졌다. 그 중 예닐곱 명은 1군 전력감이 아니라고 봤기 때문이다.

이광환은 등판 예정이 없는 투수를 야수로 내보내기도 하고 때로는 여덟 명만으로 타순을 짜기도 했다. 1988시즌은 7개 구단이 모두 2군 체제를 갖춘 첫 해였고 타 구단은 2군 경기 성적에도 신경을 썼다. 선발 오더를 짜기도 어려운 OB 2군은 '동네북' 신세였다. 대학팀과의 연습경기를 포함해 1승 29패까지 내몰린 적도 있었다. 이광환은 1군 선수 한두 명을 육성하는 것이 2군의 역할이라고 봤기 때문에 5, 6명의 선수가 남아도 경기는 계속 치른다는 계획이었다. 그것이 2군 감독의 임무라고 믿었던 것이다.

자연히 1·2군 간의 선수교류는 전무해졌다. 김성근이 2군 선수를 보내달라고 해도 보내줄 선수가 없었다. 김성근은 코치 한 명을 2군에 보내 1군에 올릴 만한 선수가 있는지 파악해 보라고 지시했으나 코치의 보고는 '한 명도 없다'는 것이었다.

만 40세에 프로야구 감독 데뷔

이광환과 김성근 사이의 알력은 구단 관계자와 선수들에게 그대로 노출됐다. 이종남에 따르면 김성근은 이광환이 하는 시도라면 대부분 딴죽을 걸었다고 한다. 그 단초는 1988시즌 초에 일어난 '세탁기 사건'이었다. 이광환은 미국에서 카디널스 구단이 세탁소와 계약을 맺어 선수들의 유니폼을 세탁해 주는 것을 보고 왔다. 이제는 그것이 당연한 관행이 됐지만 그때 국내 선수들은 1·2군을 막론하고 '빨래보따리'를 둘러메고 다녔다. 이광환은 이천 전용구장 근처에 적당한 세탁소가 없자 구단에 요청해 세탁기를 들여놓고 숙소를 관리하는 직원에게 세탁을 맡겼다. 당시로서는 상상도 못한 혁신적인 조치였다. 2군 선수들은 쌍수를 들어 환영했다.

이를 전해들은 김성근은 1군에도 세탁기를 구입해 달라고 구단에 요청했다. 그러나 구단은 그 요청을 거절했고 1군 선수들은 여전히 빨래보따리를 들고 다녀야 했다. 이것은 분명히 구단의 잘못이었고 선수들에게 구단이 이광환은 신임하지만 김성근은 냉대한다는 느낌을 주기에 충분한 사례였다. 노골적인 배척이었다. 박용민은 "두산그룹은 한번 쓴 사람은 절대로 함부로 버리지 않는다"는 말을 자주 했고 실제로 OB 구단이 김성근을 해임한 것은 아니다. 하지만 이종남은 이에 대해 "그건 자진사퇴라는 너

울을 쓴 타의의 밀어내기가 아니었을까"라고 추측하고 있다. 말은 의문형으로 끝났지만 매우 강한 추정이 아닐 수 없다.

　김성근은 구단과는 구단대로 충돌했고 이광환의 2군 선수단 운영방식에도 번번이 이견을 드러냈다. 예를 들어 이광환은 벽에 차트판을 걸어놓고 선수들이 자신의 컨디션을 매일 표시하도록 했다. 이것은 미국에서 배워온 것이 아니라 이광환 스스로 창안한 방식이었다. 당시 국내 구단의 트레이너가 부족해 선수들의 컨디션을 점검할 수 없었기 때문에, 부상 방지를 위해 선수 스스로가 자신의 컨디션을 표시하도록 한 조치였다.

　하지만 김성근은 생각이 달랐다. 선수들은 한 경기라도 더 나가기 위해 부상을 감추려는 경향이 있어 스스로 컨디션을 표시하게 하는 것은 선수들을 보호하는 것이 아니라 혹사시키는 방식이라는 것이었다.

　이광환은 경기 전에는 선수들이 오트밀이나 야채스프 같은 것으로 허기만 가볍게 채우는 것이 좋다는 입장이었다. 너무 많이 먹는 선수에게 벌금을 부여하기도 했다. 김성근은 이것도 부정적이었다. 영양 상태가 좋은 미국 선수는 그럴 수 있겠지만 국내 선수들은 많이 먹어야 힘을 낼 수 있다고 믿었다.

　이광환은 타격훈련 때 여러 곳에서 동시에 배팅 볼을 치는 것을 금지시키고 단 한 군데에서 타격훈련을 실시했다. 이것은 타격코치 등이 근거리에서 타자에게 공을 토스해 주고 타자가 배팅

연습을 하는 '토스 볼 배팅'이 아니라 배팅 볼 투수가 실제 마운드와 홈 거리보다는 조금 가까운 위치에서 던져주는 상황을 말한다. 이전까지는 그라운드에 세 군데 정도 그물망을 설치해 두고 배팅 볼 투수 세 명과 타자 세 명이 각각 따로따로 타격훈련을 했다. 이런 경우, 내외야에 나간 야수들은 그저 '볼 보이'에 지나지 않았다. 세 군데에서 한꺼번에 공이 날아올 수도 있으니 수비훈련이 될 리 없었다.

이광환의 지시에 따라 배팅 볼 타격을 한 곳으로 줄이자 야수들은 실전 상황과 비슷한 수비연습을 할 수 있게 되었다. 다만 '볼 보이' 역할이 사라지자 그때그때 공을 걸을 수 없다 보니 선발투수조차도 공을 주워 담으러 다녀야 했다. 하지만 그의 철학은 단 한 번을 스윙하더라도 집중력 있게, 최대한 실전 타석과 비슷하게 치는 것이 중요하다는 것이었다.

베이스러닝도 별도로 훈련할 것이 아니라 타격훈련 때 주자가 직접 베이스에 나가 몇 사 몇 루라는 특정 상황에 맞게 진루 여부를 결정해야 한다고 강조했다. 그는 이런 훈련을 '토털 프렉티스(Total Practice)'라고 표현한다. 타자, 주자, 수비수가 동시에 실전같은 시뮬레이션에 참여하는 방식이었다. 선수들의 주루플레이가 지금보다 훨씬 미숙했던 당시 상황에서 이런 훈련방식은 가히 혁명적이었고 얼마 후 모든 구단에 퍼지게 된다.

그러나 당시에는 특히 타자들의 불만이 많았다. 하루에

2~300개씩 치던 배팅볼이 3분의 1 정도로 줄었으니 불안해 할 만도 했다. 김성근도 그런 연습량으로는 배트 컨트롤 감각을 익힐 수 없다고 단언했다. 일정 부분 일리가 있는 말이지만 이광환은 타격만이 야구의 전부는 아니며, 타격훈련에서 미흡한 부분은 '자율적 보충훈련'으로 메울 수 있고 또한 그래야만 프로선수라는 철학을 갖고 있었다. 뷔페에서 음식을 골라먹듯 선수들이 자신의 부족한 부분을 자율적으로 교정·보완해야 한다는 것이었

이광환과 김성근은 야구관의 차이가 상당했다. 왼쪽부터 이광환, 하라 타츠노리, 김성근(1982년 일본 연수 때).

다. 그리고 이때 '자율적으로'라는 표현도 실은 프로선수라면 '의무적으로'와 동의어였다.

OB 구단은 결국 이광환의 훈련방식에 손을 들어줬다. 김성근의 이견을 공연한 트집으로 봤다. 이광환은 훗날 이렇게 말했다.

"당시에는 내 소신껏 선수를 키워내고 싶었다. 나의 훈련방식이 한국 프로야구가 언젠간 가야할 길이라는 확신이 있었고 또한 실제로 그렇게 됐다. 김성근 감독이 어떻게 받아들이건 내 방식이 잘못된 게 아니라는 확신이 있었기 때문에 그 분의 입장을 생각해볼 겨를이 없었다. 그러나 나중에 나도 OB를 그만두고 물러나왔을 때 그 분이 얼마나 어려운 입장에 몰려 있었는지를 이해하게 되고 미안한 생각이 들었다."

이종남은 OB 구단과 김성근의 불화를 한국프로야구 초창기에 일어날 수밖에 없었던 구단과 감독 사이의 역학 관계, 좀 더 정확히 말해 '힘의 역전'이라는 관점에서 보고 있다. 이종남은 "구단의 체계가 제대로 잡히지 않은 프로야구 초창기에는 감독의 권한이란 실로 막강했다"며 "감독은 야구단을 창단했다는 데에 들뜬 구단주와 직통할 수 있었고 야구에 조예가 깊지 않은 사장이나 단장은 감독에게 휘둘리는 경우가 많았다"고 썼다. 그는 또한 이렇게 쓰고 있다.

세월이 흐름에 따라 프런트의 반격이 뒤따랐다. 야구의 생리를 알게 되고 구단운영의 노하우를 서서히 쌓은 프런트는 점차 목소리를 높여갔다. 구단주도 무작정 감독의 요구를 받아줬다가는 구단 업무와 위계질서가 엉망이 된다는 것을 깨달았다. 사장이나 단장은 구단주가 감독을 직접 대면할 때 생기는 실무자로서의 어려움을 토로, 구단주의 '각성'을 재촉했다. 이에 따라 감독은 회사규정에 따라 결재절차를 거치지 않으면 안 됐다. 감독이 사장이나 단장에게 예속돼가는 과정이었다.

대세는 김성근의 사퇴로 기울고 있었다. OB는 빙그레 이글스로 트레이드됐던 김우열을 1988년 5월 24일 2군 타격코치로 복귀시켰다. 두 가지를 위한 포석이었다. 타격이론의 일관성을 유지한다는 취지에서 타격코치를 한 명만 두던 당시 상황에서 박용민은 '복수 타격코치' 제도를 구상하고 있었다. 좌타자는 윤동균에게, 우타자는 김우열에게 맡긴다는 복안이었다. 여기까지는 다른 구단보다 앞서가는 선진적인 포석이라고 할 수 있었다.

그런데 김우열에게 2군 타격코치를 맡긴 또 다른 의도가 있었다. OB는 이른바 'OB맨'으로 코칭스태프를 구성하려는 의도를 숨기지 않았다. 이종남은 "구단은 사사건건 마찰을 빚는 김성근을 내보낸다는 의도아래 코칭스태프를 미리 포석하고 있었고 김우열 영입은 그 일환"이라고 적고 있다. 이것은 1982년부터 7시즌 동안 OB에서 한솥밥을 먹었던 김성근을 'OB맨'으로 인정하지 않는다는 의미였다. 김성근이 그 의도를 모를 리 없었다. 구단과 그의 관계는 파국으로 치달았다.

김성근의 계약만료일은 이 해(1988) 11월 30일이었다. 이보다 석 달도 더 이전인 8월 27일 한 스포츠신문에 김성근이 OB 구단과의 재계약을 포기했다는 요지의 기사가 실렸다. 기사 내용은 김성근이 자신의 의사에 따라 OB를 떠난다는 것이었다. 이 기사에는 박용민이 "구단방침과 김성근 감독이 부합되지 않아 결별하게 된 것이 서운하다"고 발언한 것으로 나와 있었다.

이날 오전 부산 플라자호텔 커피숍에서 박용민과 김성근이 만났다. 박용민은 '신문을 보고 당신이 떠난다는 것을 알았다'고 얘기했고 김성근은 '벌써 다 알고 있지 않았느냐'고 되물었다. 그러자 박용민은 '데려가고 싶은 사람은 다 데려가도 좋으니 선수들에게 당신이 떠난다는 얘기를 할 수 있겠는가'라고 했다. 김성근은 '그러겠다'고 했다. 이 역시 이종남이 쓴 글에 나오는 내용인데 이에 따르면 사실상 OB 구단이 김성근을 밀어낸 것으로 보는 것이 맞는 듯하다. 박용민과의 회합이 끝난 뒤 김성근은 이날 오후 플라자호텔 연회장에서 선수들에게 공식적으로 사퇴를 선언했다.

그리고 9월 9일자 〈동아일보〉에는 이런 기사가 실리게 된다.

OB는 올해로 계약이 끝나는 김성근 감독의 후임으로 1982년 출범 이래 '장래의 OB 감독'으로 점 찍혀온 이광환 씨를 팀의 제3대 감독으로 맞이했다. 신임 이 감독의 계약기간은 4년이며 계약금과 연봉은 각 4,000만 원. (...) 이 감독은 "생각보다 빨리 감독직을 맡게 되어 부담감은 있으나 최선을 다하겠다"며 "OB 특유의 끈질김에 타격력을 가미해 팬을 의식한 경기를 해보고 싶다"고 포부를 밝혔다.

이때 이광환의 나이 만 40세였다.

'자율야구'가 아니라 '책임야구'다

OB 구단과 김성근의 관계가 불미스럽게 끝나고 김성근의 자리를 이광환이 차지한 것 같은 모양새였다. 이광환으로서도 찜찜한 마음이 없지 않았겠지만 1989년은 그가 생애 첫 프로야구 1군 감독으로 첫 발을 내딛는 시즌이었다. 자신의 야구철학을 펼치겠다는 의욕과 열정으로 충만해 오직 팀 운영에만 집중했을 듯하다.

그런데 그의 야구철학으로 알려진 이른바 '자율야구'라는 표현은 어떻게 탄생했을까. 우선 1988년 11월 30일자 〈동아일보〉 기사를 읽어볼 필요가 있다.

훈련 면으로 보면 투수 출신 감독인 김영덕 김성근 감독은 선수단 관리에 뛰어난 면을 보였다. 잘 짜인 훈련일정에 따라 조직적 훈련에 뛰어난 점을 보여 왔다. 야수 출신의 김응룡 감독은 자율훈련 방식을 내세워왔고 새로 OB의 지휘봉을 잡은 이광환 감독도 「스스로 깨닫고 스스로 몸만들기」를 취임석상에서 강조했다. 한편 포수 출신인 MBC 신임 배성서 감독이나 삼성의 정동진 감독은 최근의 팀 분위기와도 묘하게 연관되어 있지만 강훈과 정신력을 강조하는 스타일의 감독들이다.

이광환의 야구철학은 그가 위의 기사에서 직접 표현한 '스스로 깨닫고 스스로 몸만들기'와 가장 가깝다. 여기에 미국의 선진야구 운영 시스템이 추가되면 그의 야구철학을 가장 잘 드러내는 것이라고 본다. 그런데 어느 순간 이광환의 야구철학을 '자율야구'로 부르기 시작했다. 김응룡의 관련 언급이다.

OB 베어스의 연패를 '자율야구의 시련'으로 보도한 1989년 4월 21일자 동아일보.

> 자율야구란 말은 어디에도 없어. 1982년 일본 프로야구 세이부 라이온즈 감독이 히로오카 다츠로였다고. 그 양반이 선수들 외출 시간부터 음식 섭취까지 일일이 관리를 많이 했어. 그때 일본에서 히로오카 감독의 야구를 '관리야구'로 불렀다고. 그런데 미 메이저리그는 관리야구니 자율야구니 이런 게 없다고. OB에 있던 이광환이 국외 연수를 갔다 오고 감독이 됐을 때 고 이종남 기자가 '이광환은 자율야구다'하면서 그때부터 '자율야구'란 말이 생겨난 거야. 솔직히 누가 봐도 자율야구 하면 김응룡이었지. 하지만, 난 자율야구 같은 건 하지도 않았어. 난 그저 야구를 한 거야. 야구에 무슨 관리가 있고, 자율이 있어. 보라고. 성인 야구선수들이 훈련 끝마치고 나면 다 사생활인데 내가 관여할 게 뭐가 있어.(『박동희의 Mr.베이스볼』, 김응룡 회고록 1편)

그런데 이종남이 이광환의 야구철학에 대해 '자율야구'라는 표현을 쓰게 되면서 오해가 시작됐다. '자율'이라는 단어에 '선수들에게 맡긴다'는 뉘앙스가 강하다보니 '자율야구'='방임야구'라는 등식이 성립됐던 것이다. 따라서 김응룡의 야구를 '자율야구'라고 표현할 수는 있어도, 이광환의 야구에 같은 표현을 써서는 안 된다. 그것과는 판연히 다르기 때문이다.

앞에서도 언급했지만 김응룡은 미국 대학야구 연수를 통해 자율적인 훈련 방식의 일부를 접했을 뿐, 미국 프로야구 전반의 운영 방식을 경험한 것은 아니었다. 반면 이광환은 미국 MLB 선진 시스템과 그 훈련방식을 온몸으로 체득했다. 그의 야구에 '자율야구'라는 명칭이 붙긴 했지만, 엄밀히 말해 그 표현은 부적절했다. 굳이 한 단어로 정의한다면 '책임야구'라고 했어야 했다.

절친한 이종남이 붙여준 표현이지만 이광환 역시 '자율야구'라는 말을 좋아하지 않았다. 스스로 이 표현을 쓴 적도 없다. 특히 '자율야구'가 무절제한 '자유방임의 야구'라는 뜻으로 사용되는 것을 원치 않았다. 그는 1989시즌을 앞두고 이런 출사표를 던진 적이 있다.

> "「팬을 위한 야구, 공격적인 야구의 실현」과 함께 어느 한 게임이라도 놓치지 않겠다는 각오로 원년 챔피언의 자존심을 회복하겠다. OB선수들은 그동안 자율훈련을 통해 생각하는 야구로 큰 성과를 보았다."[12]

핵심어는 '자율훈련'과 '생각하는 야구'다. 전자는 스스로의 원칙에 따라 자신을 절제하고 누가 시키지 않아도 찾아서 하고, 또한 반드시 해야 하는 훈련이다. 후자는 전자를 수행하는 과정에서 필연적으로 수반된다. 어디가 부족한지, 무엇을 강화해야 하

---

12   1989년 4월 6일자 〈경향신문〉.

는지, 받아들이고 버려야할 것은 무엇인지 등을 스스로 생각하는 것이다. 이광환은 이러한 자신의 야구를 한때 '합리적 야구' 또는 '심플(단순) 야구'로, 지금은 '책임의 야구' 또는 '책임야구'로 규정하기도 했다. 이런 기사도 있다.

> 자율야구를 심기 위한 토양이 OB 때와는 판이하게 다르다고 말하는 (LG) 이(광환)감독은 '자율야구=스스로가 책임을 지는 야구'임을 강조하고 있다. (1992년 1월 27일자 일간스포츠, 괄호 안은 인용자가 삽입)

그가 한국야구에 도입하려고 한 것은 '자율야구'라는 용어가 아니라 미국야구의 선진 시스템이었다. 이를 굳이 용어로 표현한다면 '책임야구'라고 하는 것이 그의 철학에 부합하리라고 본다. '책임야구', 그 구체적 내용을 정리하면 대략 아래와 같다.

첫 번째는 훈련과 관계된 것이다. 이광환은 구단 차원에서 작성한 훈련계획표를 과감히 간소화했다. 이런 계획표는 구단 고위 인사에게 보여주기 위한 전시용 성격이 강했고 너무 세부적이고 구체적이었다. 몇 시 기상, 식사 시간 몇 시, 몇 분간 체조…이런 식이었다. 이광환은 집합시간이나 경기시작 시간 등 큰 계획만 잡아주고 나머지 세부 훈련 일정이나 계획은 선수들이 짜도록 했다. 자율은 책임이 따르는 것이어서 선수들은 어찌할 바를 몰랐다. 손을 놓고 있거나 서로 잡담을 하는 선수가 태반이었다.

이광환은 "자기의 몸은 자기가 가장 잘 안다. 프로라면 자신의 몸 관리는 스스로 해야 한다"며 선수들의 의식 전환을 유도했다.

이때만 해도 잠실야구장에 홈팀 라커룸이 없던 시절이었다. 복도에서 유니폼을 갈아입을 때도 있었고 경기가 끝나도 간단한 샤워조차 할 수 없었다. 이광환은 구장 관리자와 싸워가며 1년 만에 홈팀 라커룸을 마련했다. 그래도 원정팀 라커룸 설치까지는 기대하기 어려웠다. 잠실야구장에 원정팀 라커룸이 생긴 것은 시간이 조금 더 지나서였는데 그나마 다른 도시 구장보다 원정팀 라커룸이 일찍 생긴 것은 물론 '수도 서울'이라는 이점이 작용했겠지만 잠실구장을 홈으로 쓰는 서울 연고팀이 OB와 LG, 두 팀이었기 때문이다.

OB와 LG가 맞붙을 경우 필연적으로 한 팀은 원정팀이 될 수밖에 없는데 그럴 땐 라커룸조차 쓸 수 없는 신세였다. 두 구단의 요청에 따라 잠실구장 원정팀 라커룸은 곧 설치됐다. 지금도 두산이 1루 측, LG가 3루 측 라커룸을 사용하고 있는데 이것은 이광환이 OB 감독으로 있을 때 홈팀 라커룸이 먼저 생겼기 때문인 듯하다. 통상적으로 한미일 프로야구 공히 홈팀이 1루 측, 원정팀이 3루 측 덕아웃을 사용한다.

원정팀 라커룸 문제는 1990년 중후반까지도 해결되지 않았다. 1995년 7월 5일자 〈경향신문〉 '김동엽 칼럼'은 "잠실구장과 부산 사직구장을 제외한 타 지방구장 시설은 열악하기 이를 데 없다"며 "126경기 중 63경기는 서로가 상대방 구장에서 치러야 하는 실정을 감안하면 방문팀 선수들을 위한 라커룸 시설 투자는 곧 내 팀에 대한 투자나 마찬가지"라고 지적하고 있다.

하물며 1980년대였으니 웨이트트레이닝에 대한 개념도 전무했다. 그는 이광환은 구단 프런트와 구장 관계자들을 설득해 잠실야구장에 국내 최초의 웨이트트레이닝 훈련장을 설치했다. 왜 비싼 돈을 들여 필요도 없는 것을 만드느냐는 것이 그들의 인식이었다. 말이 설득이지 싸움에 가까웠다. 선수들은 차츰 웨이트트레이닝의 중요성과 함께, 자기 책임 하에 자신의 몸을 관리하는 것이 어떤 의미인지 느끼기 시작했다.

이광환은 투수와 야수가 제각기 진행하던 팀 훈련을 모든 선수들이 참가하는 '조직적인 팀 훈련'으로 변화시켰다. 투구, 타격, 수비, 주루는 각각의 기술과 훈련방식이 다르지만 궁극적으로는 조직적인 팀플레이 안에서만 의미가 있기 때문이다. 이전까지 투수 따로, 야수 따로 제각기 훈련을 받는 방식이 사라지고 배팅, 수비, 주루 훈련이 동시에 이뤄지게 됐다.

이광환은 경기 시각 2시간 30분 전에 출근하던 선수들을 적어도 4시간 전에 집합하라고 지시했다. 출근 순서도 이전에는 선수, 코치, 감독 순이었지만 그는 감독, 코치, 선수 순으로 경기장에 나오도록 시스템을 변경했다. 감독과 코치가 먼저 훈련 계획을 세우고 이를 선수들에게 전달하는 것이 옳다고 본 것이다. 선수들은 물론 코치와 구단 관계자들도 이를 좋아할 리 없었다.

선수들의 개인훈련과 식단까지 체계적으로 관리하는 것은 기본이었다. 코치에게는 선수들에게 배팅볼을 던져주라는 지시도 내렸다. 선수 위에 군림했던 코치들이 반발하기도 했지만 선수 위주의 구단 체계는 이후 완전히 뿌리를 내렸다. 이광환은 "야구는 결국 선수들이 하는 것"이라며 "지금 프로야구는 이러한 체계가 확립됐지만 당시엔 '자율'이 선수들을 방치하는 것이라는 비난을 받았다"고 했다.

두 번째는 경기 외적인 부분이다. 이광환은 "프로는 프로다워야 한다"는 일관된 지론을 갖고 있었고 경기 외적인 면에서도 그래야 한다고 믿었다. 구단 버스가 아닌 기차, 비행기 등의 교통수단을 이용할 때는 선수들의 정장 착용을 권유했다. 사생활이 아닌 이상 프로 선수는 팬들에게 노출되어야 하고, 그럴 경우에는 최대한 팬들에 대한 예의를 갖춰야 한다는 이유에서였다. 덕아웃 옆에 라커룸과 선수 가족 대기석을 설치한 것도 이광환의 지시에 따른 것이었다. 이성(異性)이나 부부 간의 접촉을 무조건 금지하지 않고, 건전한 만남과 화목한 가정 분위기를 유도하기 위한 조치였다.

세 번째, 이광환은 경기에 임하는 원칙을 정립했다. 팬들은 선수들이 최선을 다하는 모습을 보기를 원한다. 늘어지는 경기 시간도 원하지 않는다. 이광환은 공수 교대 시나, 타자가 내야 땅볼을 쳤을 때 전력질주를 주문했다. 투수진 운용은 당시로서는 생소한

'역할분담제'를 실시했다. 현재는 '선발-중간계투-마무리'라는 투수 운용 원칙이 확립돼 있지만 그때는 투수들조차 반발이 심했다. 가령 이광환이 매일 등판하던 투수에게 4~5일씩 휴식을 주면 해당 투수는 "감독님, 그렇게 쉬면 경기 감각을 다 잊어버립니다"라고 이의를 제기했다. 일부 투수는 어떤 방식으로든 경기에 많이 나가 승수를 쌓고 몸값을 높이려고 했다. 구단은 "쓸 만한 자원을 왜 사나흘씩 놀리느냐"고 했고 다른 팀과 언론은 "혼자 잘난 척한다"고 비아냥댔다.

이광환은 경기 도중 선수들의 야유나, 심판에 대한 항의조차 허용하지 않았다. 심판의 오심 또한 야구의 일부이고, 프로는 오직 경기력으로만 승부를 해야 한다는 취지에서였다. 투수의 피칭 패턴 역시 포수 사인에 의존하던 기존 관행에서 투수 의사에 따르는 것으로 변화시켰다. 투수는 자신의 투구를 책임져야 하고, 그런 이유에서 자신이 상대할 타자는 스스로 분석해야 한다고 생각했기 때문이다.

이광환은 또한 경기 시작 4시간 전에 선발 오더를 라커룸에 부착해 선수들이 스스로 준비하도록 했다. 선발투수 예고제를 시행하고, 관행처럼 여겨져 왔던 '가짜 타순'도 지양했다. 구단은 선발투수 예고제가 상대팀에게 미리 전력을 노출하는 것이 아니냐며 반발했지만 이광환은 전력을 감추면 결국 스스로 망가진다는 확신을 가지고 있었다.

모난 돌이 정을 맞다

1989시즌은 팀당 경기 수가 전년 108경기에서 120경기로 늘어났다. 이전까지 운영됐던 전·후기 리그 방식이 폐지되고 연간 통산 성적으로 순위를 정하는 단일시즌제가 채택됐다. 3·4위 팀이 준플레이오프를 거쳐 2위팀과 플레이오프를 치르고 그 승자가 한국시리즈에 진출하는 방식이었다.

이 해 1월 9일 OB 구단은 타격코치 김우열, 투수코치 박철순, 작전코치 유지훤, 수비코치 이삼열, 1·2군 트레이닝 코치 이홍범을 임명했다. 2군 감독대행은 이선덕, 타격코치는 윤동균이었다. 어떤 형태로든 자신의 야구철학을 펼치고자 하는 이광환의 의사가 어느 정도는 반영된 인사였으리라고 추측된다.

그러나 그의 야구철학은 한국야구계에서 갑자기 돌출된 '모난 돌'이었다. 지옥훈련이나 군기와 기강 같은 구습에 젖어있었던 타 구단은 말할 것도 없고 심지어 OB의 선수와 코치, 구단 관계자도 그의 철학을 이해하지 못했다. 이광환이 도입한 '책임야구'는 몰이해의 차원을 넘어섰다. 선수들 가운데 일부는 공공연히 '사보타지'를 했고 그가 선발한 코치들조차 그의 야구를 마뜩찮아 했다. 구단 관계자들도 그에게 우호적이지 않았다. 이에 대해 이광환은 지금도 말을 아끼고 있다.

사면(四面)에서 초(楚)나라의 노래[歌]가 들리는 상황에서 싸움

이광환의 산사(山寺) 방문은 야구 외적인 자기 성찰, 자기 수양의 시간이었다.

이 제대로 될 리 없었다. 이광환의 야구철학에 반감을 가진 상대팀 감독은 OB와의 경기에서 에이스를 집중 투입했다. 더구나 OB는 이미 투수진이 부상으로 붕괴된 상태였고 신인들 위주로 선발 오더를 구성할 수밖에 없었다. 1989시즌이 개막되고 OB는 첫 10경기에서 1승 9패를 거뒀다. 연패가 진행 중이던 4월 17일자 〈경향신문〉 기사의 일부분이다.

미국식 프로야구의 한국형 접목을 시도, 기대와 관심을 모았던 이른바 '이광환의 자율야구'가 시즌 초부터 호된 시련을 맞고 있다. (…) 그동안 역전패 2차례, 1점차 패배 3차례 등 승운도 뒤따르지 않고 있다. "10연패도 좋으니 내 식대로 밀고 나가라는 격려의 소리가 많았다"며 초반의 연패를 대수롭지 않게 생각했던 이 감독은 그러나 갈수록 풀이 죽은 모습이다. 또 이 감독에게 '4년 임기보장'의 두터운 신임을 주었던 팀 관계자들도 애써 태연한 표정이지만 내심 전전긍긍하고 있는 눈치다.

'자율훈련'과 '철저한 역할분담제'로 집약되는 이 감독의 야구이론이 시즌 초반 먹혀들지 않고 있는 이유는 무엇일까. 혹자의 지적대로 OB팀에는 승부사적인 집념이 보이질 않고 있다. 또 선수들 각자가 심각한 자율훈련의 후유증을 앓고 있는 것으로 분석되고 있다.

이 기사 말고도 그의 '자율야구'를 비판하는 기사가 수두룩하다. 이광환과 그의 '책임야구'는 분명 당시로서는 분명 모가 난 돌이었다. 무수한 정을 맞았다. 당시 분위기가 이러했다.

> 말들이 많았다. 이(광환)감독을 제외한 대부분의 지도자들은 '뜻은 이해가 가지만 환상일 뿐'이라고 '자율야구'를 평가절하 했다. 프로야구는 이기는 것이 최종목표이고 그러기 위해선 감독 코치를 포함한 선수단의 총체적 능력을 최대한 응집시켜야 한다는 것. 따라서 어느 정도의 통제가 불가피하고 상황에 따라 다양한 작전 구사도 필요하다고 입을 모은다.
>
> (1992년 1월 27일자 일간스포츠)

이광환을 더욱 초조하게 만든 것은 김성근을 감독으로 영입한 태평양 돌핀스의 선전(善戰)이었다. OB가 1승 9패의 나락에 빠져있을 때 태평양은 6승 1무 3패로 6승 3패의 해태에 이어 2위를 달렸다. OB 구단 관계자들도 좌불안석이었을 것 같다. OB가 태평양에 패배할 때는 '김성근의 관리야구가 이광환의 자율야구를 이겼다'는 식의 기사가 나오기도 했다.

이광환이 세웠던 원칙은 비정한 승부의 세계에서 때때로 무너졌다. 클로저로 지정했던 윤석환(尹錫環)을 선발로 쓰기도 했는데 이것은 주요 투수진인 윤석환, 김진욱(金鎭旭), 최일언(崔一彦)

등이 부상으로 제 컨디션이 아니기 때문이었다. 이에 대해 1989년 4월 25일자 〈경향신문〉은 '자가당착의 극약처방'이라고 비난했다.

공언했던 선발예고제 또한 제대로 지키지 못하는 경우도 생겼다. 선발예고제는 구단 내부에서도 '우리 전력을 우리 스스로 상대팀에게 가르쳐주는 행위'라는 논리로 반발이 심했다. 이광환은 전력을 속이면 결국 스스로 망가진다는 신념을 갖고 있었지만 대세에 휩쓸릴 수밖에 없었다. 5월 말경 OB팬들은 이광환에게 '청문회'를 요구하고, 구단에 감독 교체를 요청하는 시위를 벌였다.

OB는 한여름에 분전했지만 초반의 부진을 만회하지 못하고 이 시즌 54승 3무 63패로 5위를 기록했다. 준플레이오프전에 진출한 팀은 3위 태평양, 4위 삼성이었다. 태평양은 삼성을 꺾고 플레이오프전에 올라갔지만 2위 해태에 졌고 해태는 한국시리즈를 치러 1위 빙그레를 물리치고 1986시즌부터 4연속 우승을 차지했다. OB가 힘도 써보지 못하고 '가을야구' 진출에 실패한 시즌이었지만 이광환의 '자율야구'를 지지하는 사람이 없지는 않았다. 〈한겨레〉 논설위원 이종욱은 1989년 6월 3일자 칼럼 「아침 햇발」에 이렇게 썼다.

선수와 선수, 선수와 감독 사이의 '창조적인 친교'가 얼마나 소중한가를 깨닫고 있다는 점에서 나는 이광환 감독의 '자율야구'를 사랑한다. 그는 자율이 선수의 완성에 필요불가결하게 요구되는 조건임을 깨닫고 있기 때문에 자율야구라는 새로운 야구를 창조하려고 애쓰고 있다. 이런 점에서 그는 '참'감독이다.

OB 베어스팀이 줄곧 바닥으로 곤두박질하다가 어렵게 '탈꼴찌'를 한 김에 그(감독)나 구단이 혹시나 그동안 내건 '생각하는 야구' '한 탕주의를 청산하는 야구'의 깃발을 내팽겨칠까봐 짐짓 안타깝기까지 한다. OB베어스 구단이 다른 구단처럼 '관리야구'의 미련을 버리지 못한 듯한 조짐은 선수들이 자율을 온몸으로 끌어안기를 두려워하고 있고 이 감독마저 자율야구의 의미를 상실할까봐 두려워하고 있다는 증거이다. (..) 감독과 선수가 자율에 대한 공포에서 벗어나서 수평관계를 이룰 때, '자율'은 '보약'이 될 것이다. OB베어스 구단이 올해는 꼴찌를 해도 좋다는 고집을 이 감독이 계속 밀어붙이는 다른 한편으로 구단도 그의 고집을 끝까지 밀어붙여 주었으면 싶다.

하지만 이런 기사가 그에게 위안이 됐을 것 같지는 않다. 이광환은 이 해 12월 9일 서울 명일동 두산그룹 연수원에서 '투수들의 겨울철 부상 예방과 자율연습'을 주제로 강연을 했다. 그의 심정은 어떠했을까.

감독 해임 통고

의욕적으로 출발했던 1989시즌을 실패로 끝마치고 나서 이광환은 절치부심, 와신상담의 마음으로 1990시즌을 맞이했을 듯하다. OB는 1990년 1월 7일부터 12일까지 오대산에서 극기훈련을 실시했다. 지원자에 한해 실시한 훈련이었지만 그때 분위기가 그랬다. '공포의 외인구단'처럼 지옥훈련을 하면 우승이 가능하다는 신화가 있었던 시절이었다. OB는 체력단련의 차원에서 오대산 훈련을 가졌고 해태는 무등산에서 크로스컨트리를, 태평양은 오대산에서 극기훈련을, 삼성은 팔공산에서 산악훈련과 야간산악행군을 실시했다. 이 시즌부터 2군 경기에 참가하는 쌍방울 레이더스는 무주구천동에서 극기훈련을 시행했다.

하지만 이광환은 이때도 다른 생각을 갖고 있었다. 그의 말이다.

> 내가 가장 듣기 싫어하는 말은 '한국놈들은 그저 조져야 돼. 말로 해서는 안 돼'라고 스스로 비하하는 말이다. 그건 일제가 통치술로 만들어낸 식민지 정책에서 만들어진 나쁜 말인데 왜 우리 스스로 그런 식으로 서로를 매도해야 하는가. 한국인들은 일본사람들보다 진취적이고 창의성이 뛰어나다. 좋은 머리를 활용할 수 있는 우수한 민족이다.(『LG, 이광환&자율야구』)

그는 또한 "나는 누가 누구를 키웠다는 말을 싫어한다. 누구를 조련했다는 말도 하는데 선수가 동물인가. 조련은 동물에나 쓰는 말"이라고도 했다.

1990년 3월 29일자 〈경향신문〉에 따르면 이광환은 "소총부대가 아닌 미사일을 장착한 '공격야구'로의 전환을 선언했다"고 한다. OB는 이광환의 의사를 반영해 부상 중인 에이스 최일언을 과감히 방출하고, MBC로부터 김상호(金湘昊)를 영입했다. 또한 국내 프로야구 스카우터 1호 강남규(姜南奎)를 수석코치로, 미국 마이너리그 선수 출신 이재우(李載雨)와 윤동균을 타격코치로 임명했다.

OB는 시즌 첫 경기에서 '개막전의 사나이'의 장호연(張浩淵)의 호투로 LG 트윈스에 7대2, 역전승을 거뒀지만 이후는 부진했다.

OB 이광환감독 해임

연패 책임물어 이재우씨 감독대행 임명

프로야구단 OB베어스는 19일 최근 팀 연패에 대한 책임을 지고 물러날 뜻을 밝힌 이광환(43) 감독을 해임하고 이재우(46) 2군 코치를 감독대행으로 임명했다.

또한 OB는 코칭스태프도 개편, 이선덕 2군감독대행을 1군투수코치로, 김우열 2군타격코치를 1군타격 겸 3루코치로 기용했다.

OB가 팀 창단 이래 9년 만에 처음으로 임기중 감독을 교체한 것은 최근 팀이 11연패까지 가며 최하위권에 머물고 있어 팀 분위기를 새롭게 하기 위한 것으로 풀이되고 있다.

이광환 전임감독은 미국에서 지도자연수를 받고 귀국, 지난해 9월 부임하면서 '자율야구'를 내걸어 프로야구계에 신선한 바람을 불어넣었으나 최근 팀이 연패의 늪에 빠지자 "10연패까지 가면 옷을 벗겠다"는 의사를 밝혀왔다.

새로 지휘봉을 잡게 된 이재우 감독대행은 "우선은 선수들의 가라앉은 분위기를 바로 잡고 매경기를 '이기는 야구'에 중점을 두겠다"고 밝혔다.

이 감독대행은 지난 71년까지 제일은행 외야수로 활약하다 미국에 건너가 메이저 리그의 시애틀 매리너스 팀에서 인스트럭터 대우를 받는 등 미 프로야구계에서 지도자교육을 받고 지난해 11월 OB의 1·2군 총괄 인스트럭터로 입단했다.

이광환의 감독 해임을 보도한 1990년 6월 20일자 한겨레신문.

이 시즌은 럭키금성그룹(현 LG그룹)이 MBC 청룡을 인수해 LG 트윈스로 프로야구에 참여한 첫 해였고 LG는 명목상 신생팀이라고 할 수 있었다. OB는 LG와 함께 시즌 초반 LG트윈스와 꼴찌 다툼을 벌였다. 아무리 시즌 초반이라고 해도 그런 팀과 꼴찌를 주고받는다는 것은 원년 우승팀 OB로서는 자존심이 상할 수밖에 없는 일이었다. '푸석거리는 자율야구', '모래알 플레이' 같은 제목이 신문 지면에 등장했다.

팀 분위기가 무겁게 가라앉은 OB는 5월 10일 태평양 돌핀스전부터 5월 19일 빙그레 이글스전까지 7연패를 당한다. 그러다가 5월 20일 빙그레와의 경기에서 14회 연장 혈투 끝에 7대6, 가까스로 승리한다. 결과적으로 이광환이 감독 해임 통고를 받게 되는 '핑계'가 만들어진 경기였다. 이 경기는 KBS1-TV로 중계되었는데 경기 후 KBS 해설위원 하일성(河日成)이 OB 덕아웃을 찾았다. 하일성은 동년배 친구이기도 한 이광환에게 7연패 탈출에 성공해 축하한다는 덕담을 건넸다. 한숨을 돌린 이광환도 하일성에게 농담을 했다.

"아휴, 10연패 당하면 그만두려고 했어."

이 말이 씨가 됐다. 이튿날 하일성은 KBS2 「오늘의 프로야구」에서 "이광환 감독은 만약 10연패를 당했더라면 사표를 내겠다고 말했습니다"라고 했다. 프로그램을 재미있게 진행하려는 의도였을 것이다. 안 그래도 이광환의 지도력에 회의를 품고 있던 OB 프런트는 이 말을 흘려듣지 않고 마음에 담아두고 있었다.

5월 31일 OB는 대구구장 삼성과의 경기에서 3대 20, 치욕적인 패배를 당한다. 이 경기부터 OB는 내리 11연패를 당하게 된다. 연패가 진행 중이던 6월 3일 OB 선수들은 집단 삭발을 감행했다. 한국프로야구 출범 9년 동안 팀 선수 전원이 삭발을 한 것은 이때가 처음이었다.

6월 5일 삼성과의 경기에서는 한국프로야구 사상 최악의 난투극으로 꼽히는 불상사가 벌어졌다. 사태는 삼성 강기웅(姜起雄)이 OB 투수 김진규(金鎭圭)가 던진 위협구에 이어 데드볼까지 허리에 맞자 방망이를 들고 마운드로 돌진한 것에서 비롯됐다. 양 팀의 선수들이 몰려나와 패싸움을 벌였고 주심 김동앙은 삼성-강기웅, 김종갑(金鍾甲), 박정환(朴貞煥), OB-김진규, 조범현(曺凡鉉), 김태형에게 퇴장을 명령했다. 벤치 클리어링으로 인해 선수 6명이 퇴장된 것은 이때가 처음이자 마지막이었다.

OB의 팀 분위기는 말이 아니었다. OB는 6월 18일 광주에서 열린 해태 타이거즈와의 더블헤더 1차전에서 0대 4로 지면서 11연패를 '완성'한다. 더블헤더 2차전은 선발 박철순의 호투로 6대 3으로 승리, 연패 행진을 마감했지만 이날 OB 구단은 이광환에게 일방적인 해임 통고를 내렸다. 충분히 예상됐던, 또는 예상했던 일이었다.

이날 광주에서 서울로 올라오는 길에는 장대비가 쏟아졌다. 상경한 이광환은 코치 등과 함께 잠실야구장 근처에 있던 '뚜카'

라는 작은 카페로 향했다. OB 감독으로서의 마지막 밤을 몇 잔의 술로 달랜 것이다.

그런데 『LG, 이광환&자율야구』라는 책에는 이런 비화가 실려 있다.

> 걸모양은 "10연패 당하면 사표 내겠다"는 말을 전해들은 OB가 기다렸다는 듯이 중도해임이라는 칼날을 휘두른 꼴이었지만 이(광환) 감독도 진작 5월부터 감독생활을 계속할 의사가 없었다. 만약 마음만 먹었더라면 11연패까지 당하지는 않을 수도 있었지만 이미 의욕상실에 빠져 있었던 것이다. 말하자면 스스로 10연패를 당하며 '자폭'의 길을 걸었다고 할 수 있다.
>
> OB 구단은 오래 전부터 '제3자'인 어떤 방송관계자의 입을 통해 감독을 불신하고 있다는 사실이 이 감독 귀에 들어가도록 교묘히 조종하고 있었기 때문에 이광환으로서는 참을 수 없었다. 여기에 대해서는 더 이상의 자세한 얘기는 생략하기로 한다. 다만 이 감독은 주위 사람들이 자신을 점점 궁지에 몰아넣고 있다는 느낌을 받았고 시즌 개막 후 한 달이 지난 5월부터 이미 "팀이 더 이상 망가지지 않도록 하기 위해선 내가 떠날 수밖에 없다"는 생각이 들었다고 한다.

말 그대로 '비화'가 아닐 수 없다. 이에 대해 이광환은 여전히 입을 다문다. 이광환은 계약기간 4년 가운데 한 시즌 반도 채우지 못하고 1년 9개월 만에 물러났다. 그의 해임 소식은 각 신문의 스포츠 면을 장식했다.

1990년 6월 20일자 〈경향신문〉은 "이광환 감독이 OB를 통해 한국프로야구라는 못자리에 처음 심어보려던 자율야구는 소속 구단과 선수들에 의해 버림을 받았다"며 "실속에 비해 과대포장된 프로야구의 열기 속에 국제무대에서 마음 놓고 견줄 만한 기량도, 프로가 요구하는 최소한의 철학도 갖추지 못한 선수들에게 자율야구는 너무 큰 옷이었다"고 썼다. 같은 날 〈동아일보〉도 그의 해임 소식을 다루면서 "현실의 벽 못 넘은 '철학 야구', '자율' 길 잃은 곰 어디로 가나"라는 제목을 붙였다.

훗날 이광환은 〈조선일보〉와의 인터뷰에서 "1대 99로 싸우는 느낌이랄까, 첫 개혁은 실패했지. 개혁은 힘든 것이란 걸 배웠어요"[13]라고 말했다. 현 일구회(一球會) 사무총장 구경백은 이런 말을 했다.

> (나는) OB의 1·2군 총괄 매니저였고 그(이광환)의 자율야구를 몸으로 체험했다. 그의 자율야구는 결코 실패한 것이 아니다. 다만 너무 일찍 자율야구라는 선진야구기법을 도입했기에 선수단이 그의 뜻을

---

13 2010년 6월 7일자.

따라가지 못했고 프런트가 뒷받침하지 못했던 것이다. 이광환은 열 걸음 앞을 내다봤지만 선수단과 프런트는 그렇게 하지 못했다.

(2007년 1월 12일자 인터넷판 문화일보)

제주도와의 인연

이광환은 OB 감독에서 해임되자마자 제주도에 내려갔다. 그는 제주도와 인연이 있었다. 그 인연은 이로부터 8년 전인 1982시즌으로 거슬러 올라간다. 이 시즌 OB가 전기리그 우승을 확정지었을 때 구단은 감독, 코치, 선수 전원에게 제주도 관광을 약속했다. 그런데 우승 확정 이후 OB는 해태와의 더블헤더에서 3대7, 4대11로 무기력하게 패했고 구단은 이를 '무성의한 경기로 팬들을 우롱했다'고 판단하고 제주도 관광을 취소했다. 하지만 이광환은 아내에게 약속했던 제주도 휴가를 물릴 수는 없었다. 이광환은 감독 김영덕에게 양해를 구하고 아내와 함께 제주도 여행을 떠났다.

이때 관광 안내를 부탁한 택시운전사 고남인과의 만남이 운명적이었다. 고려대 재학 시절부터 제주를 사랑했던 이광환이 농반진반으로 그에게 "앞으로 은퇴하면 제주도에 내려와 낚시나 하며 살고 싶다"고 하자 그는 자신이 사는 동네로 이광환을 데려갔다. 그때만 해도 제주에는 집을 팔고자 해도 살 사람이 없어 빈집이 많을 때였다. 고남인이 보여준 집이 너무 마음에 들었다. 이광환은 여행경비 일부로 계약금을 내고 전기리그 우승 보너스 200만 원을 들여 평당 1만 원으로 북제주군 애월면 하귀리 땅 200평을 매입했다. 얼마 후 그 부지에 인접한 땅 200평이 또 나왔고 그는 그것까지 바로 샀다.

물론 이 무렵은 제주도에 부동산 투기가 없었던 때였다. 1982년 이광환이 400만 원에 매입했던 땅값은 40여 년 후 100배 정도로 상승했다. 그는 땅을 매입한 이후 기회가 있을 때마다 제주도에 내려갔고 인근 주민들과 돈독한 우의를 나누게 됐다. 제

OB 감독에서 해임된 이광환은 제주도에 내려가 낚시로 마음을 달랬다.

주 예찬론자가 된 이광환은 중앙고·고려대 동기인 소인섭(蘇寅燮)에게 제주도행을 권유하기도 했다. 소인섭은 1983년 제주대 아열대농업연구소 연구원이 됐고 2014년 이 대학 원예환경전공 교수로 정년퇴임했다.

OB 구단으로부터 갑자기 해임 통고를 받은 이광환이 제주도로 내려간 것은 너무나 자연스러운 일이었다. 그는 고남인의 친척 어른인 고태호의 문간방에 들어가 농사일을 도와주었다. 그때의 생활을 『LG, 이광환&자율야구』는 이렇게 쓰고 있다.

> 울분과 자괴감. 하나의 소왕국을 지배하고 있다가 권좌에서 물러난 사람치고 그런 심정이 들지 않는 사람이 어디 있을까. 그 역시 21개월의 OB 감독 시절을 뒤돌아보노라면 남을 원망하는 마음이 일지 않은 것은 아니었다. 앞에서는 알랑거리다가도 뒤에서 손가락질한 사람, 나무 위에 올려놓고 흔든 사람, 팀으로서 잘 나가기 위해 돕기는커녕 툴툴거리며 분열을 조장한 사람, 더구나 어느 신문에서 '선수들이 감독을 배척했다'는 기사를 읽었을 때 머리통만한 돌멩이를 풍덩 바다에 내던지며 울화통을 터뜨리기도 했다. 심지어 넘실거리는 파도 속으로 몸을 내던지고 싶은 충동이 인 적도 있었다.

이광환도 이렇게 말한 적이 있다.

제주도로 내려가 귀양살이 비슷하게 지낸 적이 있었는데, 옛 선조들이 유배당했을 때 이랬구나 하고 느껴지더군요. 제일 행복했던 적은 해임당한 후 모 일간지에 관전평을 쓸 때였어요. 가족들과 함께 지낸 시간이 거의 없었는데 기자 생활(?)을 하던 이 1년간 여유를 되찾았지요. 각 지방경기장을 찾아다닐 때 인근에 있는 산사도 많이 돌아보는 등 하고 싶은 것은 모두 해보았습니다.(1994년 5월 30일자 조선일보)

여기서 모 일간지라 함은 〈스포츠서울〉을 말한다. 이 신문 기자였던 이종남의 추천으로 이광환은 1991시즌 객원기자 활동을 하며 관전평을 썼다. 스스로 말했듯이 가장 행복했던 시절이었다. 제3자의 입장에서 야구를 보는 것도 남는 것이 많았지만 지방 경기를 참관하면서 전국 곳곳의 명산과 산사, 박물관을 누빈 것은 어디 비길 데 없는 기쁨이었다. 야구 외적인 자기 성찰, 자기 수양의 시간이었다.

이광환은 전남 순천 송광사를 찾았을 때 알게 된 보왕삼매론(寶王三昧論)을 자기 수양의 지표로 삼았다. 마음을 다스리는 열 가지 계명이라고 할 수 있는데 그 중 첫 번째 계명만 옮겨본다.

"몸에 병 없기를 바라지 말라. 몸에 병이 없으면 탐욕이 생기기 쉽나니, 그로써 성인이 말씀하시되 '병고로써 양약을 삼으라' 하셨느니라."

바둑도 훈수를 할 때 수가 더 잘 보인다. 관전평을 쓰며 한 팀이 아니라 야구계 전반을 바라보게 돼 시야도 넓힐 수 있었다. 현장을 떠났으면서도 현장에서 멀어지지 않았던 재충전의 시간이었다. 이메일이나 인터넷이 활성화되지 않았던 시절이었다. 이광환은 자필로 원고를 작성해 팩스로 〈스포츠서울〉 측에 보냈다. 팩스조차 거의 없던 때라 지방에서는 팩스가 있는 제본소를 찾느라 애를 먹었다. 마감시간을 맞추기 위해 진땀깨나 흘렸다고 한다.

그렇게 관전평을 쓰던 어느 날 LG 구단으로부터 감독 제의가 들어왔다. 그 전후사정을 다 쓸 필요는 없을 듯하다. 이광환은 OB와의 남은 계약기간과 연봉을 도의에 맞게 정리하고

오키나와 전지훈련장에서 구단주 구본무와 함께(1994년).

LG의 제의를 받아들였다. 이 부분은 LG 구단주 구본무(具本茂)가 구단 고위 간부에게 했다는 말을 옮기는 것으로 갈음하고자 한다.

내가 왜 이광환 씨를 우리 감독으로 모시기로 작심했는지 아십니까? OB 감독에서 쫓겨난 후 스스로 제주도로 물러가 낚시나 하며 수양하고 있다는 기사를 보고 깜짝 놀랐소. 아니 야구계에도 이런 사람이 있었나 하는 생각이 듭디다. 보통사람들은 일이 잘못되면 제 잘못은 생각지도 않고 남들만 탓하기 마련인데 이 사람은 자기반성을 하러 귀양살이를 자청했다는 거 아닙니까. 이만한 인격을 가진 사람이면 우리팀을 한번 맡겨도 양심적으로 혼신의 힘을 다해서 일하겠구나 하는 생각이 듭디다. 그때부터 기회가 닿으면 이 사람을 써야겠다고 생각하고 있었지요.(이종남의 글에서 재인용)

5

신바람
LG 트윈스와 함께

플로리다 교육리그의 효과

이광환이 LG로부터 감독 제의를 받은 것은 1991년 9월 27일이었다. 고심이 없지 않았다. 주위의 만류도 있었다. LG는 이미 마운드가 무너진 팀이고, 당신이 감독이 된다고 해서 소생할 가능성도 크지 않다, 그렇다고 전력보강이 예정된 것도 아니다, OB에서 한 번 실패했는데 LG에서 또 그러면 당신 야구는 끝이 난다 등의 이야기였다. 또한 '공갈' 또는 '협박' 비슷한 상황도 있었다. LG에는 심각한 파벌이 형성돼 있으니 당신이 그것을 깰 수도 없고, 깨서도 안 된다는 내용이었다.

이광환은 야구가 이래서는 안된다는 생각이 들었다. 갑자기 오기가 발동했다. 10월 3일 마침내 결정을 내렸다. 송충이는 솔잎을 먹고 살아야 하고, 다시 한 번 도전해 보고 또 실패할 경우 야구계를 떠나 제주도에서 새로운 인생을 살아보겠다는 생각이었다. 그는 10월 8일 LG 감독에 취임했다. 계약기간은 3년, 계약금과 연봉은 각각 6,000만 원이었다. 10월 18일자 〈경향신문〉은 이렇게 썼다.

이광환 씨는 특히 자율야구를 국내 최초로 주창한 당사자로서 당시 OB의 체질 개선에 착수했다가 본뜻을 이해하지 못한 선수들의 반발과 이에 따른 부진으로 중도퇴임 했었다. 따라서 이 감독이 팀을 옮겨서 구현할 본고장 자율야구의 성공 여부는 향후 10년 간 한국 프로야구의 색채를 결정할 시험대로서 주목을 받고 있다.

이광환과 LG 1군 선수들은 1992년 2월 5일부터 3월 5일까지 미국 플로리다에서 전지훈련을 가졌다. 삼성, 태평양도 플로리다로, 쌍방울은 하와이로 전지훈련을 떠났다. 오키나와, 가고시마 등 일본 쪽에 편중됐던 전지훈련에 차츰 변화가 일어나던 시절이었다. 1992년 2월 6일자 〈스포츠서울〉은 LG의 플로리다 캠프에 대해 이렇게 전하고 있다.

쌍둥이 새감독 李廣煥

「魂의야구·紳士야구」로 내년 頂上탈환

이광환의 LG 트윈스 감독 취임을 보도한 1991년 10월 9일자 경향신문.

서울팀의 명예를 걸고 자율야구의 기치를 높이 쳐든 이광환 사령탑의 LG군단이 승리의 길을 향해 이곳 플로리다반도에서 거친 숨을 토해내기 시작했다. (...)메이저리그식 선진야구의 접목을 강렬히 시도해온 이광환 감독은 마틴 패튼 코치를 1군 투수코치로 발탁한 데 이어 메이저리그 선수출신 인스트럭터 3명을 현지에서 고용, 자율야구의 부활을 꾀하고 있다. 이번 스프링캠프의 주요 전술훈련은 베이스러닝. (...)맹목적인 트레이닝보다는 선수들을 이해시키기 위해 대화로 상호신뢰와 공감대의 폭을 넓히는 데 중점을 두고 있다.

LG는 개막 직전 대체로 '3약' 또는 '4중' 가운데 하나로 분류됐지만 막상 정규시즌에서 부진한 모습을 보이자 이광환은 여러 언론으로부터 호된 질책을 받았다. LG는 4월 30일 롯데에 지면서 꼴찌로 추락했다가 5월 23일 OB를 꺾으며 '탈꼴찌'에 성공했다. 하지만 그게 다였다. LG는 53승 3무 70패로 7위에 머물렀고 8위는 1군 리그 참가 2년차인 쌍방울이었다. '허접 팀워크', '시들어가는 자율야구' 등 LG에 대한 기사 제목이 눈에 띈다.

LG팬들도 분노했다. 4월 30일 서울 잠실구장에서 LG가 롯데에 져 꼴찌로 추락하자 이에 격분한 LG 관중 200여 명이 구단 버스로 몰려가 차창을 깨뜨리는 등 난동을 벌였다. LG팬들은 "무능한 이광환 감독은 물러나라"고 항의했고 '감독 청문회'

까지 요구했다. 그러나 이광환은 응하지 않았다. '청문회'가 무서웠던 것은 아니었으나 자신의 야구철학과 배치됐기 때문이다. 전체적인 성적에 책임을 질 따름이지 그날그날에 일어난 팬들의 희로애락에 대해 일일이 설명할 수는 없는 일이었다. 이광환은 "팬들 사랑이 야구를 살찌우지만 감독으로서의 철학을 그 사람들 얼굴 보고 바꿀 순 없었다"고 했다.

LG는 9월 13일 삼성과의 경기에서 11회 연장 승부 끝에 6대 8로 패했다. 시즌 마지막 경기였다. 이튿날인 9월 14일 타격코치 이광은(李光殷)과 김용수(金龍洙), 김동재(金東再) 등 1진 16명이 미국 플로리다를 향해 출국했다. 이광환 등 2진 16명도 얼마 후 출국해 현지에서 1진과 합류했다. 미국 플로리다 교육리그에 참가하기 위해 시즌이 끝나자마자 서둘러 떠난 것이다. 다른 팀들은 아직 몇 경기씩 남아있는 상황이었다. 심지어 해태는 6경기였다. 이광환의 회고다.

"시즌이 끝나자마자 모든 1군 선수들을 데리고 미국 교육리그에 참가하겠다고 했더니 처음엔 구단도 반대했다. 선수들도 싫어하는 기색이 역력했다. 지쳐있을 대로 지쳐있는 시기 아닌가. 그러나 나는 이번에는 꼭 가야한다고 고집해 결국 관철시켰다. 언론은 비판 일색이었다. 〈일간스포츠〉는 '닭이 태평양을 건넌다고 봉황이 되겠느냐고 조롱하기도 했다."

그럴만한 것이 아직 시즌 중이었다. 또한 1군 선수 전원이 교육리그에 참가하는 것도 사상 초유였다. 다른 구단의 선수, 코치, 감독, 프런트가 따가운 눈총을 보낸 것도 어찌 보면 당연한 일이었다. 그럼에도 이광환이 또 한 번 고집을 부린 것은 이런 이유에서다.

> 이광환 감독이 구상하고 있는 이번 교육리그 참가의 목적은 크게 두 가지. 먼저 허슬플레이의 체질화를 들고 있다. 선진야구를 접하면서 미국 선수들의 야구에 대한 진지한 자세를 배워야 한다는 것이다. 다음으로 기술적인 면에서 각 포지션별로 1992시즌에 드러났던 문제점 보강과 전력의 극대화다.(1992년 9월 14일자 스포츠조선)

LG 구단은 교육리그 참가비용 2억 5,000여 만 원이 조금도 아깝지 않았을 듯하다. 플로리다 교육리그 참가는 LG 선수들의 야구관을 단번에 바꿔놓았다. 교육리그에서 LG는 토론토 블루제이스·세인트루이스 카디널스·필라델피아 필리스·뉴욕 양키스·클리블랜드 인디언스 마이너리그팀과 함께 북부 리그에 속했다. 이 6개 팀이 홈앤드어웨이 방식으로 팀당 36경기를 치렀다.

이광환은 경기가 끝나면 선수들을 소집해 발표회를 가졌다. 선수 두 명을 선정해 그날 경기에 대한 소감과 미국 야구에 대한 느낌과 생각을 10분 정도 이야기하는 시간이었다. 기존 전지훈련에서는 감독, 코치 등 지도자들이 말을 하고 선수들은 듣기만 했다. 이광환은 이를 탈피하고 싶었다. 선수들은 미국 선수들의 야구에 대한 사랑과, 이를 지켜보면서 변화하게 된 자신들의 감상에 대해 솔직하게 토론했다. 차명석(車明錫)과 이종열(李鍾烈)이 발표를 잘해 특히 차명석은 '차 교수'라는 별명이 붙기도 했다.

LG는 교육리그에서 17승 7무 14패로 1위를 차지했다. LG 선수들은 미국 선수들과 부대끼면서 그들의 자발적이고 의욕적인 훈련 모습, 야구에 대한 진지한 태도를 몸소 경험했다. 그러면서 '프로'의 의미를 곱씹어보기 시작했다. LG 선수단은 11월 2일 김포공항으로 귀국했다. 교육리그 일정은 총 46일(9.14~10.29)이었다. 공항에서 이광환은 "무엇보다 선수들의 야구를 보는 눈이 달라진 것이 큰 수확"이라며 "교육리그의 결실이 내년 시즌에 성적으로 나타날 것"이라고 자신감을 드러냈다.[14] 이 해 11월 28일 입단해 교육리그에 참가하지 못했던 이상훈(李尙勳)은 선배들의 미국 교육리그 참가 경험을 전해 들었다. 이와 관련된 〈스포츠투데이〉의 기사가 있다.

> 그 발표 중 반복되는 내용 하나가 (이)상훈을 자극했다. 미국 애들은 그라운드 밖에서는 어영부영해도 안에만 들어오면 눈에 쌍심

---

14 1992년 11월 2일자 〈스포츠조선〉.

지를 켜고 한다는 것이었다. 한두 명이 아니라 여러 명이 이 말을 반복했다. 승부욕이 발동했다. 쌍심지를 켠다고? 그럼 우리는? 우리는 야구를 대충하나? 나도 야구는 죽기 살기로 하는데? 좋다. 내가 언젠가는 그 녀석들과 겨룬다. 내가 더 불을 켜고 하는지 너희가 더 불을 켜고 하는지 두고 보자, 하는 마음이 자라나기 시작했다.(2018년 5월 9일자 스포츠투데이 인터넷판)

이상훈은 훗날 오로지 도전정신으로 좋은 조건과 연봉을 마다하며 일본, 미국 프로야구에 도전하게 된다. 이광환은 "플로리다 교육리그에서 선수들의 야구관이 바뀌었다"며 "돈보다 명예나 긍지 같은 것이 더 중요할 수도 있다는 점과 야구를 사랑하는 것이 무엇인지를 깨달은 것"이라고 했다.

그 효과는 곧 증명된다. 1993시즌 LG는 66승 3무 57패로 4위에 오르며 가을야구 진출에 성공했다. 중반까지 치고 나갔지만 8월에 이상훈, 송구홍(宋九洪), 김동수(金東洙)가 부상을 당하고 9월에는 정삼흠(鄭三欽)까지 몸상태가 정상이 아닌 바람에 4위에 머무르고 말았다. 이 시즌은 이상훈뿐만 아니라 양준혁(梁埈赫), 이종범(李鍾範)의 데뷔 시즌이었다.

대형 파문으로 번진 것은 아니었으나 8월 20일 롯데와의 경기에서 있었던 '부정배트 시비'도 LG의 힘을 빠지게 한 사건이었다. LG 이병훈(李炳勳)의 배트를 갈라보는 일까지 벌어져 팀 사기가 크게 저하됐다. 이광환은 수영과 낚시 등으로 선수들의 기분 전환을 도모해봤지만 큰 소득은 없었다. 8월 7일 1위 해태에 1경기 차로 추격했던 LG가 9월 28일 빙그레전에 지면서 4위로 떨어진 것은 이런 이유들이 있었다. 한 스포츠지는 이런 분석도 내놓았다.

여기에는 LG가 추구하는 자율야구에 대한 타구단의 견제도 한몫했다. '너희들만 선진야구냐'는 비아냥과 함께 지난해(1992) 7위에서 갑자기 2위를 치닫게 되자 7개 구단의 심한 견제도 LG가 힘이 떨어진 8, 9월에 연패를 거듭하는 요인이 됐다.

LG의 준플레이오프 상대는 66승 5무 55패를 기록한 3위 OB였다. 프로야구 출범 이후 두 서울 팀이 포스트시즌에 함께 올라가 맞대결한 첫 시즌이었다. LG는 OB를 2승 1패로 꺾고 플레이오프에 올라가 2위 삼성(73승 5무 48패)과 만났다. 명승부였다.

삼성은 잠실에서 열린 1·2차전에게 각각 5대1, 3대2로 이겼고 LG는 대구에서 진행된 3·4차전을 2대0, 5대0으로 눌렀다. 시리즈 승부는 이제 잠실 5차전에 달려 있었다. 역시 명승부가 벌어졌다. 삼성은 2회말 2점을 선취했고 LG는 3회초 3점을 얻어 경기를 뒤집었다. 하지만 LG가 3회말 2실점해 곧바로 역전을 허용한 것은 좋지 않은 흐름이었다. 이후 스코어보드엔 0의 행진이 이어졌고 경기는 그대로 끝났다. LG는 3대 4, 패배였다.

　LG로서는 7회초 공격이 아쉬웠다. LG는 2안타와 삼성의 수비실책으로 1사 1·3루의 기회를 맞았다. 이 상황에서 박종호(朴鍾皓)가 1루 쪽으로 큰 바운드가 나는 땅볼을 때렸다. 삼성 1루수가 약간 깊은 수비 위치를 잡고 있어서 3루 주자 김선진(金宣鎭)이 바로 홈으로 뛰었다면 충분히 득점할 수 있었다. 하지만 김선진은 3루로 살짝 귀루했다가 홈으로 뛰는 바람에 횡사했다. 뒤이어 다시 만루 기회를 만들어냈지만 송구홍이 내야땅볼로 아웃됐다.

　이광환은 "그때 한 점이 났으면 LG가 이길 수 있었다"며 "삼성은 던질 투수가 없었다"고 했다. 3루 주루코치로 나가 있었던 이종도는 결국 구단과 재개약을 하지 못했다. 김선진도 거의 방출될 뻔했다고 한다. 하지만 이광환은 그를 안고 갔다.

　이 시즌 개막 직전, 김성근은 인스트럭터 자격으로 LG 투수들을 지도했다. 팀 전력을 노출한다는 이유로 외국인 인스트럭터만을 선호했던 관행에서 벗어난 파격적인 조치였다. 물론 감독 이광환의 동의가 있었을 것이다. 그는 당시 "팀에 필요하고 또 야구 발전을 위해 고급 야구인력을 활용하는 차원"이라며 "일본야구의 신화로 추앙받는 나가시마 시게오 감독이 방망이를 못쳐서 인스트럭터를 기용하는 줄 아느냐"고 말한 바 있다.[15] 이때 LG에

15　1993년 3월 26일자 〈경향신문〉.

는 1991년 12월 입단한 김정준(金廷俊)이 선수로 뛰고 있었다. 김성근의 아들인 그는 1993년 11월 자유계약선수로 조기 은퇴한 뒤 LG 프런트 요원으로 재직하게 된다.

시즌을 지배한 신바람 야구

1994년은 이광환의 감독 계약이 만료되는 해였다. LG는 전년과 이 해 일본 오키나와로 전지훈련을 다녀왔다. 1994시즌 LG는 81 승 45패로 리그를 지배했다. 68승 3무 55패를 기록한 2위 태평양과는 무려 10.5게임 차였다. 잘 하면 모든 것이 용서된다. 이광환의 '자율야구'를 의혹의 눈초리로 바라보던 언론은 1994시즌 온갖 찬사를 늘어놓았다. '자율야구 화려한 승리', '자율야구 헹가레' 같은 식이었다.

잘 하면 모든 점에서 주목을 받게 된다. 이광환의 '스타시스템' 도 LG 감독을 맡자마자 창안한 시스템이지만 제대로 스포트라이트를 받은 것은 이 시즌이었다.

야구께나 봤다고 할 수 있는 나도 사실 '스타시스템'이 뭔지 몰랐다. 스타를 중심으로 팀을 운영한다는 뜻이 아닐까 라는 정도로 생각했다. 스타시스템은 투수 분업화와 밀접한 관련이 있다. 선발투수 5명, 셋업맨 2명, 롱릴리프 2명, 클로저(마무리) 1명

LG 트윈스 감독 시절 이광환은 투수 분업화와 관련된 '스타시스템'을 창안했다.

으로 구성되며 셋업맨과 롱릴리프는 좌·우완 각 1명씩이어야 한다. 이런 투수진 운영을 설명하기 쉽게 도표화한 것이 스타시스템이다. '별' 모양을 도표로 그려 선발투수 5명은 중앙의 정오각형에, 셋업맨·롱릴리프·클로저 5명은 '별'의 꼭짓점에 배치시키면 딱 들어맞는다. 물론 '별'을 그려 설명하는 것은 이광환의 아이디어였다.

1980년대까지 2이닝 마무리가 기본이었던 미국 프로야구에서 '1이닝 마무리'가 정착된 것은 1980년대 후반이라고 한다. 이를 포착한 이광환은 한국 프로야구에도 '1이닝 마무리'를 도입했다. 이유는 두 가지였다. 클로저의 부상을 방지하고 팀의 미래를 위해서였다. 이광환은 "투수의 어깨는 분필처럼 쓰면 닳는다. 연투를 감내해야 하는 클로저는 항상 부상 위험에 노출돼 있다. 클로저가 부상으로 다음 시즌에 출전하지 못한다면 팀은 물론 감독에게도 손해로 돌아온다"고 했다.

결국 스타시스템의 핵심은 '1이닝 마무리'라고 할 수 있다. 그리고 그 역할을 너무나도 잘 수행해 준 선수가 김용수였다. 그는 1980년대 중후반 클로저로 활약하면서 준수한 성적을 기록하기도 했지만 1990시즌부터 선발 투수로 전환해, 이 해부터 1992년까지 각각 12승 5패 5세이브, 12승 11패 10세이브, 5승 4패 0세이브를 거뒀다. 선발투수로서 페이스가 떨어지고 있는 것은 분명했다.

이광환은 김용수에게 클로저로 전환할 것을 권유했고 구체적으로는 '1이닝 마무리'를 제안했다. 김용수의 반응은 탐탁지 않았다. 하루 2, 3이닝을 던진 뒤 며칠 쉬는 게 낫지, 매일 1이닝을 위해 대기하게 되면 부상이 더욱 악화되지 않겠느냐는 의견이었다. 이광환의 생각은 달랐다. 소화 이닝과 허리 부담은 비례할 수밖에 없다는 것이었다.

이 무렵 김용수는 허리 부상을 당해 수술을 하느냐 마느냐 고민에 빠져 있었다. 이광환은 허리 부상에 관한 한 준(準) 의사 수준이라고 할 수 있는 OB 투수 박철순을 김용수와 만나게 주선했다. 잠실의 '뚜카' 카페에서 세 사람이 만났고 박철순은 김용수에게 수술보다는 재활치료를 권했다. 김용수는 그 조언을 받아들였고 이광환의 '1이닝 마무리' 제안도 수록했다. 이후 김용수는 펄펄 날았다. 1993시즌 75.2이닝을 던져 6승 2패 26세이브, 1994시즌 63.1이닝을 소화해 5승 5패 30세이브를 기록했다. 1993시즌 세이브 1위를 기록한 선동렬에 비교해 볼 때 김용수는 훨씬 적은 이닝을 소화했다. 1993년 선동렬은 126.1이닝을 던져 10승 3패 31세이브를 거뒀고 부상으로 다소 부진했던 1994년에도 102.1이닝을 던진 바 있다.

이광환은 물론 코치와 선수들까지 고글(보호안경)을 착용하는 것도 주목을 받았다. 'LG는 선글라스 군단'이라는 말도 있었다. 이광환이 고글을 착용한 것은 OB 감독 시절이었다. 그는 "햇빛 노출 때문에 난시가 생겨 순전히 눈을 보호하기 위한 차원이었다. 하지만 구단 최고위층 분들께는 좋지 않게 비춰졌던 것 같다"[16]고 한 적이 있다. 감독이 그런 눈치를 받았으니 코치나 선수는 더 말할 게 없다. 당시 선수들에게 고글 착용은 불경한 행위였다. 이광환이 직접적으로 고글 착용을 권유한 적은 없었지만 선수들도 고글의 효용성을 알게 됐다. 낮에는 맨눈으로 훈련을 하다가 막상 밤 경기에 나서면 시력이 흐려질 때가 있기 때문이다. 현재는 모든 구단 선수들의 고글 착용이 보편화된 상태다.

이광환이 경기 전부터 경기 내내 씹는 해바라기씨도 화제가 됐다. 그는 "방송 카메라가 나만 잡아서 그렇지 1994년 우승할 때도 선수들이 해바라기씨를 즐겨 먹었다"고 말한다. 염분과 칼로리가 높은 해바라기씨는 배가 부르지 않을 뿐만 아니라 긴장완화와 집중력 강화, 염분과 칼로리 보충, 두뇌 활동 강화 등에 도움이 된다는 것이 그의 지론이었다. 이광환은 해바라기씨가 서너 시간 동안 경기에 집중해야 하는 감독, 코치, 선수들이 당연히 먹어야 하는 '야구의 양식'이라고 생각하고 있다. 이런 기사도 보인다.

16　2011년 3월 4일자 〈스포츠동아〉 인터넷판.

LG 구단은 해바라기구단. LG 이광환 감독의 기호품으로 유명한 해바라기씨가 최근 심한 기근현상을 보이자 민경삼 매니저가 괌으로부터 긴급 공수작전에 나섰다. 그동안 이광환 감독이 씹는 해바라기씨는 LG팬들이 미군부대 상점에서 사다 공급해 왔는데, 최근에는 LG선수뿐 아니라 심판 등 애호가들이 늘어 부족하자 괌에 있는 LG 팬을 통해 공수.(1996년 6월 11일자 조선일보)

뭐니 뭐니 해도 이 시즌 LG의 히트상품은 '신바람 야구'였다. '신바람'은 야구기사에서 원래 이런 식으로 사용되던 단어였다. 특히 후자는 다른 단어로는 좀처럼 대체할 수 없는 매우 적확한 용어 선택이라고 느껴진다.

"LG연패에 OB신바람" "선동렬, 롯데만 만나면 신바람"

그러다가 1994시즌부터 '신바람 야구'는 LG가 잘나갈 때의 팀컬러를 상징하는 고유명사가 됐다. 성적이 안 좋을 때를 지칭하는 용어도 있었긴 한데 '모래알 구단'이다.

LG의 '신바람 야구'를 이끌었던 '무서운 아이들'이자 '새내기 삼총사'가 유지현(柳志炫), 서용빈(徐溶彬), 김재현(金宰炫)이다. 유지현은 이광환으로부터 "너는 안타를 못 쳐도 괜찮다. 투 스트라이크가 될 때까지 타석에 서 있기만 해도 상대 투수가 부담을 느껴우리 팀에 큰 도움이 될 것이다. 그 자체로도 엄청나게 팀에 공헌

하는 것"[17]이라는 말을 들었다. 유지현은 이 조언을 듣고 투수를 물고 늘어지는 '꾀돌이' 1번 타자로 성장했다.

서용빈은 무명에 가까운 신인이었다. 이광환은 "신인들의 기량은 오키나와 전지훈련장에서 직접 보고 판단할 테니 모두 데려가게 해달라"고 구단에 요청했고 서용빈은 그렇게 잡은 기회를 놓치지 않았다. 그는 오키나와에서 일본 프로야구의 전설 장훈(張勳)의 지도를 받았고 루키시즌에 사이클링히트를 친 '신데렐라 스토리'의 주인공이 됐다.

고졸신인 김재현은 극단적인 어퍼스윙을 갖고 있었다. 타격코치가 그의 타격폼을 바꿔보려고 했으나 김재현은 "(이광환) 감독님은 내 장점을 100퍼센트 발휘해 본 뒤 문제점이 있으면 그때 다시 생각해보자고 하셨다"며 자신의 타격폼을 고집했다. 그는 그 덕분에 '캐논히터'로 불리게 된다.

'새내기 삼총사'의 눈부신 활약, 에이스로 성장한 2년차 이상훈의 역투, 여기에 해결사 한대화(韓大化)와 검객 노찬엽(盧燦曄) 등 노장의 분전…, 1994시즌 LG는 '되는 집안'이었다. LG는 파죽지세로 9월 9일 일찌감치 정규 리그 우승을 확정지었다. 9월 16일 주장 노찬엽은 1위 확정 후 선수들의 정신력이 해이해졌고 단기전 승부는 강한 승부근성이 필요하다는 이유를 들어 이

---

17 2008년 1월 16일자 <스포츠경향> 인터넷판.

광환에게 합숙훈련을 건의했다. 선수들이 먼저 합숙훈련을 자청한 것은 한국 프로야구사상 이때가 처음이었다고 한다. 1994년 9월 18일자 〈일간스포츠〉는 "놀라움과 함께 흐뭇함을 감추지 않았다"는 이광환의 반응을 전하면서 '잘 되는 집안'이라는 표현을 썼다.

하지만 한국시리즈는 여간 긴박한 승부가 아니어서 순간의 실수나 방심, '미친 선수'의 등장, 또는 행운과 불운 등으로 전혀 다른 결과를 가져올 수도 있다. 만약 시리즈 1차전에서 패했다면 한국 프로야구 역사는 전혀 다른 방향으로 흘러갔을지도 모른다.

태평양과의 10월 18일 1차전은 당연히 에이스 간의 맞대결이었다. LG는 이 시즌 18승 8패, 방어율 2.47을 기록한 이상훈이, 태평양은 12승 3패, 방어율 3.20을 거둔 김홍집(金弘集)이 선발로 마운드에 올랐다. 두 투수가 타자들을 압도했다고 볼 수 있는 경기였지만 차이는 이상훈은 8회에 내려왔고 김홍집은 11회까지 던졌다는 점이었다.

LG는 3회말에 1점, 태평양은 7회초에 1점을 뽑았다. 이광환은 이상훈을 내린 8회초 차동철(車東哲), 김용수를 연이어 투입했다. 차동철을 원포인트릴리프로 활용하고 김용수를 올려 연장전에 대비한 포석이었다. 김용수가 11회까지 무실점으로 막고 LG는 11회말 공격을 맞이했다. 김홍집은 첫 타자를 잘 막았지만 두 번째

선수들로부터 우승 행가래를 받고 있는 이광환.

타자에게 끝내기 홈런을 맞고 고개를 숙여야 했다. 이 한 방으로 '잠실의 영웅'이 된 주인공은 6회 대주자로 그라운드에 나간 김선진이었다. 전년 삼성과의 플레이오프 5차전에서 이길 수도 있었던 경기를 자신의 주루플레이 미스로 '말아먹은' 그 선수였다.

이광환으로서는 영원히 잊을 수 없는 홈런이었다. 그는 이런 말을 했다.

> 1차전을 졌다면 태평양 기세도 워낙 좋아 결과는 어떻게 될지 몰랐어. 만약 1993년 플레이오프 실수 때문에 김선진을 잘랐다면 어쩔 뻔했어. 그래서 세상일은 모르는 거지. 플레이는 미울지 몰라도 사람을 미워해서는 안 된다는 얘기야. 그 두 게임에서 그 친구도 지옥과 천당을 오갔지만 나도 정말 지옥과 천당을 오갔어.(2009년 10월 1일자 스포츠동아 인터넷판)

LG는 10월 19일 잠실 2차전에서 7대 0으로 완승했다. 10월 22일 인천 3차전에서는 5회까지 태평양 정명원(鄭明源)에게 노히트노런으로 끌려갔으나 상대의 실책성 플레이와 악송구에 힘입어 5대 4로 승리했다. 10월 23일 인천 4차전은 1회초 2점, 3회초 1점을 내며 앞서갔고 3회말과 5회말 1점씩 내줘 3대 2로 쫓겼지만 끝내 역전은 허용하지 않았다. 한국시리즈 우승 순간에 대해서는 서문에 간략하게 쓴 바 있어 각설하고자 한다.

반게임차 통한의 2위

한 시즌을 지배한 팀이, 한국시리즈마저 지배하며 거둔 우승이었다. 이광환과 그의 '자율야구'에 대한 보도가 각종 언론매체를 장식했다. 우승 직후인 1994년 10월 29일에는 『LG, 이광환&자율야구』가 출간됐는데 11월 5일자 〈동아일보〉는 이 책에 대해 "돌풍을 일으킨 LG트윈스의 '야구민주주의'에 대한 다각적인 분석을 담았다"고 썼다. 11월 5일에는 LG 구단과 재개약했다. 계약금과 연봉은 각 8,000만 원이었고 계약기간은 3년이었다. 8개 구단 감독 가운데 최고액이었다.

1995년 1월 25일 이광환은 약간 어울리지 않는 장소에서 강연회를 가졌다. 경기도 용인 3군사령부 강당이었다. 그가 자문자답했다.

"적군이 친 공이 외야로 빠졌습니다. 2루수인 당신은 뭘 하시겠습니까. 당신이 감독이라면 유격수에게 그때 뭘 하라고 지시하겠습니까… 공이 빠졌다고 해서 외야수만 움직이면 안 됩니다. 적군의 주자가 홈에 들어오지 못하게 하기 위해서는 모든 팀 구성원이 신속하게 자기 할 일을 찾아서 움직여야 합니다."[18]

---

18   1995년 1월 25일자 〈국민일보〉.

그러자 한 장교는 "군대도 예전에는 소총수는 소총수대로, 포병은 포병대로 훈련했지만 이제는 실전처럼 훈련을 같이 한다"고 했다.

이광환은 이런 식으로 야구의 철학을 장교의 리더십에 적용해 강연했다. 그 요지는 병사의 역할과 능력에 맞게 적합한 대우를 해주고 병사들이 긍지를 느끼게 되면 결과는 좋을 수밖에 없다는 것, 이를 이끌어내는 것이 리더의 존재이유라는 것이었다. 이광환과 그의 '자율야구'는 그렇게 각광을 받았지만 안타까운 것은 이때가 그 절정이었고 이후 다시는 그와 같은 조명을 받지 못했다는 점이다.

한 가지 상징적인 일이 벌어졌다. 1995시즌 개막일을 사흘 앞둔 4월 12일 '야구의 집'이 개관했다. 북제주군 애월면 하귀리 가문동에 소재한 '야구의 집'은 이광환이 사재 3억 5,000여 만 원을 들여 만든 국내 최초의 야구박물관이었다. 그가 감독 재임 중에 '야구의 집' 개관을 서두른 것은 1994시즌 우승 이후 해이해질 수도 있는 선수들의 의식변화를 유도하고 싶었기 때문이다. 명예도 소중하다는 점, 야구에 대한 사랑과 열정이 더 중요할 수도 있다는 점을 깨우치게 하려는 의도였다.

자료 수집과 관련해서는 이렇게 말한다.

1987년 미국 카디널스 코치로 뛸 때 야구박물관을 구경했다. 300m² 남짓 작은 곳에 스타들의 배트. 글러브가 진열돼 있었다. 이후 미국

'야구의 집' 개관식(위)과 그 내부(아래). 1995년 4월 12일.

전역을 두 번 돌며 야구시설을 둘러봤다. 대학도서관에도 야구존이 있었다. 참, 야구 좋아하는 국민이구나, 했다. 문득 한국인도 야구 좋아하기로 둘째가라면 서러운데, 생각했고 한국에도 전문 박물관이 필요하다, 싶었다. 아시안게임. 올림픽을 치르는 나라로서 자존심 문제였다. 그때부터 주머니 털고 발품 팔아 박물관에서 한두 점씩 사고 컬렉터를 수소문해 자료를 구입했다. 선수 네임밸류, 소장가치, 기록성 등이 고려됐다. 야구해서 번 돈 다 쏟아 부었다. 10억은 족히 들었다. 가족들은 싫어했다(하하). (2009년 10월 20일자 제주신보 인터넷판)

1993년 10월 기공식을 가진 이후 1년 6개월 만에 완공된 '야구의 집'은 대지 380평에 지하 1층, 지상 1층, 연면적 64평 규모였다. 개관 당시에는 야구 유니폼, 장비, 사진, 신문기사 등 1,000여 점의 자료가 전시됐다고 한다. 그런데 이 개관식이 구단 관계자는 단 한 명도 참석하지 않았다. 이광환의 야구철학에 대해 누구나 환호하는 것은 아니라는 매우 상징적인 일화라고 나는 생각한다.

1995시즌 LG는 74승 4무 48패로 리그 2위를 차지했다. 유지현 서용빈 송구홍 등이 방위병 복무로 홈경기에서만 출전할 수 있던 상황에서, 그리고 타구단의 집중 견제와 고춧가루 뿌리기가 극심한 상황에서 이뤄낸 성적이었다. 나쁘지 않은 성적이라고 할 수 있었으나 팀 분위기는 몹시 좋지 않았다. LG는 1위 OB(74승 5무 47패)에 반 경기차로 뒤져 2년 연속 리그 우승에 실패했다.

시즌 종반까지 선두였던 LG는 8월 29일부터 31일까지 롯데에 3연패를 당하면서 심상찮은 분위기에 휩싸인다. 29일에는 12회 연장전 끝에 2대 3으로 역전패했다. 이때까지 LG는 홈경기 12연승을 구가하던 중이었다. 31일에는 이상훈을 등판시키고도 패배한 것이 뼈아팠다. 이상훈은 6연승을 달리며 시즌 18승을 거두고 있었다. 이날 패배로 LG는 2위 OB에 4경기차로 쫓기게 됐다. 그렇다 해도 꽤 여유 있는 승차였다.

하지만 LG는 9월 10일 태평양과의 경기가 무승부로 끝나면서, 해태를 이긴 OB에 1위 자리를 내주고 만다. 이날 경기 직후 선발의 한 축이었던 김태원(金兌源)이 부상으로 시즌을 접게 돼 내상은 더 컸다. 결국 LG는 플레이오프전에서 리그 3위 롯데(68승 5무 53패)에 2승 4패로 지면서 한국시리즈 진출에 실패했다. 상처와 상실감이 남긴 실패였다.

만약 LG가 0.5경기차로 리그 1위가 됐다면 2년 연속 한국시리즈를 재패할 가능성이 매우 컸을 것이다. OB가 리그 2위였다고 가정한다면 OB는 3위 롯데와 5전 3선승제가 아닌 7전 4선승제로 플레이오프를 치러야 했다. 3위 롯데와 4위 해태(64승 4무 58패)의 승차가 3경기차 이상이 나 준플레이오프전을 생략할 수 있었기 때문이다. 이것이 이 시즌의 규정이었다.

이렇게 전개됐다면 LG는 한국시리즈에서 2년 연속 승자가 될 수도 있었을 테고, 그러면 그것은 해태 말고는 어느 팀도 달성하지 못한 기록이 된다. 비록 한국시리즈에서 OB 혹은 롯데에게 무릎을 꿇는다 해도 아쉬움이나 슬픔, 그 이상은 아니었을 것이다. 상처나 상실감과는 비교할 수 없는 이야기다.

그러나 현실은 1위 OB에 반경기차로 뒤진 2위였다. LG는 롯데와 7전 4선승제로 플레이오프를 치러야 했다. LG와 롯데, 두 팀의 분위기는 정반대일 수밖에 없었다. 『한국야구사』는 이렇게 쓰고 있다.

> 반게임차로 한국시리즈 직행권을 놓친 LG. 해태와의 준플레이오프를 생략하고 플레이오프에 '직행'한 롯데. 양 팀은 사기 면에서 큰 차이가 있었다. 한쪽이 투우장으로 끌려가는 소라면 다른 쪽은 용궁에서 탈출한 토끼 같은 심정.

10월 3일 잠실구장에서 열린 플레이오프 1차전에서 롯데 포수 강성우(姜盛友)는 이상훈을 상대로 3점 홈런을 날렸다. 강성우는 이 해 정규 리그에서 단 한 개의 홈런도 기록하지 못했다. 타율은 0.222, 타점은 12개에 불과했다. '미치는 선수'가 나오는 날이었다. 강성우는 4·8·9회 홈블로킹으로 LG 주자들의 득점을 저지했고 6대 6 동점이던 연장 10회초 1사 2·3루 상황에서 김용수의 공을 받아쳐 2타점을 올렸다. 결승타였다. LG는 7대 8로 패배했다.

10월 4일 잠실 2차전은 정삼흠이 롯데 에이스 주형광(朱炯光)

과 맞붙었다. LG는 4회말 한대화가 투런 홈런을 때려 기선을 잡았고 롯데는 5회초 동점을 만들었다. LG는 7회말 1점, 8회말 2점을 냈고 김용수가 뒷문을 막아 5대 2로 승리했다.

10월 6일 부산 사직 3차전은 LG로서는 통한의 패배였다. LG는 9회초 6대 6 동점인 상황에서 2사 만루의 기회를 살리지 못했다. 9회말 흐름은 롯데에게 넘어갔다. 9회말 김용수는 끝내기 안타를 맞고 마운드에서 내려왔다. LG는 6대 7로 패배했다.

10월 7일 사직 4차전은 이상훈과 가득염(賈得焰)이 맞붙었다. 이름값으로는 비교가 안 되는 '매치'였다. 그럼에도 LG는 3대 8로 완패했다. LG는 시리즈 스코어 1승 3패로 벼랑 끝에 섰다. 10월 9일 잠실 5차전은 LG가 정삼흠, 김용수, 이상훈을 총 동원하며 4대 3, 신승을 거뒀다. 10월 10일 잠실 6차전도 LG는 결사항전을 벌일 수밖에 없었다. LG는 김기범과 김용수가 이어 던지며 8회까지 단 1실점으로 막았지만 롯데 선발 주형광은 9회까지 역시 단 1안타로 막으며 1대 0 완봉승을 거뒀다. LG의 이 해 가을야구는 이것으로 막을 내렸다.

'야구의 집' 과 '한국야구 명예전당'

당시 나는 롯데의 한국시리즈 우승을 믿어 의심치 않았다. 롯데는 포스트시즌에 진출하기만 하면 무조건 우승한다는 신화 아닌 신화, 공식 아닌 공식에 사로잡혀 있었기 때문이다. 그때는 롯데가 정규시즌 4위나 3위만 하고 가을야구에 진출해 한국시리즈 우승을 해도 좋다는 생각이었다. 롯데가 LG를 누르고 한국시리즈에 올라가 OB에 3승 4패로 졌을 때 너무나 쓸쓸했다.

그러나 지금은 진정한 우승은 정규시즌 우승이고 정규시즌 우승자가 한국시리즈를 재패해야 한다는 생각으로 바뀌었다. 리그 우승팀이 한국시리즈에서 눈물을 삼키게 된다면 팬들은, 선수는, 코치는, 구단관계자는, 무엇보다 감독은 어떤 심정일까. 물론 LG가 1995시즌 리그 우승을 한 것은 아니다. 하지만 우승을

LG 트윈스 감독 시절 에이스 이상훈을 격려하고 있다.

눈앞에서 놓쳐버린 그 아픔은 뼛속까지 새겨졌을 듯하다. 이광환은 어떤 마음이었을까, 감히 짐작하기도 어렵다.

1996시즌 LG는 출발부터 부진했다. 이상훈은 갑작스럽게 허리 부상을 당했고 김용수의 구위는 예전 같지 않았다. 상대 투수를 뒤흔들어 놓고 내야를 탄탄히 지켰던 유지현도 부상으로 1군을 오르내렸다. 이광환은 한시적으로 이상훈을 클로저로, 김용수를 중간계투로 바꾸는 모험을 감행했지만 별다른 효과를 거두지 못했다. 이제 LG는 '안 되는 집안'이었다.

이 해도 팀당 경기 수는 126게임이었다. 이광환은 이 가운데 82경기만을 감독으로서 지휘했다. 7월 24일 LG구단은 성적 부진과 기강해이라는 이유를 들어 그를 해임했다. 전반기(올스타전 브레이크)를 마친 직후였다. 이때까지 LG의 성적은 35승 5무 42패, 6위였다.

이광환은 또 다시 제주로 내려갔다. 그는 무엇을 하면서 마음을 달랬을까. 언론 기사를 중심으로 다시 야인이 된 그의 생활을 짚어보기로 한다.

1996년 11월 4일자 한겨레에 그의 근황이 실려 있다. 이 기사에 따르면 그는 야구박물관 개보수와 한·미·일 공동전시회 준비로 눈코 뜰 새 없이 지내고 있고 그토록 좋아하는 낚시 한 번을 못 갔다고 한다. '한·미·일 공동전시회'는 야구 관련 전시회로 추측된다. 다소 외진 곳에 있는 야구박물관을 제주도 중산간 지역으로 확장하고 뜻이 맞는 인사들과 사단법인화할 계획을 갖고 있다고 했다. 생애 처음으로 주례를 부탁받아 제주도와 서울에서 한 차례씩 주례를 본 듯하다.

이광환은 '야구 해설위원 등을 할 생각은 없나'라는 질문에는 "해설위원을 하다보면 다른 팀들의 잘못을 자꾸 꼬집게 된다"며 "할 생각이 전혀 없다"고 했다. 또한 "우리에게는 너무 스포츠 문화가 없다", "전국 곳곳에 야구박물관이 늘어나길 기대한다"고 했다.

이광환은 11월 17일 방영된 EBS 학교 탐방 프로그램 「아름다운 세상 커다란 꿈」에도 출연했다. 중앙고 편이어서 동문 후배인 대한축구협회장 정몽준(鄭夢準)과 함께 학창 시절의 이야기를 모교 학생들에게 들려주었다고 한다.

1997년 2월 15일에는 KBO 규칙위원회 위원으로 위촉됐다. 박현식, 우용득, 정동진(鄭東鎭) 등 10명과 함께였다. 이 해 9월 2일 자 〈경향신문〉에는 흐뭇한 기사가 실려 있다. 이 기사는 "'야구의 집'에는 지난 봄에만 해도 하루 고작 30여 명이 찾았으나 최근 들어 100여 명을 웃도는 관람객이 방문하고 있다"며 "특히 박찬호 선수의 LA 다저스 유니폼과 스파이크 등이 전시돼 있는 이곳 지하전시장은 제주의 새로운 관광명소로 꼽힐 정도로 인기가 높다"고 전하고 있다. 이런 기사도 있다.

문을 열었을 때만 해도 바닷가 외로운 야구전당이었지만, 이제 이 곳을 찾은 손님들이 심심치 않을 정도로 관객들이 꼬리를 물고 찾아오고 있다. 야구를 좋아하는 신랑의 손을 잡은 신부의 모습도 자주 보이고, 야구광 꼬마의 손에 이끌려온 아버지가 야구역사를 설명하느라 진땀을 흘리기도 한다. 문을 나서면 탁 트인 남해가 눈앞에 펼쳐져 가슴이 터지는 듯하다. 마치 파도가 넘쳐올 듯 바닷가에 바로 붙은 이곳의 이름은 「야구와 바다의 집」이라해야 마땅할 듯하다. 야구의 집에서 수십 걸음만 옮기면 검은 제주 현무암위로 덮쳐오는 파도와 그 파도와 맞싸우는 낚시꾼들의 모습이 보인다. 햇살이라도 따사로우면 모처럼 쉬는 시간을 가진 스포츠맨이 된 듯한 기분이다. (1997년 10월 17일자 조선일보)

이 기사는 '야구의 집' 전경 사진과 이광환의 명함판 사진, 야구 이미지 일러스트레이션과 함께 여행면의 거의 절반을 차지하고 있다. 전경 사진에는 야자수와 야구공을 쥔 팔 조각이 보이고 사진 설명에는 "제주 야구의 집은 마치 파도에 휩쓸릴 듯 바다에 붙어있다"고 나와 있다. 보통 사람 같으면 부근에 카페 하나만 지으면 노후 준비는 걱정 없겠다는 생각을 했을 듯하다. 그런데 이광환은 '야구의 집' 공간이 부족한 것이 걱정이었다. 폐교된 초등학교에 더 넓은 야구전시실을 꾸며볼까 하는 생각도 있었지만 사정이 여의치 않아 실패했다.

이광환은 자신이 모은 거의 모든 야구 자료와 물품을 제주 서귀포시에 기증했다.

1998년 1월 15일 이광환은 '야구의 집'에 소장된 거의 모든 자료를 제주 서귀포시에 기증했다. 그는 "서귀포시 기증은 오광협 당시 시장이 야구에 관한 비전을 갖고 제의해와 흔쾌히 응했다. 사회 환원이다. 여러 사설박물관도 자료 매매를 물어왔는데 허락할 수 없었다. 자료들은 내 것이 아닌 한국 야구계의 것이었기 때문이다. LG구단, 한국야구위원회 등에서도 달라고 하기 직전이었는데, 절묘한 타이밍이었다"[19]고 한 바 있다.

19   2009년 10월 20일자 제주신보 인터넷판.

그렇다고 해도 자신이 시간과 비용을 들여 모은 수집품을 통째로 넘기는 것에 대해 아깝고 아쉬운 마음이 있지 않았을까. 궁금한 마음도 있었으나 나는 그에게 직접 물어보지 않고 언론 인터뷰에서 그가 한 말을 통해 힌트를 찾기로 했다.

> 야구를 했으니 이만큼 인간이 됐지요. 어릴 적 대구의 가장 험한 동네에 골목대장 노릇을 했지요. 그러나 야구를 하게 돼 늦게까지 운동하고, 방학이면 합숙훈련을 하니 그 세계와 자연히 멀어졌어요. 저는 야구에서 번 돈 다 돌려주려고 합니다.(2010년 6월 14일자 주간동아 인터넷판)

3,000여 점에 달하는 자료 중에는 우리나라 최초의 야구시합 장면, 대통령 이승만의 시구 사진, 월드시리즈 출전 선수 사인볼, 일본 프로야구 가네다 마사이치 400승 기념볼, 국내 프로야구 선수들의 유니폼과 장비, 박찬호 유니폼 등이 포함돼 있었다. 여기서 가네다 마사이치는 일본에 귀화한 재일 한국인이며 한국명은 김경홍(金慶弘)이다. 여러 신문에 실린 이광환의 말을 종합하면 다음과 같다.

> '야구의 집' 전시장이 좁아 고민해 왔다. 서귀포시가 프로야구 전지훈련장을 유치하기로 했고, 개인보다는 자치단체가 야구박물관

을 운영하는 것이 바람직하다고 생각해 모든 자료를 서귀포시에 기증하기로 했다. 서귀포시에 새로운 야구박물관의 개관돼 국내 야구의 모든 것을 보여줄 수 있는 야구관광지로 발돋움하기를 기대한다. 이곳에서 나오는 수익금 가운데 30퍼센트를 야구발전기금으로 활용하기로 서귀포시와 합의했다.

1998년 4월 27일 제주 서귀포시 강정동 청소년수련관 1층에 조성된 '한국야구 명예전당'이 개관됐다. 영문으로는 'KOREA BASE-BALL HALL OF FAME'이다. 개관 당시 전시실 87평, 야구도서실 44평, 기념품판매소 34평 등 165평 규모였다. 국내 최초의 스포츠 박물관인 '한국야구 명예전당'에서는 스포츠를 통한 체험 관광도 할 수 있었다.

1999년 3월 이광환은 인천방송(iTV) 메이저리그 경기 해설위원으로 위촉됐다. 해설위원을 할 생각은 '전혀 없다'고 했지만 메이저리그 해설이라 국내 구단의 '잘못'을 꼬집지 않아도 돼서 제의를 받아들인 듯하다.

한국야구가 '명예전당'을 갖게 된 것도 이광환의 공이 컸다.

이 해 7월 7일 KBO는 9월 서울에서 열리는 아시아야구선수
권대회와, 2000년 시드니올림픽에 출전할 국가대표 선발위원으
로 이광환, 강병철, 정동진을 위촉했다. 8월 21일 이광환은 두산
이 삼성전에 앞서 가진 '추억의 그라운드 행사'에 참석했다. OB
원년 멤버들이 두산 2군 선수들과 3이닝 친선경기를 가지는 행
사였는데 김영덕, 김성근, 윤동균, 박철순 등 십여 명이 동참했다.
　이상은 이광환이 LG 감독에서 물러나 한화 감독이 될 때까지
주요 행적을 정리해 본 것인데 사실 이 기간 동안 그에게는 '직업'
이 있었다. 〈스포츠서울〉 객원기자와 야구칼럼리스트가 그것이다.

야구칼럼리스트

프로야구 감독을 지낸 야구인이 스포츠신문에 경기 관전평을 쓰
는 것은 흔히 볼 수 있었던 풍경이다. 김성근과 김인식이 짝을 이
뤄 〈스포츠서울〉에 「관전평」(꼭지명)을 썼고 이광환도 윤동균과 함
께 이 신문에 '관전평'을 썼다. 때로는 〈스포츠서울〉에 「이광환의
눈」이라는 코너명으로 단독 관전평을 쓰기도 했다.
　야구칼럼 또한 이광환의 전유물은 아니었다. 김인식도 〈스포
츠서울〉에 야구칼럼을 썼다. 그런데 이광환이 〈스포츠서울〉에
매주 수요일에 연재한 기명칼럼 「오늘과 내일」은 매우 돋보이는

대목이 많다. 하나는 1997시즌부터 1999시즌까지 3년 동안 장기 연재된 칼럼이라는 점, 둘째는 그 시각이나 필력이 예사롭지 않았다는 점이다. 설마 그걸 직접 썼겠어?, 구술한 것을 기자가 대신 써줬겠지, 라고 생각하는 사람도 없지 않겠지만 그의 고집은 기자의 대필을 허락할 수 없었다. 이 역시 '오늘과 내일'이 돋보이는 점 가운데 하나다.

「오늘과 내일」 가운데 집필 초반과 종반에 쓴 것 한 편씩을 골라 일부를 옮겨본다. 먼저 그의 선구적인 야구철학과 관련 일화가 담겨있는 1997년 6월 3일자 「'선수보호총책' 트레이너 중요성 재인식 해야」라는 칼럼이다. 발췌·인용했다.

> 1982년 여름 OB 베어스가 국내 처음으로 스트레칭 체조를 도입했을 때다. 종래는 팔 다리를 흔들거나 몸통 돌리기 등의 보건체조로 선수들을 워밍업 시키던 것과 달리 잔디에 누워 몸을 비틀거나 각 부위를 늘려주는 스트레칭 체조를 시키자 다른 팀들은 "야구장에 놀러왔나"하고 놀려댈 때 트레이너조차도 그런 스트레칭이 무엇 때문에 필요한지 몰랐던 것이다.
> 한때 성적이 나쁜 팀의 관계자가 어떻게 해야 강팀이 될 수 있는가 하고 필자에게 자문을 구하러 온 적이 있다. 나는 그때 '좋은 선수도 필요하고 좋은 지도자도 필요하겠지만 가장 중요한 것은 훌륭한 트레이너를 만들라'고 조언해주었다.

트레이너는 구단의 재산(선수)를 보호하는 중요한 일을 하고 있다. 건물이고 다리고 만들어 놓고 나면 곧 잊어버리는 우리 사회의 건망증처럼 수억씩 안기고 스카우트해 온 선수를 일단 유니폼을 입히고 나면 모든 게 끝나는 것은 아니다. 좋은 연장도 오래 쓰려면 손질을 잘해야 하는 법. 선수들의 정신적 파트너로 일해 온 트레이너를 새로운 각도로 그 존재의 중요성과 위치를 조명해볼 때가 아닌가 싶다.

다음은 그의 반골기질을 보여주는 1999년 10월 6일자 「KBO 공신력 문제 많다」이다. 역시 발췌해 인용해 본다.

프로야구의 발전과 명예를 중히 여겨야 할 한국야구위원회(KBO)가 대외공신력에 큰 흠집을 남겼다. 해마다 해외로 나가던 각 구단 2군 선수들의 가을훈련(교육리그)을 올해 처음으로 마산과 제주도에서 실시하기로 결정한 계획을 돌연 이사회(사장단 회의)에서 제주 훈련을 취소함으로써 파문을 일으키고 있다.

제주도는 비록 지금은 야구 불모지라 하더라도 미래가 있는 보물섬이다. 전 LA 다저스 구단주였던 피터 오말리 씨가 방문해 야구학교를 설립하려 할 만큼 지정학적이나 기후 면에서 세계적으로 조금도 손색이 없는 곳이다. 아무튼 KBO 내부의 문제로 야구계 전체가 두고두고 욕먹을 일이 생긴 것이다. 야구를 보급하기 위해 북해도

까지 찾아다니며 경기를 벌이는 일본프로야구만큼은 못하더라도 최소한 약속한 것만은 지킬 줄 아는 프로야구판이 되었으면 한다.

약간 다른 이야기가 되겠지만 이광환은 2006년 서울시장 열린우리당 후보로 나선 강금실(康錦實)의 선거운동을 위해 '강금실을 지지하는 체육인 모임'을 결성한 적이 있다. 이때 윤동균, 이상훈도이 모임에 이름을 올렸다. 흔히 말하는 'TK' 출신인 그가 열린우리당 후보를 지지한 것은 그의 반골기질과도 관련이 있을지 모른다. 전 대통령 노무현(盧武鉉)이 서거했을 때는 이런 칼럼을 썼다.

> '노무현 전 대통령의 서거에 깊은 애도를 보냅니다.'
> 정치야 잘 모르지만 불가(佛家)에서 말하듯 옷깃만 스쳐도 전생에 3,000번 이상 만났다고 한다. 그 분과 짧으나마 옷깃을 스치는 인연이 있었다. 10여 년 전 필자가 팀을 떠나 야인으로 있을 때 당시 국회의원 신분으로 제주도에 오셔서 애월읍 해안도로를 지나는 길에 갑자기 집을 방문했다. 아마 수행하던 안내원들이 필자가 기거하고 있는 집이라고 얘기했던 모양이다.
> 고교야구의 명문 부산상고(현 개성고) 출신이라 평소 야구에 많은 관심을 가진 분이었던 것 같다. 나이가 두 살차(필자가 후배)여서인지 격의 없이 대해 주셨고 간소히 녹차를 마시며 이런저런 야구얘기로 1시간 가까이 머물다 가신 추억이 있다.

당시 국회 문광위원회 소속이어서 야구계의 여러 숙제 중에 국내의 따뜻한 남쪽지역에 야구장 시설이 절대 부족해 초등학교 야구팀부터 성인 야구팀까지 모두 동계전지훈련을 해외로 나가 매년 외화낭비도 클 뿐만 아니라 학원스포츠로서 바람직하지 못하다고 말씀드렸다. 가만히 경청하시더니 손에 명함을 쥐어주며 자기의 도움이 필요하면 언제든지 연락하라고 했다.

그리고 세월이 흘러 대통령이 돼 대전야구장에서 두 번째 만남이 있었다. 2003년 7월 프로야구 올스타전에 시구하러 오셨고 그때 동군감독이었던 필자가 "각하 저를 기억하십니까" 하자 "암, 하고 말고요" 하던 기억이 생생하다.

최근 검찰 소환장면을 보면서 매우 안타깝게 생각하고 있었는데 돌연 서거하셨다는 충격적인 소식을 접하고 한동안 정신이 멍한 게 어찌 필자만이었으랴. 많은 고뇌와 절망 속에 스스로 생을 마감한 전직 대통령의 심정을 소시민이 어떻게 헤아릴 수가 있겠는 가만은 국민의 한 사람으로서 그리고 야구로 스친 인연이기에 더욱 슬픔을 지울 수가 없다.

"삶과 죽음이 모두 자연의 한 조각이 아닌가"라고 남기신 유언은 삶을 지속하는 남은 이들에게 큰 교훈으로 길이 기억되길 기원하며 먼 길 가시는 고인을 위해 두 손 모아 고개 숙여 명복을 빈다.(2009년 5월 28일자 스포츠동아, 「이광환의 춘하추동」)

6

이글스.
다시 트윈스,
그리고 히어로즈

한화와 2년

2000년 11월 7일 한화 이글스 구단은 "계약이 만료된 이희수 감독의 후임으로 이광환 씨를 제5대 감독으로 영입했다"고 발표했다. 계약 조건은 2년, 계약금과 연봉은 각 1억 1,000만 원씩, 총액은 3억 3,000만 원이었다. 4년 4개월의 두 번째 야인(野人) 생활이 끝나는 순간이었다. 이광환의 첫 번째 야인 생활은 1990년 6월 OB 감독에서 해임되고 1991년 10월 LG 감독으로 선임되기까지 1년 4개월 정도였다.

한화 이글스 감독 시절(2000년).

11월 9일 한화 감독으로 취임한 이광환은 이날 윤동균, 최동원, 배대웅, 박노준에게 코치직을 제의했고 이들은 흔쾌히 수락했다고 밝혔다. 이광환은 "철새처럼 이곳저곳을 전전한 야구인보다는 실력 있고 지조 있는 사람들과 일하고 싶었다"면서 "쓰고 단 인생경험을 가진 사람이야말로 코치로서 적격"이라는 이유를 들었다. 이후 최동원은 이광환에 버금갈 만큼 인터뷰 요청을 받았다. 최동원은 1990시즌을 마지막으로 야구 유니폼을 벗은 이후 10년 동안 야인 생활을 했다. 그의 이 한마디를 특히 옮겨보고 싶다.

> 한화 구단과 이(광환) 감독님께 인간적으로 고맙다는 말씀을 드리고 싶습니다. 그 고마움을, 인간적 의리를 평생 마음속에 간직할 작정입니다. 그리고 저의 이번 한화행은 결코 롯데팬을 배신한 것이 아닙니다. 저는 10년을 기다려 온 사람입니다.(2000년 12월호 여성조선)

한화에서도 이광환은 "야구는 감독이 하는 것이 아니라 결국은 선수들이 하는 것이고, 선수들이 자율에 대한 책임을 느끼지 못하는 순간 자율야구의 의미는 없어진다"[20]는 철학을 재천명했다. 하지만 이제 그가 보여줘야 할 것은 새로운 야구 철학이나 선

20　2000년 12월호 월간조선.

진야구 시스템이 아니었다. 그런 것은 그가 야인으로 있는 사이 어느 정도 뿌리를 내려가고 있었기 때문이다.

이광환이 새롭게 보여줘야 할 것은 성적 또는 선수 발굴이었다. 선수 발굴을 먼저 얘기하면 1999년 입단한 이범호(李杋浩)와 2000년 입단한 김태균(金泰均)과 이광환이 전략적으로 경기에 많이 출장시킨 선수들이었다.

이범호는 야구에 조금만 더 눈을 뜨면 크게 성장할 선수라고 판단했다. 루키시즌인 2000년 86타석에 그쳤던 이범호는 이광환의 감독 취임 첫 해인 2001년 159타석에 나가 타율 0.196, 홈런 3개를 기록했다. 가능성을 엿본 이광환은 2002시즌 이범호를 풀타임 출장에 가까운 111경기에 나가게 했다. 이범호는 타율 0.260, 홈런 11개를 쳐내며 뚜렷한 성장세를 보였다. 이광환은 이범호에게 더 많은 경험을 쌓아주기 위해 2002년 11월 쿠바에서 열린 제15회 대륙간컵 국제야구대회에 출전시키기로 하고 선수 선발 관계자에게 청탁성 술을 사기도 했다. 이범호는 2004시즌 타율 0.308, 홈런 23개를 기록하며 선수로서 만개하기 시작했다.

김태균은 이광환에 대해 다소 원망스러운 기억을 갖고 있다. 그는 "이광환 당시 한화 감독님은 야구 선수도 아니라면서 고졸 신인들을 단 한 명도 (애리조나 전지훈련) 캠프에 데려가지 않으셨거

든"[21]이라고 한 적이 있다. 하지만 이광환은 김태균이 2군에서 좋은 활약을 펼치자 바로 1군에 불러올렸다. 2001시즌 1군 리그 개막일은 4월 5일, 2군 리그 개막일은 4월 10일, 김태균의 1군 데뷔일은 4월 17일이다. 이광환이 기회를 빨리 준 것은 분명해 보인다. 김태균은 이 시즌 총 133경기 중 88경기에 출전해 타율 0.335, 홈런 20개를 기록하면 신인왕을 차지했다.

이광환은 이범호와 김태균에게 '모질게 다그쳤다'며 이런 말을 한다.

> 키워야 할 선수니까 혼을 냈지. 안 될 선수라면 그렇지도 않아. 내가 야단을 치지 않는 선수는 두 부류야. 하나는 내버려둬도 잘 할 선수. (LG) 이상훈이 그랬어. 다른 하나는 아직 시간이 많이 필요한 선수.
>
> 야구에 눈을 뜰까 말까 하는 선수라면 야단도 치고 기회도 주지. 이런 선수에게 기회를 주는 건 감독 입장에서도 모험이야. 신인급을 썼다 팀 성적이 안 나오면 목이 달아나는 게 감독 자리니까.(2009년 6월 9일자 일간스포츠 인터넷판)

---

21   2012년 8월 17일자 한겨레.

이광환이 감독을 맡고 난 뒤, 달라진 팀 분위기를 짐작케 하는 기사가 있다.

> 한화 쪽에서는 콧노래가 절로 흘러나온다. 선수들은 코치의 강압이 아닌 자율로 훈련을 한다. 이광환 감독의 소위 '자율야구'다. 내야수 임주택은 "프로 선수는 누가 시키지 않아도 자기가 알아서 운동량을 조절할 줄 알아야 한다"며 "선수들이 너무 열심히 달려들고 있어 오히려 코치들이 운동을 말리는 형편"이라고 말했다. 그러나 이 감독의 '자율 야구'는 다분히 계산적이다. 현재 한화의 전력이 다른 구단에 비해 크게 뒤떨어져 있어 선수들의 사기를 올려주는 게 절실히 필요하다는 판단이다. 이 감독이 94년 LG를 우승으로 이끌 때도 소위 '신바람 야구'를 퍼뜨리며 선수들에게 생기를 불어넣었다.(2001년 2월 21일자 조선일보)

2001시즌은 전년 12월 불거진 제2차 선수협 파동으로 '시즌 중단'의 위기까지 몰렸지만 2001년 1월 20일 선수협 측과 구단 측이 극적인 합의에 이르러 파국으로 치닫지는 않았다. 이 시즌은 또한 1999년부터 2년 동안 운영되던 드림·매직 양대 리그제가 폐지되고 단일리그로 환원된 해였다. 팀당 경기 수는 133경기였다.

2001시즌은 시즌 전체가 '막장 드라마'였다고 말하고 싶다.

우선 4위 한화부터 8위 롯데까지의 승차는 2경기에 불과하다.

5개 팀이 탈꼴찌 경쟁을 벌이다가 어쩌다보니 이 순위로 결정됐다고 볼 수도 있다. 리그 1위부터 3위까지의 성적은 삼성 81승 52패, 현대 72승 4부 57패, 두산 65승 6무 63패 순인데 1위 삼성과 무려 13.5게임 차가 나는 3위 두산이 한화와 현대를 차례로 제압하고 한국시리즈에 진출해 삼성을 꺾고 우승을 차지했다. 미국이나 일본 프로야구였다면 결코 받아들일 수 없는 운영 방식이라고 생각한다. 지금도 그 생각엔 변함이 없다.

이 시즌에 한화는 리그 4위로 가을야구를 했다. 1999년 한국시리즈 우승을 하긴 했지만 2000년 50승 5무 78패로 포스트시즌에 탈락했던 한화로서는 나쁘지 않은 성적이라고 할 수 있었다. 이광환으로서는 체면은 세운 셈이었다. 2001년 10월 7일과 8일 한화는 두산과 준플레이오프전을 치러 각각 4대6, 5대14로 패해 이 해 야구를 마무리했다. 2차전은 힘 한 번 써보지 못하고 패배해 특기할 것이 없지만 1차전은 4대1로 앞서가다가 두산 타이론 우즈에 동점 쓰리런홈런을 맞은 뒤 뒤집혀 아쉬움이 컸다. 이광환과 두산 감독 김인식은 승패의 결정적인 원인해 대해 '외국인 타자의 힘의 차이'라고 입을 모아 말했다.

이듬해(2002시즌) 한화의 성적은 59승 5무 69패였다 전년보다 그렇게 못한 것도 아니었지만 순위는 7위였다. 8위는 35승 1무 97패로 시즌 100패를 달성할 뻔한 롯데였다. 이 해 한국시리즈는 3

위 현대와 2위 KIA를 연이어 누른 4위 LG와 1위 삼성이 맞붙었다. 이상훈의 투혼, 이승엽의 동점 3점 홈런과 마해영의 끝내기 홈런, 그러니까 백투백홈런, 삼성의 한국시리즈 첫 제패 등으로 특징지어진 유례없는 명승부였다. 삼성 감독 김응룡이 LG 감독 김성근을 가리켜 '야구의 신을 상대하는 것 같았다'고 해 김성근에게 '야신(野神)'이라는 별명이 생긴 것이 이때였다.

하지만 LG 구단은 계약기간이 아직 1년이 남은 '야신'을 11월 23일 전격 해임한다. 한국시리즈 준우승팀 감독이 해임된 것은 1986년 삼성 김영덕, 1990년 삼성 정동진에 이어 세 번째였다. LG팬들의 강력 반발했다. 이런 상황에서 이광환이 LG의 신임 감독으로 취임하게 된다.

LG의 '대타 감독(?)'

2002년 11월 29일 이광환은 LG 구단과 2년간 계약금과 연봉 1억 5,000만 원이라는 조건으로 감독 계약을 맺었다. 전날 자정 무렵에 LG 단장 유성민으로부터 감독을 맡아달라는 전화가 왔고 밤새워 고심하다가 이날 오후 1시경 전화를 걸어 수락 의사를 밝혔다고 한다. 취임 소감을 묻는 기자에게 이광환은 "기쁘다기보다는 부담스럽다"는 말을 되풀이하며 이렇게 말했다.

"아직 별로 할 말이 없다. 상황이 상황인지라 마음이 편치 않은 것이 사실이다. 나도 해임당한 경험이 있기 때문에 전임 감독의 마음을 누구보다 훤히 알고 있다. 속이 많이 상하셨을 것이다."

한화 감독을 그만둔 직후 바로 LG 감독을 맡게 돼 사전에 내정된 것은 아니냐는 질문에는 다음과 같이 대답했다.

"사전 내정은 절대 있을 수 없다. 한화 감독을 그만둔 것은 내가 있을 자리가 아니라고 느꼈기 때문이었다. 사실 한 몇 년간 미국야구를 더 배우려고 제주도에 있는 집까지 내놓은 상태였다. 계약이 거의 마무리단계였는데 갑자기 감독을 맡게 돼 지금은 좀 혼란스럽다."

김성근 해임에 반발하는 팬들과 관련해서는 말을 아꼈다.

"구단이 알아서 처리할 문제 아닌가. 내가 얘기할 성질이 아니다. 어쨌든 선수나 구단이나 흔들리고 있는데 빨리 바로잡아야 할 것이다. 감독은 일시적이지만 팀은 영원한 것이다."[22]

---

22   이상 기자와의 문답은 2002년 12월 2일자 <조선일보> 기사에 근거했음.

구단과 팬, 선수와 코치, 그리고 감독 이광환에 이르기까지 뭔가 찜찜한 출발이라는 생각을 하고 있었을 듯하다. 하지만 어떤 상황에서도 최선의 노력을 기울이고 최선의 결과를 도출하는 것이 프로의 책무, 야구의 책임이었다.

2003시즌 LG는 60승 2무 71패로 6위에 머물렀다. 물론 가을야구는 없었다. LG는 시즌 중반까지 기아, 한화와 함께 치열한 4위 다툼을 하고 있었고 7월 3일 SK를 5대3으로 승리하면서 4위에 복귀했다. 그런데 이 무렵 구단 관계자가 이광환에게 몇몇 선수들을 방출하라는 권유를 했다고 한다. 이광환은 훗날 이상훈에게 당시 상황에 대해 털어놓았다.

> 잘못된 일이었지. 나를 대타 요원으로 쓴 것 아닌가하는 생각이 들어. 4강 싸움하는 7월에 벌써 이런 저런 선수들을 자르라고 하더군. 그런 법이 어디 있나. '내가 이 자리에 있는 이상 안 된다'고 고래고래 소리를 질렀지. 결국 내가 나간 뒤 그 선수들이 다 옷을 벗었지. 상훈이도 그렇고 유지현, 김재현, 서용빈.... 지금 생각하면 이미 계획이 서 있었던 거야. 팀을 리모델링할 때는 기둥 하나하나씩 교체해야 해. 그런데 기둥 서너 개를 확 빼버린 거야. 그러니 팀이 하위권으로 처질 수밖에 없지.(2009년 6월 9일자 일간스포츠 인터넷판)

이하는 이광환이 '나를 대타 요원으로 쓴 것 아닌가'라고 생각했던 부분에 대한 나의 추정이다. 그에게 직접 물어볼 수도 있지만 왠지 그러고 싶지 않았다. 유쾌하지 않은 기억을 그에게 다시 떠올리게 하는 것이 싫었고 추정만으로도 충분하다고 생각했기 때문이다.

요컨대 LG 구단은 팀 리모델링을 해줄 감독이 필요했고, 그것이 끝나면 신임 감독을 새로 뽑을 심산이었던 것 같다. 이것은 이 해 2월 일본 프로야구 주니치 드레곤즈로 코치 연수를 떠난 선동렬의 거취와 깊은 관련이 있다. 전년 SK로부터도 영입 제의를 받았던 선동렬은 연수를 떠나기 직전 "제2의 인생을 맞는다는 생각"이라며 "올해 돌아오지 않을 수도 있다"고 했다. 하지만 그를 영입하기 위한 몇몇 구단의 움직임이 부산해졌다. LG도 그 중 하나였다.

올스타전을 전후해 두 명의 야구인이 새로운 감독 후보로 거론됐다. 선동렬과, 미국 시카고 화이트삭스 불펜코치로 재직하고 있던 이만수(李萬洙)였다. 두 사람을 둘러싸고 이런저런 소문과 추측성 보도가 무성했다. 이와 관련된 2003년 7월 24일자 〈조선일보〉의 기사 내용이다.

> 이만수 코치는 "나야 괜찮지만 선후배들을 생각하면 추측 보도는 정말 안 해줬으면 좋겠다"고 말했고, 선 위원 역시 "자꾸 이상한 말

이 나돌아 한국 오기가 겁난다"고 했다. (…)선동렬 위원도 올가을
엔 국내 야구계에 지도자로 복귀할 생각을 굳히고 있다. 그러나 만
일의 경우 일본 생활을 연장할 수도 있다고 밝혔다. 조건이 맞지 않
거나 원하는 팀이 아닐 때는 국내 복귀를 미루겠다는 것. 선 위원
은 또 가급적이면 선배 야구인들에게 피해를 주지 않았으면 좋겠
다는 말도 덧붙였다.

이만수 코치와 선동렬 위원은 한국 야구계가 배출한 큰 별이다. 팬
들은 이런 스타급 지도자들을 하루속히 그라운드에서 만나기를
고대하고 있다. 그들이 다른 사람의 이목을 의식하지 않고 지휘봉
을 잡을 수 있도록 여건을 마련해 줘야 할 것이다.

두 사람이 어느 팀의 감독이 된다는 것은 두 명의 현 감독이 자
리를 잃는다는 것을 의미한다. 두 사람이 '다른 사람의 이목을 의
식하지 않고 감독을 맡을 수 있는 여건을 마련해 주는 것'은 구단
의 몫이다. 이후 전개되는 과정은 다음과 같다.

9월 29일 두산 구단 대표 경창호는 선동렬에게 감독 제의를
한 사실을 시인했고 9월 30일 두산 감독 김인식은 구단에 사퇴
의사를 밝혔다. 10월 4일 귀국한 선동렬은 "LG에서도 같이 일
해보자는 연락이 왔으나 감독이나 코치직 중 어떤 것을 맡아달
라는 구체적인 언급은 없었다"고 했다. 10월 12일 삼성 구단은
"선동렬 씨와 연봉 1억 2,000만 원의 조건으로 11일 투수코치 계

약을 맺었다"고 밝혔고 10월 14일 LG는 "이광환 감독이 올 시즌 페넌트레이스 6위에 그친 성적부진 책임을 지고 사의를 표명해 받아들이기로 했다"면서 "대신 이 감독은 2군 감독직을 맡게 된다"고 발표했다. 이광환은 이에 대해 "나는 선동렬이 LG 구단으로 오기를 바랐고 구단에 섭섭한 감정은 없다"며 "내가 물러나는 것은 성적이 부진한 데 대한 책임감을 느꼈기 때문"이라고 해명했다.[23]

유소년야구 육성위원장

한국 프로야구사상 계약기간이 남은 1군 감독이 2군 감독으로 밀려난 것은 이때가 처음이었다. 2003년 10월 14일자 〈경향신문〉(인터넷판)은 이렇게 쓰고 있다.

> 이광환 LG 감독이 사퇴했다. 올 시즌 성적부진의 책임을 지고 2군 감독으로 내려간다고 했지만 속내는 선 코치 영입을 둘러싸고 상처받았던 자존심 때문이다. 앞서 김인식 두산 감독은 일찌감치 용퇴했다. 선코치의 두산 감독행을 기정사실로 받아들이고 제자에게 길을

---

23 이 단락의 서술과 코멘트 인용은 당시 여러 신문의 기사를 근거로 재구성했음.

러준 것. 지난해 이맘때는 선코치가 감독직 사인만 남겨뒀다고 알려졌던 SK에서 강병철 감독이 옷을 벗었다. 그러나 결국 선코치가 택한 것은 삼성이었고 직위도 감독이 아닌 코치였다. 프로야구계를 소용돌이에 몰아넣었으니 자의였든 타의였든 선코치의 행보에 책임을 묻지 않을 수 없다. 의사를 명확하게 표명했더라면 혼란이 빚어지지는 않았을 터. 물론 사전협의 없이 감독 설을 흘린 두산이나 눈치만 보고 있던 LG 등 구단의 우유부단한 행태 또한 비난의 대상이다.

10월 22일 LG 구단은 이광환 후임으로 코치 이순철과 감독 계약을 체결했다고 발표했다. 계약금, 연봉 각 1억 3,000만 원에 3년 계약이었다. 일부 LG팬들은 이때부터 LG의 기나긴 암흑기가 시작됐다고 말하고 있다.

이광환은 LG 1군 감독에서 물러난 2003년 10월부터 2005년 10월까지 2군 감독으로 재직했다. 어느 팀이 됐든 1군 감독에 대한 미련은 이때 내려놓은 듯하다. 그런 미련이 있었다면 그의 자존심상 2군 감독직을 수락하지 않았을지도 모른다.

이광환은 2군 감독으로서 선수 육성에 주력하면서 여러 가지 '가욋일'을 했다. 2005년 3월 1일 서귀포시 청소년수련관에서 '서귀포시 리틀야구단' 창단식이 열렸다. 초등학교 3~5학년생 21명으로 구성된 '서귀포시 리틀야구단'에는 여학생 4명도 포함돼 있었다. 선수 및 코치 유니폼은 KBO가 지원했고 야구장비는

리틀야구 시상식에서 선수들에게 상장을 수여하고 있다.

이광환 등이 협찬했다. 이날 이광환은 '서귀포시 리틀야구단' 단
장으로 취임했다. 그는 "야구를 좋아하지만 그동안 야구 불모지
인 제주에서 배움의 기회가 없었던 어린 새싹들의 꿈을 키워주
기 위해 리틀야구단을 창단하게 됐다"며 "학교 야구와는 달리
토요일과 일요일을 이용해 훈련을 하게 되며 야구 선수를 발굴
하기에 앞서 어린 선수들에게 협동, 인내. 희생정신을 키워주는
게 주 목적"이라고 했다.[24]

---

24 2005년 3월 3일자 제주일보.

이 무렵 서귀포시는 강창학체육공원 내에 야구장을 짓고 있었다. 국비 30억 원, 지방비 39억 원, 민자 등 기타 3억 원, 총 72억 원을 들여 강창학체육공원 동쪽에 국제 공인 규격의 야구장과 리틀야구장, 내야연습장, 투수·타격연습장을 건립하기로 한 것이다. 그런데 이광환은 야구장의 설계 단계부터 참여하는 등여러 가지 기여를 했다.

제주도 서귀포야구장을 만들 때 이(광환) 감독은 시즌 중에도 당일치기로 현장에 다녀올 만큼 열심이었지만 인부들은 자갈밭에 흙만 살짝 덮는 식으로 날림공사를 했다. 시즌이 끝난 뒤 이 감독은 야구장에서 살다시피 하며 불도저로 갈아엎고, 직접 인부들과 흙을 체로 쳐가며 새로 그라운드를 만들었다. 이 감독의 공을 아는 사람들이 '이광환 야구장'이라 명명하기를 권했지만 그는 거절했다. 한 가지 부탁은 은행나무 한 그루. 죽어서 야구장 옆 은행나무에 누울 수 있으면 만족한다고 했다.(2010년 6월 14일자 주간동아 인터넷판)

2005년 10월 LG 2군 감독직에서 물러난 이광환은 위 기사의 내용대로 제주에 내려가 야구장 준공을 마무리했다. 서귀포야구장은 한 달 후인 11월 완공됐고 이후 이 구장은 '서귀포야구장'으로 명명됐다. 야구 전지훈련장으로 활용할 수 있는 것은 물론 국제

야구대회를 유치할 수 있을 정도로 최적의 시설을 갖춘 대형 야구공원이라고 할 수 있었다. 야구장 앞에는 이광환의 바람대로 은행나무 한 그루가 심어졌다.

이듬해(2006) 2월 13일 KBO 총재 신상우(辛相佑)는 '유소년 야구 활성화를 위한 2006년 육성위원회 위원장'에 이광환을 임명했다. 육성위원장직을 맡으면서 그는 세 가지 야구 육성방안을 세웠다. 유소년야구 육성, 티볼 보급, 여자야구 보급이 그것이다. 목표 달성 여부에 대해서는 다음 장에서 서술하려고 한다. 아직 이광환의 마지막 1군 감독 생활이 남아있기 때문이다.

마지막 자원봉사, 히어로즈 감독

현대그룹의 위기와 분열로 현대가(家)의 지원이 끊긴 현대 유니콘스는 2006시즌부터 구단 운영에 어려움을 겪었다. 우여곡절 끝에 KBO의 지원을 받게 됐지만 2007시즌부터는 해체 위기를 넘나들게 됐다. 한국 프로야구도 위기에 빠졌다. 홀수 구단으로는 정상적인 리그 운영이 어려웠다. 8개 구단 유지가 KBO의 지상목표였다. 그러다가 2008년 1월 30일 KBO는 현대 유니콘스의 인수자가 '센테니얼 인베스트먼트'라고 발표했다. 가입비 120억 원, 서울 연고권과 목동구장 사용권 등이 인수조건이었고 단장은 박노준이었다. 다른 번잡한 설명은 생략하기로 한다.

2월 4일 '센테니얼 인베스트먼트'는 이광환을 신생 구단의 감독에 선임했다고 공식 발표했다. 계약 조건은 계약금 1억 원, 연봉 1억 원, 2년간 총액 3억 원이었다. 수석코치는 이순철, 2군 감독은 강병철이 선임됐다. 이때까지도 구단 이름이 확정되지 않아 언론으로부터 '신생 구단', '제8구단'으

이광환은 마지막으로 자원봉사를 한다는 심정으로 히어로즈 초대감독직을 수락했다.

로 불리던 상태였다. 이광환은 "한국 프로야구를 위해 마지막으로 자원봉사를 한 것이었다"며 이렇게 말한다.

"KBO 육성위원장으로 일하고 있을 때였는데 박노준이 찾아왔다. KT의 현대 유니콘스 인수가 무산된 직후였으니까 1월 초였을 것이다. 7개 구단으로는 프로야구가 되지 않으니까 난리가 난 상황이었다. 박노준이 자기가 한 번 뛰어보겠다며 대신 감독 연봉부터 줄여야 하는데 도와달라고 했다. 그래서 맡은 거다. 맡고 싶어서 맡은 게 아니었다."

센테니얼 인베스트먼트의 발표가 있은 다음날인 2월 5일 이광환은 제주도 서귀포 강창학공원야구장으로 내려갔다. 자신의 피와 땀과 눈물이 서려있는 곳에서 그는 현대 유니콘스 선수들을 기다렸다. 전지훈련이 2월 8일로 예정돼 있었지만 선수들은 아직 내려오지 않았다. 고용승계와 연봉 등의 이유로 선수와 구단 간의 마찰이 있었기 때문이다. 그때 이광환이 처한 상황은 2008년 2월 12일자 〈스포츠조선〉(인터넷판)이 잘 묘사하고 있다.

> 센테니얼 인베스트먼트의 신임 이광환 감독이 바쁘다. 아침 일찍부터 손놀림을 쉴 틈이 없다. 서귀포 야구장의 땅을 고르고 그물을 고친다. 손님 맞을 채비다. 이 감독은 "선수들이 내려오면 곧바로 훈련을 할 수 있게 준비해야 하는데 일손이 모자란다. 그나마 지금 훈련 중인 아마추어 선수들이 도와주고 있다"고 말했다.
> 이 감독은 설 연휴 전에 제주도로 내려갔다. 해외전지훈련 대신 택한 서귀포야구장을 손보기 위해서다. (...)이 감독은 "기다리는 동안 선수들에 대한 공부를 많이 했다. 합류하면 곧바로 기술과 전술 훈련에 들어갈 것"이라고 했다.

그가 현대 유니콘스 선수들과 상견례를 가진 것은 2월 14일이었다. 이날부터 이광환과 선수들은 영문 '센테니얼'의 첫 글자인 'C'자 로고가 새겨진 모자를 쓰고 훈련을 개시했다. 타 구단은 일찌감치 시즌 개막 준비에 들어간 시기였다. 마음에 상처를 입은 선수, 기분이 싱숭생숭한 선수들과 제대로 된 훈련이 될 수 없었다. 단기간에 선수 파악을 하는 것도 쉬운 일은 아니었다. 누가 누군지도 모를 정도여서 코치들에게 유망한 선수들을 추천하라고 했다. 그래도 이광환은 남은 전력을 극대화하는 방식으로 시즌 운영의 윤곽을 잡아나갔다.

우선 투수진부터 손을 봤다. 전년(2007) 기준으로 10승 이상을 거둔 투수는 김수경(金守經) 한 명뿐이었다. 12승 7패, 방어율 3.88로 준수한 활약을 펼쳤던 김수경은 그러나 몸이 아파 모든 훈련을 소화할 수 없었다. 9승 10패를 기록한 장원삼(張洹三)은 믿을 만했다. 이렇다 할 활약을 보여주지 못했지만 마일영(馬一英)과 이현승(李賢承)의 구위가 괜찮아 보여 선발진에 포함시켰다.

다음은 포수였다. 만 마흔이 된 김동수에게 시즌 전체를 맡기기는 무리였고 강귀태(姜貴太)는 어깨가 좋지 않았다. 배터리코치에게 물어보니 2군에 포수를 곧잘 보는 선수가 있다 해서 1군에 불러올렸다. 그가 강정호(姜正浩)였다. 포수를 시켜보니 야구 센스가 느껴져 내야 펑고를 받아보게 했다. 강정호는 포구한 후 공을 빼내는 동작이 가장 빨랐다. 이광환은 국내 선수 중에 가장 빠르다고 판단했고 카디널스의 아지 스미스를 연상했다.

시즌 개막전에 강정호를 포수로 등록했지만 얼마 후 주저 없이 유격수를 맡겼다. 원래 주전 유격수였던 황재균(黃載均)은 어깨가 좋아 3루수로 돌렸다. 황재균은 기분이 좋지 않았겠지만 팀을 위해서는 어쩔 수 없는 선택이었다. 기존 3루수 정성훈(鄭成勳)은 2008시즌이 끝나면 FA[25]가 예정돼 있어 지명타자로 돌렸다. 선수를 팔아 팀을 운영해야 했던 구단으로서는 어차피 '팔아야' 할 선수였다. LG가 정성훈을 영입할 것이라는 소문도 파다했고 시즌 후 실제로 그렇게 됐다.

2월 21일 '센테니얼'은 메인스폰서로 우리담배를 확정했고, 2월 28일에는 '우리 히어로즈'라는 이름으로 '신생 제8구단을 위한 명명식'이 열렸다. 그리고 3월 29일 2008시즌이 개막됐다. 이광환은 선수 파악을 채 끝내지 못한 채 시즌에 돌입했다.

시즌에 들어갔을 때 이광환은 팬들에게 비난을 많이 받았다. 강정호를 유격수로, 황재균을 3루수로, 정성훈을 지명타자로 기용한 부분에 대해 반감을 가진 팬들이 많았다. '강정호는 이광환의 황태자'라느니 '이광환은 강정호를 편애한다'는 소리까지 들었다. 이광환의 이야기다.

"포지션 변경은 당연히 팀을 만들어가기 위해 한 것이다. 누구를 편애하거나 그런 것은 있을 수 없다. 내가 팀을 떠난 후에도 강정호는

---

25   Free Agent. 일정기간 소속 팀에서 활동한 후에 다른 팀과 자유계약을 맺어 이적할 수 있는 선수 또는 그 제도를 말한다.

유격수로 계속 뛰었고, 황재균은 다른 팀에 가서도 3루수로 활약하지 않았나. 선수를 보는 눈은 다른 팀 감독이나 나나 크게 다르지 않은 거다."

히어로즈는 2008시즌 초반 돌풍을 일으켰다. 4월 10일까지 SK, 롯데, 삼성과 함께 7승3패로 공동 1위였다. 그러나 이 시즌은 무승부 없는 '끝장 승부', 'SK 왕조', '두산 발야구', '사직 노래방', '로이스터 매직' 같은 단어들로 상징되는 해였다. 히어로즈는 점점 힘을 잃어갔다. 월급도 제때 나오지 않고 숙박비나 장비 값이 밀려있는데 힘이 날 리도 만무했다.

이광환은 안간힘을 썼다. 6월 10일 목동 KIA와의 경기에서 3대1로 앞서고 있던 히어로즈는 7회초 1사 만루의 위기를 맞이했다. 히어로즈 송신영이 던진 3구가 볼로 판정되자 이광환은 덕아웃을 뛰쳐나와 주심에게 뚜벅뚜벅 다가갔다. 그는 스트라이크가 아니냐며 어필을 계속했고 주심은 그에게 퇴장을 명령했다. 이광환은 모자를 집어던지며 맹렬히 항의했고 경기는 10분 가까이 중단됐다. 다음 상황은 기사를 통해 알아보는 것이 좀더 극적일 듯하다.

감독의 퇴장에 자극받은 것이었을까. 힘을 낸 마운드의 송신영은 김원섭을 상대로 내리 스트라이크 3개를 포수 미트에 꽂아 넣으

이광환의 어필과 퇴장은 다분히 의도적이었다. 이 기사는 "선수
들이 연봉도 많이 깎여 기가 꺾인 가운데서도 연패를 끊어보려
는 마음이 느껴졌다. 그런 선수들에게 사기를 심어주고 싶었다.
전체적으로 (구심의) 스트라이크 존이 좁았던 것 같다. 감독도 심
판도 스트레스 풀었다고 생각해 달라"는 그의 말도 전하고 있다.

하지만 이런 '극약처방'을 매일 쓸 수는 없는 일이었다. 이 시
즌 히어로즈의 최종 성적은 50승 76패, 7위였다. 1위는 83승 43패
라는 놀라운 성적을 거둔 SK였고, 8위는 46승 80패의 LG였다.

10월 2일 단장 박노준의 사임이 발표됐고, 10월 5일 히어로즈
는 시즌 마지막 경기를 치렀다. 그 이튿날 이광환이 해임됐고 김
시진이 새 감독으로 선임됐다. 계약 기간이 남아있었지만 이광환
은 "나를 영입한 박노준이 팀을 나갔으니 나도 나가는 것이 순리
였다. 내가 할 일은 하고 나왔으니 후회는 없다. 7개 구단으로 리
그가 운영되지 않은 것만 해도 박노준의 공"이라고 했다.

7

야구,
그 책임을 위해

세 가지 야구육성 방안

히어로즈 감독 생활은 사실 그에게 '외도'라고 할 수 있었다. 야구인이 프로야구 감독을 지낸 것을 '외도'라고 하는 것에 어폐가 있긴 하지만 2006년 2월 KBO 유소년야구 육성위원장을 맡았던 이광환은 2019년 말을 기해 이 직책에서 물러났다. 물론 그가 연이어 육성위원장에 재임한 것은 아니나 그의 전 생애에 걸쳐 가장 오래 지속된 직함 중의 하나임은 분명하다.

육성위원장직을 맡으면서 유소년야구 육성·티볼 보급·여자야구 보급 세 가지 목표를 세웠던 그는 매우 저돌적이면서도 치밀하게 목표 달성을 추진했다. 일을 하는 것은 역시 사람이며 모든 일을 혼자서 할 수는 없다. 이광환은 이를 잘 알고 있었다.

2006년 1월 12일 신상우가 KBO 총재로 취임했다. 김영삼정부 시절 초대 해양수산부 장관을 지내고, 2002년 대선에서 '노무현 후보 부산지역 후원회장'을 맡았던 정치원로이자 실세여서 '낙하산 인사'라는 비판도 받긴 했지만 그만큼 KBO에 힘이 실린 것만은 분명했다. 이어 2월 이광환이 육성위원장에 임명됐고 5월 8일 야구해설가 하일성이 KBO 사무총장으로 선임됐다. 이해 7월 14일에는 삼화수지 대표 한영관(韓榮寬)이 한국리틀야구연맹 회장에 추대됐다.

일반인에게 한영관은 낯익은 이름이 아니어서 약간 설명이 필요하다. 추대 관련 기사를 찾아보면 그가 LPGA 프로골퍼 한희원(韓熙圓)의 부친이며 프로야구 선수출신 손혁(孫奕)의 장인이라는 사실은 나와 있지만, 야구선수 출신으로 이광환의 고려대·한일은행 동기라는 기록은 거의 찾을 수 없다. 이광환의 권유로 연맹 회장을 맡게 된 한영관은 하일성과 성동고 동기이기도 했다. 실세 총재 아래 아삼륙 세 친구가 KBO에서 같이 일하게 된 셈이다.

전년(2005)만 해도 리틀야구연맹은 고사 직전이었다. 개인이 운영하는 23개 팀이 모래알처럼 따로 놀았다. 연맹은 이들을 이끌만한 힘이 없었다. 환경도 열악해 맨땅인 장충리틀야구장은 비가 조금만 내려도 진흙탕으로 변했고 화장실에는 악취가 진동했다. 경기가 개최되면 감독, 심판, 학부모, 연맹 사이의 불신과 반목도 함께 열렸다. 여기저기서 고성이 오갔고 때로는 멱살잡이까지 벌어져 동심을 멍들게 했다. 어린이 선수들에게 반말하는 것은 양반이었고 대놓고 윽박지르던 심판들도 많았다.

한영관과 이광환은 우선 장충리틀야구장을 리모델링하는 데 의견을 모았다. 리모델링은 KBO와 서울시 등이 지원한 10억여 원으로 진행됐다. 여기에는 월드베이스볼클래식(WBC)에 참가한 선수단이 기탁한 8,100만 원도 포함돼 있었다. 내·외야에 인조잔디를 새로 깔고 외야 펜스는 국제 규격으로 늘렸다. 본부석, 관중석, 전광판 등도 국제 규모로 갖춰졌다. 장충리틀야구장은 5개월간의 공사 끝에 2007년 3월 재개장됐다.

한영관은 사업가 출신답게 리틀야구에 마케팅 방식을 도입했다. 스포츠 케이블채널과 장기 중계권 계약을 맺었고 장충리틀야구장에는 휠라코리아, 아시아나항공 등의 펜스 광고를 유치했다. 사설로 운영되던 리틀야구 팀을 지방자치단체 시·군·구로 편입시킨 것은 1석3, 4조의 효과가 있었다. 어린이선수들에게는 지역을 대표한다는 자긍심과 경쟁심을 고취했고 지자체에게도 주민에게 좀더 친숙하게 다가가는 기회를 제공했다.

처음엔 소극적이던 지자체들도 인근 지자체 유니폼을 입은 리틀야구팀이 방송에 나오자 팀 창단에 열을 올렸다. 지자체가 팀 운영비까지 부담하면서 학부모의 부담이 줄게 됐고 자녀에게 야구를 권유하는 부모가 늘어났다. 아이들에게 반말을 쓰고 때로는 윽박지르기도 했던 심판들이 존댓말을 쓰는 등 경기 분위기도 크게 좋아졌다. 23개에 불과했던 리틀야구팀 수는 2007년 39개, 2008년 58개, 2009년 81개, 2010년 126개로 해마다 늘었다. 구경백은 이렇게 썼다.

부드러운 외모, 세련된 말투와는 달리 우직스럽고, 앞을 내다보는 미래지향적인 그에게 유소년야구 육성이라는 중책은 잘 어울린다. 이광환은 위원장으로 임명되자마자 전국을 순회하며 일선 지도자들의 고충과 현실을 파악했다. 그리고 지방자치단체장들을 설득, 유소년 야구에 대한 지원을 확보했다. 이광환 위원장은 지난 한해

KBO가 학원 창단팀에 창단 지원금을 주기로 한 것은 KBO 총재 구본능의 아이디어였다. 현재 전국의 리틀야구팀은 2019년 말 기준으로 170여 개에 이르고 있다. 이광환은 리틀야구팀뿐만 아니라 초·중·고 야구단 창설에도 힘을 기울였다. 2019년 8월 현재 대한야구소프트볼협회 홈페이지에 기록된 팀 수는 초등학교 94 개교, 중학교 107개교, 고등학교 80개교, 대학교 32개교에 달한다. 사실 나는 우리나라 고등학교 야구부가 60개도 안 될 것으로 생각하고 있었다. 내 기억 속에 남은 고교 야구팀은 예선 없이 참가하는 봉황대기 참가팀 수였다. 그게 60여 개 팀 정도였는데 거기서 줄었으면 줄었지 늘지는 않았을 것이라고 짐작했다. 그런데 이광환 등의 노력으로 80개 팀으로 늘었다니 여간 고무적인 일이 아닐 수 없다.

티볼·여자야구 육성

이광환은 2007년 2월 16일 한국야구발전연구원 원장에 선임됐고 이 해 3월 7일에는 한국여자야구연맹 부회장에 취임했다.

2008시즌 한 해 동안 히어로즈 감독을 맡으면서 KBO 육성위원장 등 모든 직책을 내려놨지만 이때는 그의 표현대로 한국프로야구를 위해 '자원봉사'를 한 기간이었다. 히어로즈 감독에서 물러난 뒤 그는 2009시즌 〈스포츠동아〉 칼럼리스트로 활동했다. 「이광환의 춘하추동」이 이 시즌 그가 연재한 기명칼럼이었다. 이광환은 항상 칼럼 끄트머리에 이런 프로필을 달았다.

> 야구인. 프로야구의 기본철학은 마라톤과 같다. 하루에도 죽었다 살았다를 수없이 외치며 산 넘고 물 건너 굽이굽이 돌아가는 인생의 축소판에서 팬들과 함께 달리고 싶다.

'전 프로야구 감독'이나 '책임야구의 개척자'로 자신을 소개한 것이 아니라 그저 '야구인'을 자처했다. 오히려 그 부분에서 왠지 막중한 무게감이 느껴진다.

이광환은 2013년 4월 KBO 육성위원장직에 복귀해 한국야구 육성에 전념했다. 사실 야구 육성에 대한 그의 열정과 노력은 별도의 책 한 권을 필요로 하지만 여기서는 이에 대해 큰 줄기를 중심으로 간략하게 짚어보기로 한다. 이를 그의 칼럼 '이광환의 춘하추동'과 연계시키는 경우도 있을 것이다.

우선 티볼(Tee Ball) 보급은 그가 '한국야구의 씨앗'이라는 의미를 부여하고 가장 많이 심혈을 기울인 부문이라고 할 수 있다.

우리나라에서 한국티볼협회가 창립된 것은 1998년 3월이다. 야구인이 아닌 교육자들이 주도적으로 결성했다. 그런데 이광환이 육성위원장으로서 티볼에 관심을 기울일 무렵까지도 그 활동은 미미한 편이었다. 그는 협회 관계자들과 만나 "티볼은 야구의 씨앗이니 KBO와 손잡고 같이 보급해보자"고 제안했다. 협회 관계자들은 반색했다. 티볼에 대해 이광환은 자신의 칼럼을 통해 이렇게 설명한다.

> 미국이나 일본에서는 야구라는 스포츠가 전략적인 사고를 키우는 데 큰 도움이 된다는 관점에서 유소년 시절부터 야구를 많이 즐기고 있다. 그러나 야구경기는 처음 접하는 어린이들에게 위험한 면도 있고 투수역할을 정상적으로 하기 쉽지 않아 미국에서 투수가 없는 '야구형 뉴스포츠'를 개발했다. 바로 '티볼게임'으로 어린이를 위해 만들었으나 이 경기는 큰 공간이 아니더라도 남녀노소 모두 안전하게 즐길 수 있어 일반 성인들에게도 생활 스포츠로 자리를 잡아가고 있다.(2009년 5월 14일자 스포츠동아 인터넷판, 「이광환의 춘하추동」)

티볼은 투수가 없는, 변형된 야구 경기라고 할 수 있다. 고무로 된 '티(Tee)' 위에 고무공을 올려놓고 타격을 한 뒤 1·2·3루를 돌아 홈으로 들어오는 방식으로 진행된다. 이광환은 한국 실정에 맞게 티볼 규칙을 약간 변경했다. 먼저 초등학교 대회인 경우 한 팀 10명 중 최소 3명은 여학생이어야 한다. 여학생도 참여할 수 있게 룰을 변경한 것은 야구 육성을 위해 그것이 효과적일 것이라는 이광환의 아이디어였다.

또한 티볼은 한 경기에 3이닝을 치르고 1이닝에 아웃카운트에 상관없이 10명의 타자가 모두 타석에 들어선다. 잔루 주자는 다음 이닝에 다시 나오게 되며 도루, 번트, 슬라이딩은 할 수 없다. 경기규칙이 야구와 크게 다르지 않아 여성과 어린이들이 복잡한 야구 룰을 이해하는 데 적합하다. 마운드가 필요 없어 아무 운동장에서나 할 수 있고, 부상 위험이 없고 남녀 혼성 경기가 가

초등학생들에게 티볼을 지도하고 있는 이광환(2018년 제주 서귀포시 태흥초등학교).

능해 학원스포츠로 적격이었다. 더구나 장비도 저렴하고 간편하다. 아이들을 가르치는 교사들도 너무 좋아했다. 이광환이 티볼을 '한국야구의 씨앗'이라고 한 것은 이런 이유에서다.

그의 육성위원장 취임 4개월 후인 2006년 6월 4일 KBO가 주관한 티볼 강습회가 인천 문학구장에서 개최됐다. 이것을 시작으로 이후 전국 1,500여 개 학교에서 티볼강습회가 열렸다. 이광환은 티볼을 초·중·고 체육교과과정에 편입시키는 데도 상당한 역할을 했다. 2007년 2월 28일 교육인적자원부는 티볼을 초등학교 5학년, 중학교 2학년, 고등학교 1학년 과정에 도입, 2008년부터 체육교과 과정에 포함시키게 된다.

이광환은 KBO 총재배 전국 교육대학교 티볼 대회 창설에도 결정적인 역할을 했다. 교대생들은 미래의 티볼 지도자들이었다. KBO는 각 지역의 교대 티볼팀에 유니폼을 맞춰주기도 했다. 부산교대일 경우, 롯데 자이언츠 유니폼과 비슷하게 제작하는 방식이었다. 2007년 첫 대회가 열린 전국 교대 티볼대회는 현재까지 성황리에 개최되고 있다.

티볼 보급을 위해 관계자들과 함께 전 대통령 김영삼(金泳三)을 찾아가기도 했다. 이광환은 미국 전 대통령 조지 부시와 일본 전 총리 가이후 도시키가 자국의 티볼협회 총재를 맡고 있다며 김영삼에게 한국티볼협회 총재직을 맡아달라고 설득했다. 김영삼을 기꺼이 수락했고 2008년 2월 한국티볼협회 총재로 취임해 2015

년 11월 서거할 때까지 재임했다. 이광환은 "김영삼 전 대통령이 총재직을 수락하면서부터 전국 학교에 티볼을 보급하는 데 탄력을 받았다"고 말한다. 김영삼은 2008년 6월 7일 인천 문학구장에서 개막된 제1회 한국티볼협회 총재배 전국 초등학교 티볼대회에 참석해 시타를 하기도 했다.

이광환은 「야구인이여 '티볼의 꿈'을 키워라」는 제목의 기명 칼럼에서 야구인들이 좀더 티볼에 관심을 가질 것을 주문했다.

요미우리 자이언츠의 9연패 신화를 이룬 가와카미 감독을 비롯해 세계의 홈런왕 왕정치 선수에게 외다리 타법을 전수한 아라카와 코치는 팔순을 넘긴 현재에도 후세를 위해 티볼 보급에 앞장서고 있다. 이날도 대회장 내에 별도로 마련된 타격교실에서 아라카와 코치는 고령의 나이를 잊은 듯 구슬땀을 흘리며 어린이들의 타격 자세를 교정해주고 공도 T대에 올려주고 있었다. 뿐만 아니라 티볼을 세계의 많은 나라에 보급하고 야구의 국제화를 위한 노력도 아끼지 않고 있다. (...)
일본과 달리 우리의 티볼 보급 현황은 학교체육 관계자로 이루어진 티볼협회가 중심이 돼 학원스포츠를 위해 강습하고 지도하다 보니 재원도 빈약하고 기술지도 등 어려움이 한두 가지가 아니어서 국내보급조차도 힘들어하는 실정이다. 현재 김영삼 전직 대통령도 어린이 건강체육을 위해 티볼협회 총재직을 쾌히 수락하고 봉사하고 있는 터에 프로야구 관계자를 비롯해 많은 야구인들이 지금보다 더 한층 관심을 갖고 교사들을 격려하고 거들어 주는 것이 필요하다.(2009년 9월 26일자 스포츠동아 인터넷판, '이광환의 춘하추동')

현재 티볼은 전국적으로 보급이 됐고 각종 대회가 성황리에 개최되고 있다. 이것은 여자야구도 마찬가지다.

한국야구 최초의 여성 야구선수 안향미(安香媚)가 이광환으로부터 전화를 받은 것은 2006년 봄이었다. 안향미는 여자야구단체가 있었으면 좋겠다는 생각에 그동안 여러 관계자들을 만나 도움을 요청했지만 별다른 지원을 받지 못했다. 그런데 이광환은 그에게 "여자야구단체를 만들어 사단법인화하고 싶다"고 했다. 이광환은 여자야구를 발전시키겠다는 확고한 목적을 갖고 있었다. 그 이유는 이렇게 설명한다.

"여자야구가 활성화되면 그에 비례해 여성 야구팬도 늘어난다. 이들이 결혼해 아이를 낳으면 엄마의 야구사랑이 자연스럽게 유소년야구 육성으로 이어진다. 여자야구 육성은 유소년야구까지 키우는 일석이조인 셈이다. 지금은 여자야구 대신 소프트볼 경기가 올림픽 종목으로 치러지고 있지만 언젠가는 여자야구가 채택될 수도 있고 그럴 때를 대비해 올림픽 남녀야구를 준비하기 위해서라도 여자야구 육성이 절실하다고 생각했다."

이광환은 한국여자야구연맹 창설을 주도하며 여자야구 육성에 심혈을 기울였다. 제주 서귀포여고 티볼 지도(2018년).

이광환은 얼마 후 안향미를 만났고 한국여자야구연맹 창설은 이때부터 일사천리로 진행됐다. 6월 4일 제1차 여자야구팀 대표자 모임이 인천 문학야구장에서 열렸다. 8월 7일에는 KBO에서 2차 모임이 이뤄졌고 이날 이광환은 여자야구협회(연맹) 출범 준비위원장 겸 임시회장으로 선임됐다. 12월 5일 이광환과 안향미 등은 한나라당 비례대표 의원 김영숙(金英淑)을 면담하고 연맹 회장 추대와 관련된 논의를 나눴다. 2007년 2월 1일 연맹 창립총회가 개최됐고 3월 7일 창립식이 열렸다. 임원진은 회장 김영숙, 부회장 이광환 등이었다.

이후로는 여성 야구인들이 꿈꿔왔던 정식 경기 출전, 다시 말해 대회의 연속이었다. 이 해에는 함평나비배, KBO 총재배, 여자야구협회 회장배 대회가 개최됐고 이듬해(2008) 5월에는 제1회 계룡시장기 대회가 신설됐다. 이광환은 이때 히어로즈 감독을 맡고 있었지만 계룡시장기 대회에 초청을 받고 결승전이 열리는 날 참석했다. 당시 그는 〈스포츠경향〉과의 인터뷰에서 "여자들이 야구할 때 얼마나 더 열성적인지 몰라. 부딪치고 깨지고 다쳐도 그래도 좋다고 계속해. 여자들, 엄마들이 야구를 좋아하면 결국 뿌리가 사라져가는 유소년 야구에도 도움이 되잖아."라고 했다.

그 후에도 많은 대회가 생겨나 이제는 여성들도 예전보다는 훨씬 당당하고 행복하게 야구를 하고 있다. 몇 가지 대회를 꼽아 보면 선덕여왕배, 여자야구 페스티벌, 임금님표 이천 대회 등이 있다. 여자야구협회가 출범할 때 산하 팀은 전국 16개 팀에 불과했으나 2019년 8월 현재 50개에 이르고 있다.

베이스볼아카데미와 서울대 야구부

2009년 말 이광환은 KBO 경기운영위원장직에 내정된 상황이었다. 그런데 KBO 총재 유영구(兪榮九)가 뜻밖의 제의를 했다. 요지는 '우리나라도 앞으로 지도자들을 해외로 내보내야 하고 국내 지도자들을 교육해야 한다. KBO가 베이스볼아카데미를 설립하기로 했으니 원장을 맡아달라'는 것이었다. 이광환은 세 번의 고사 끝에 그 제의를 받아들였다. 그는 한 언론과의 인터뷰에서 "제가 원래 일하면 좀 미친 듯이 합니다"[26]라고 한 적이 있었는데 베이스볼아카데미를 만들 때도 그랬다.

이광환은 KBO와 TF를 구성해 당시 대한야구협회(현 대한야구소프트볼협회)와 함께 2009년 12월 서울대 측에 베이스볼아카데미 설립 추진을 요청했다. 이후 6개월 이상 세밀한 설립 작업이 있었고, 2010년 7월 21일 서울대 스포츠과학연구소 부설 베이스볼아카데미 개소식 및 현판식이 열렸다. 해외 지도자 실습 프로그램에만 참가할 수밖에 없었던 국내 선수와 지도자들에게 새로운 배움의 터가 제공된 것이다. 이광환은 서울대 체육교육학과 교수 신인식(申仁湜)과 함께 공동원장을 맡게 됐다.

9월경 KBO 등을 통해 수강생 원서접수가 진행됐고 11월 1일 첫 강좌가 시작됐다. 4주간 총 120시간으로 진행된 강좌는 유소년 야구지도자반, 고교·대학 야구지도자반, 프로야구 지도자반 과정으로 구분됐고, 내용은 야구영어를 비롯한 소양교육, 코칭론, 스포츠의학, 스포츠심리학, 리더십, 야구팀 경영 등이었다. 운

---

26   2011년 7월 4일자 머니투데이 인터넷판.

동기능 중심의 교육에서 벗어나 지식과 리더십, 인성적 자질 함양에 중점을 뒀다.

하지만 국내 최초의 야구전문 지도자 육성기관인 베이스볼아카데미는 2015년 학기를 마지막으로 문을 닫게 된다. 프로야구 스포츠토토 수익금으로 문화관광체육부가 지급해 왔던 지원금 3억 원이 석연찮은 이유로 끊긴 것이다. 〈일간스포츠〉 편집국장을 지낸 현 OSEN 선임기자 홍윤표(洪崙杓)는 "예산을 문체부가 차단한 데 대해 다른 저의가 있는 게 아닌가하는 의심을 하고 있다"며 "직권남용 등 혐의로 검찰에 구속돼 수사를 받고 있는 김종 전 문체부 차관이 개입 의혹을 사고 있는 것"[27]이라고 썼다. 최순실 국정농단에 연루된 김종은 차관을 지내기 전에 OB 베어스 기획홍보과 과장, 한국야구발전연구원 원장 등을 맡은 바 있다.

이광환도 홍윤표와의 인터뷰에서 "말 못할 부분이 있다. 김종 전 차관이 직접 영향을 미쳤는지는 알 수 없으나 (베이스볼 아카데미) 설립을 주도했던 서울대 체육과 K교수와 김종 전 차관이 서로 껄끄러운 앙숙관계로 알려져 있다"고 했다. 어찌됐든 2010년부터 2015년까지 500여 명의 야구 지도자를 키워냈던 베이스볼아카데미는 그렇게 사라지고 말았다. 그는 당시 이런 아쉬움을 토로했다.

---

27   2016년 12월 9일자 OSEN 인터넷판, '홍윤표의 휘뚜루 마뚜루'

지도자들을 제대로 교육시키자는 취지에서 문을 열었던 베이스볼 아카데미에 대해 처음에는 지도자들이 싫어하는 기색도 있었지만 과정을 마치고 난 다음에는 하나같이 좋은 기회를 줘 고맙다고 했다. 그 동안 서울대 교수들과 외부 각계각층 전문가 등 권위 있는 분들로 70여 명의 강사진을 꾸려 왔는데 이런 것도 없애다니 답답하다.(2016년 12월 9일자 OSEN 인터넷판, '홍윤표의 휘뚜루 마뚜루')

이광환이 서울대 야구부 감독을 맡게 된 것은 베이스볼아카데미 설립 과정의 부산물 같은 것이었다. 설립 작업을 위해 여러 차례 서울대를 찾아가야 했고 그러다가 서울대 야구부의 열악한 사정에 알게 되고 측은한 마음을 갖게 됐다. 그는 서울대 측에 야구부를 맡겨달라고 자청했다. 다시 한 번 봉사한다는 마음이었다. 이때는 베이스볼아카데미가 개소되기 전이어서 시간 순으로는 서울대 야구부 감독직을 먼저 맡게 된 셈이다.

만년 꼴찌팀 서울대 야구부, 그것도 무보수 감독직을 프로야구 감독까지 지낸 그가 맡게 됐다는 소식은 곧 화제가 됐다. 거의 모든 언론이 이를 다뤘고 2010년 5월 29일자 〈조선일보〉는 「만물상」이라는 자사의 대표적인 칼럼을 통해 "원로 야구인이 '아름다운 꼴찌'와 어깨를 겯고 가는 길이 아름답다"고 썼다. 이날 「만물상」의 제목은 「서울대 야구감독 이광환」이었다.

그러나 현실은 그렇게 아름답지 않았다. 서울대 야구부의 한

해 예산은 150만 원에 불과했다. 유니폼에는 번호만 붙여 선후배끼리 물려 입었다. 연습 공과 장비가 모자라 이광환은 직접 후원을 부탁하고 다녔다.

'서울대 보조운동장'으로 불리던 맨땅 야구장은 혀를 찰 지경이었다. 잘 맞은 타구는 옆 강의동 유리창을 깨뜨리기 일쑤일 정도로 협소했다. 그나마 그런 야구장조차 하나뿐이어서 동아리 팀들까지 몰려 새벽부터 밤까지 북적였다. 여기저기 돌멩이가 굴러다녀 이광환은 야구장에서 돌을 골라내는 일로 감독 일을 시작했다. 비가 내린 뒤에는 여기저기 물웅덩이가 생겼다. 그러면 이광환은 삽을 들고 달려가 야구장 가장자리의 흙을 퍼 담았다. 물웅덩이를 흙으로 덮으면서 이따금 나오는 큰 돌도 골라냈다. 이후 이광환은 서울대 야구 동아리 리그인 '스누리그' 소속 28개 동아리 대표를 불러 제대로 된 야구장을 한번 만들어보자고 제안하기도 했다.

이광환과 서울대 야구부를 다룬 여러 기사 가운데 이 기사를 특히 소개하고 싶다.

그를 찾아 간 지난 달(6월) 14일은 기온이 30도가 넘었다. 때 아닌 무더위 속에서도 이 감독은 쉴 새 없이 노크(수비수 훈련을 위해 쳐주는 연습 타구)를 하고 있었다. "시험공부 하느라 몸이 또 굳었지!" 운동장을 쩌렁쩌렁 울리는 목소리만 들으면 영락없이 갓 부임한 신임감독이다. 운동장에도 가장 먼저 나온다. 연습 시작하기 한 시간 전

그는 지금도 사인요청을 받으면 '서울대학교 야구부 감독 이광환'으로 쓰고 있다.

요한 하인리히 페스탈로치는 고아들의 대부였고 어린이들에게 조건 없는 사랑을 실천한 스위스의 교육학자였다. 18세기라는 시대적 한계를 넘어 그때 이미 어린이를 하나의 인격체로 존중한 사상가이자 선구자이기도 했다. 어린이들이 놀다가 다칠 것을 염려해 유리조각을 몸소 주웠던 것도 유명한 일화다. 이광환은 손사래를 치지만 어느 순간부터 그를 페스탈로치에 견주는 사람들도 있었다. 그의 감독 부임 첫 해 야구부 주장을 맡았던 민현기는 "감독님을 생각하면 우리를 안 다치게 하려고 운동장에서 돌멩이를 골라내시던 뒷모습부터 떠오른다"고 했다.

이광환은 매일 오후 5시 시작되는 야구부 훈련 2시간 전에 나와 야구장의 돌을 줍고 물을 뿌리고 장비나 기구들을 점검했다. 그는 "남들은 나를 서울대학교 감독이라고 부르지만 나는 감독이란 생각을 한 번도 가져본 적이 없다. 나는 그저 새로 야구단에 들어온 애들을 대상으로 야구를 설명해주고 있다"[28]고 했다.

---

28   2016년 12월 1일자 <스포츠서울> 인터넷판.

그는 다만 서울대 야구부의 단체 생활만큼은 엄격하게 지도했다. 학점 3.5점이 안 되면 야구부 활동을 허락하지 않았다. 부원들은 공부와 야구를 병행하며 두 마리 토끼를 다 잡아야 했다. 협동, 희생, 인내심이 부족한 학생도 가차 없이 내보냈다. 그는 이런 말을 한다.

"오직 야구에만 희생번트가 있다. 야구의 요체는 희생이다. 프로야구가 비판을 받는 것도 돈과 승부에 매몰된 '야구 기계'만을 양성했기 때문이다. 서울대 학생들은 머리는 좋은데 남을 배려하는 마음이 모자라 보였다. 머리 좋고 공부 잘한다고 대접받는 것에 익숙해져서 그런지 쓰레기 줍는 것도 어색해 했다. 야구로는 한 번도 혼을 내지 않았지만 야구장에 쓰레기가 보이는데도 줍지 않고 그냥 지나가거나 훈련에 지각하는 학생들은 엄하게 꾸짖었다. 사회에 나가 각계각층의 리더가 될 아이들인데 멤버십부터 익혀야 리더십을 발휘하지 않겠는가."

이광환의 보람은 그렇게 서울대 야구부를 거쳐 간 학생들이 우리 사회의 엘리트 계층으로 성장하며 한국야구의 큰 자산이 되고 있다는 점에 있었다. 그가 서울대 야구부 감독으로 재임했던 10년 동안 의사나 판검사, 국가고시 합격생 등이 다수 나왔다. 이광환은 이를 매우 뿌듯하게 여기고 있다.

그가 서울대 야구부 감독을 맡았을 때 서울대 야구부의 성적은 1승 1무 199패였다. 그럼에도 '전직 프로야구 감독이 팀을 지도하면 뭔가 획기적인 변화가 생기겠지'라고 생각하는 사람이 있었던 것도 사실이다. 그러나 이광환은 이날 〈머니투데이〉 기자에게 "추가 1승은 불가능하다"고 단언했다. 그리고 이렇게 말했다.

> 1승 더 올리는 거, 그거 제 목표 아닙니다. 1등만 해온 애들 아닙니까. 그래도 야구부 와서 실패를 먼저 배우니깐 다행인 거죠. 희생과 협동을 배우는 게 더 중요합니다. 처음엔 수도꼭지 어떻게 열고 닫는지도 모르는 애들이 있었어요. 서울대 야구부 출신이면 어느 조직에 가도 잘 적응할 수 있도록 하는 게 제 목표입니다.(2011년 7월 4일자 머니투데이 인터넷판.)

이광환과는 달리 나는 서울대 야구부의 '추가 1승'을 너무나도 간절히 바라고 있다. 그것은 그 1승이 '감독 이광환'에게는 1994년 한국시리즈 우승을 확정짓는 승리에 버금가는, 환희에 가슴이 북받치는 1승이 될 것이 분명하기 때문이다.

에필로그·야구장 앞 은행나무

2017년 12월 4일 1994시즌 한국시리즈 우승의 주역들이 서울 강남의 한 음식점에 모였다. 이광환과 LG 트윈스의 전(前) 코치·선수 20여 명이었다. 낡고 오래된 차를 끌고 다녔던 이광환을 안쓰럽게 생각했던 코치와 선수들은 이날 그의 칠순을 축하하며 SUV 차량을 선물했다. 이 해 서울대 야구부 선수와 매니저들도 그를 위한 '칠순 회식'을 열었다. 이 자리에는 이미 졸업한 선수들도 많이 참석했다. 이광환은 이들이 건네는 술잔을 사양할 수 없어 모두 들이키고 난 뒤 한동안 큰 고생을 했다. 그때를 계기로 현재까지 담배를 끊고 술은 자제하고 있다.

제주와 서울에 각각 거처를 마련해 두 곳을 오가며 생활했던 이광환은 2019년 2월 27일 서울 월세 집을 정리하고 제주도로 완전히 이주했다. 제주 이주는 오래 전부터 계획했던 일이어서 KBO 육성위원장직과 서울대 야구부 감독직에서 이때 물러나려고 했지만 KBO 측에서 한 해만 더 맡아달라는 요청이 있었고 서울대 감독직은 마땅히 물려줄 사람도 없어 어쩔 수 없이 이해에도 두 직책을 맡아 헌신했다.

하지만 무엇이든 끝은 있는 법이다. 이 해 말을 기해 KBO 육성위원장에서 물러났고 이듬해인 2020년 2월 22일에는 서울대학교 야구장 옆 강의실에서 그의 퇴임식이 열렸다. 이날 퇴임식에는 KBO 총재 정운찬, 해설위원 이상훈 등 야구관계자와, 유니폼을 입은 재학생부터 정장 차람의 졸업생까지 80여 명이 참석했다. "감독님 덕분에 행복한 청춘을 보냈습니다. 야구로 인생을 가르쳐주셔서 감사합니다"라고 울먹거리는 제자들도 있었다. 내가 아는 한 서울대 야구부 선수, 매니저들에게 이광환은 이미 서울대 야구부의 '종신 감독'이다.

이 퇴임식을 취재한 어느 기자는 다음과 같은 문장으로 기사를 마무리했다.

> 그는 사인 요청을 받으면 '서울대학교 야구부 감독 이광환'이라고 적는다. 야구로 거쳐간 수많은 직책 중에서 보람이 가장 컸던 까닭이다. 서울대 야구부는 앞으로도 더그아웃 벤치에 이 감독이 입던 77번 유니폼을 걸어놓고 훈련한다. (2020년 2월 24일자 조선일보)

앞서 언급했던 것처럼 이광환의 야구육성에 관한 이야기는 책 한 권의 분량이 필요하다. 유소년야구, 여자야구, 서울대 야구부에 대해 미처 소개하지 못한 재미있는 이야기도 상당히 있다. 하지만 탐방 또는 순례를 영원히 이어갈 수는 없다. 나는 제주의 어느 은행나무 앞에서 이 여정(旅程)을 마치려고 한다.

제주 서귀포시 서귀포야구장 앞에는 은행나무 한 그루가 심어져 있다. 그가 이 야구장 건립을 위해 고군분투할 때 주위 사람들은 '이광환 야구장'이라고 명명하기를 권유했지만 그 대신 은행나무 한 그루면 족하다고 했던 그 나무다. 이광환은 이런 말을 한 적이 있다. 사고로 둘째 아들을 잃기 전이며, 서울대 야구부 감독에 부임하기 전이었다.

> 두 아들에게 내가 죽고 나면 화장해서 은행나무 아래 뿌려달라고 이미 말해놨어요. 죽어서도 야구장을 지키고 싶은 마음이에요. 누가 아나요. 제 뼈가 뿌려져 있다는 사실에 많은 사람이 찾아올지(하하하). (2009년 10월 20일자 제주신보 인터넷판)

사람은 태어나 늙고 병들고 죽는다. 태어나는 순서는 있어도 죽는 순서는 없다. 어떻게 죽을지, 어디에 묻힐지 아무도 모른다. 때로는 사람의 가슴에 묻히는 이도 있다. 이런 이야기를 하는 것은 내가 그보다 훨씬 젊지만 먼저 죽을 수도 있기 때문이지 다른 이유는 없다. 장강(長江)의 뒷 물결이 앞 물결을 밀어내는 것을 자연의 순리라고 하고, 그렇게 내가 그보다 오래 살아 감히 그 은행나무 앞에 있을 묘비명을 쓰게 된다면 나는 아무런 고심 없이 이렇게 쓰려고 한다.

> '한국야구의 교육자이자 개혁가 이광환.
> 야구의 책임을 다하고 이곳에 잠들다.'

서울대 야구부 감독 퇴임식(2020년 2월 22일). 이광환은 서울대 야구부를 넘어 한국야구의 교육자였다.

이광환 야구 이야기

발행일 초판 1쇄 발행 2020년 5월 20일

지은이 정범준
펴낸이 안병훈
디자인 김정환
펴낸곳 도서출판 기파랑
등록 2004년 12월 27일 제300-2004-204호
주소 서울시 종로구 대학로8가길 56(동숭동 1-49) 동숭빌딩 301호
전화 02)763-8996 편집부 02)3288-0077 영업마케팅부
팩스 02)763-8936
이메일 info@guiparang.com
홈페이지 www.guiparang.com

ISBN 978-89-6523-604-7 03810